De

CW01429975

 atb aufbau taschenbuch

Yoko Ogawa

Der Duft von Eis

Roman

Aus dem Japanischen
von Sabine Mangold

aufbau taschenbuch

Die Originalausgabe unter dem Titel
Koritsuita Kaori
erschien 1998 im Verlag Gentosha, Tokio.

Yoko Ogawa wird durch das
Japan Foreign-Rights Centre vertreten.

MIX
Papier | Fördert
gute Waldnutzung
FSC
www.fsc.org
FSC® C083411

ISBN 978-3-7466-4006-8

Aufbau Taschenbuch ist eine Marke der
Aufbau Verlage GmbH & Co. KG

I

Mein Anschlussflug von Wien-Schwechat nach Prag hatte fünf Stunden Verspätung. Niemand, den ich fragte, gab mir Auskunft, womit dies zusammenhing. Entweder reagierte man mit unwilligem Schulterzucken oder man überschüttete mich mit einem Wortschwall, den ich nicht verstand.

Das Gate in der Sektion C befand sich ganz hinten im Terminal. Es war ruhig dort, fast menschenleer. Es gab keine Hintergrundmusik, kein erregtes Stimmengewirr von Passagieren erfüllte die Halle, und die gelegentlichen Lautsprecherdurchsagen waren kaum hörbar.

Die Kaffeebar machte gerade zu. Der junge Mann, der mir vorhin ein Sandwich zubereitet hatte, wischte nun mit einem Mopp den Boden. Die Leuchten über dem Tresen waren ausgeschaltet, und die glänzend polierten Gläser standen aufgereiht auf einem Geschirrtuch.

Draußen herrschte bereits finstere Nacht. Die orangegelben Leitlichter der Befeuerung leuchteten verschwommen. Eine Maschine war gerade dabei abzuheben. Langsam schrumpfte sie zu einem Punkt, den die Dunkelheit verschluckte.

Eine alte Frau lag zusammengekauert auf einer Bank, ihre Tasche diente ihr als Kopfkissen. Gegenüber saß eine chinesische Familie und aß krümelnd Mondkuchen. Das

Baby an der Brust der Mutter fing an zu schreien. Alle warteten auf das Flugzeug.

Ich versuchte nachzurechnen, wie lange es her war, dass ich Japan verlassen hatte, und wie viele Stunden ich bereits ohne Schlaf war. Aber es gelang mir nicht, da ich nicht wusste, ob ich die sieben Stunden Zeitunterschied hinzufügen oder abziehen sollte. Ich hatte den Überblick verloren. Mein Verstand war vor Müdigkeit wie betäubt.

Rechenaufgaben waren seine Stärke gewesen, egal welcher Art. Sei es, den Geburtstag von jemandem nach dem westlichen Kalender zu ermitteln, die Kosten einer Reise auszurechnen, den Punktestand beim Bowling zu notieren, auf fehlerhaftes Wechselgeld im Taxi hinzuweisen …

Hiroyuki wusste stets die richtige Antwort. Während ich noch herumstammelte, hatte er schon die richtige Zahl parat. Dabei war er nie besserwisserisch oder eingebildet, fast immer schien es, als wollte er sich dafür entschuldigen. Als würde er mir sagen: Du warst so verzweifelt, da ist es mir einfach herausgerutscht. Verzeih mir, dass ich mich eingemischt habe.

58, 37400, 1692, 903 … Seine Antworten bestanden lediglich aus Zahlen. Ohne weitere Bedeutung. Trotzdem genoss ich den Moment, wenn er sie mir zuflüsterte. Ihr unerschütterlicher Klang gab mir Sicherheit. Ich konnte mich darauf verlassen, dass er in diesem Moment ganz bei mir war.

Plötzlich donnerte es, und ein Blitz zuckte an der Stelle, wo das Flugzeug gerade verschwunden war. Dann fing es an zu hageln.

Zuerst glaubte ich, die Fensterscheiben der Wartehalle würden zerspringen. Uns umgab ein furchtbares Getöse, als ginge alles zu Bruch. Die alte Frau schreckte hoch, das Baby ließ überrascht seinen Schnuller aus dem Mund fallen. Alle starrten nach draußen.

Die Hagelkörner glitzerten wie Glasscherben. Wenn man genau hinsah, erkannte man die unterschiedlichen Formen, die sich in der Dunkelheit abzeichneten. Unzählige Körner prasselten gegen die Scheiben und zerbarsten.

Plötzlich bemerkte ich unsere Maschine, die neben dem Terminal zum Stehen gekommen war. Auf dem Rumpf stand »CESKY« geschrieben. Wann mochte sie gelandet sein? Ich erhob mich und ging zum Fenster hinüber. Etliche Gepäckwagen schlängelten sich heran.

Es hagelte mächtig auf Propeller, Räder und Tragflächen. Die Tür glitt hoch, und die Gangway wurde herangeschoben. Ein Donnergrollen ertönte, noch lauter als zuvor, woraufhin das Baby wieder anfing zu schreien.

Unter den Hagelkörnern wirkte die Maschine ganz klein. Wie ein verletztes Vögelchen.

Auf der Informationstafel blinkten nun endlich die Lämpchen für das Boarding.

Ich war gerade im Wohnzimmer beim Bügeln, als der Anruf aus der Klinik kam. Eine Krankenschwester teilte mir mit, dass Hiroyuki gestorben sei.

»Wie? Was soll das heißen?«, fragte ich die unbekannte Stimme am anderen Ende der Leitung.

»Er hat sich an seinem Arbeitsplatz das Leben genommen. Er hat reines Ethanol getrunken.«

Ich fand es seltsam, dass eine mir fremde Person so ausführlich Auskunft über Hiroyuki geben konnte. Ihr Benehmen erschien mir taktlos und unangemessen.

»Bitte kommen Sie so schnell wie möglich in die Notaufnahme. Sie finden uns im Erdgeschoss, direkt neben dem Westeingang.«

Reines Ethanol. Das war sogar mir ein Begriff. In der Parfümerie stand es ganz unten im Regal. Ich habe Hiroyuki immer ganz genau beobachtet bei seiner Arbeit, deshalb erinnere ich mich an jedes noch so kleine Detail. Es war eine große braune Glasflasche mit rotem Deckel. Mit ihrer bauchigen Form wirkte sie plump und schwer. Sie war mit einem weißen Etikett versehen. Ich war mir sicher, dass erst ein paar Milliliter verbraucht waren.

»Sie kommen doch, oder?«, drängte die Schwester.

Ich kehrte zum Bügelbrett zurück, wo ich gerade Hiroyukis weißes Oberhemd hingelegt hatte.

Mir war klar, dass ich sofort aufbrechen musste. Ich hätte mein Portemonnaie in die Jackentasche stecken, mir ein Taxi rufen und unverzüglich ins Krankenhaus fahren sollen.

Trotzdem bügelte ich das Hemd. Meine Hände bewegten sich wie von selbst. Sorgfältig glättete ich die Falten am Kragen, als wäre dies eine überaus wichtige Angelegenheit, die es zu beenden galt. Obwohl der Träger des Hemdes gar nicht mehr lebte.

Die Leichenhalle befand sich im Untergeschoss. Auf dem Linoleumboden quietschte jeder Schritt, als ich den langen, schmalen Gang entlanglief. Mir war nichts Besonderes an Hiroyuki aufgefallen, als ich mich am Morgen von ihm verabschiedet hatte. Da war ich mir ganz sicher. Die Tasche mit seinen Arbeitsutensilien in der Hand, hatte er kurz in den Garderobenspiegel geschaut, um den Sitz seiner Krawatte zu prüfen, bevor er mir beim Gehen zuwinkte.

Am Abend zuvor hatten wir noch gefeiert. Vor genau einem Jahr waren wir zusammengezogen. Ich hatte ihm sein Lieblingsgericht zubereitet, Hackbraten, und für den Nachtisch einen Apfelkuchen gebacken. Er schenkte mir ein Parfüm, das er eigens für mich hergestellt hatte. Seit Langem hatte er mir dies versprochen. Aber immer, wenn ich ihn daran erinnert hatte, wandte er den Blick ab.

»Das ist nicht so einfach, wie du denkst. Ich muss dich erst näher kennenlernen.«

Er taufte den Duft »Quell der Erinnerung«. Der schlanke durchsichtige Flakon war schmucklos und hatte eine asymmetrische Form. Im Glas waren ein paar Blasen sichtbar. Wenn man ihn gegen das Licht hielt, sah es aus, als würden die Blasen in dem Parfüm schwimmen. Im Kontrast zur Schlichtheit des Flakons war der Verschluss fein ziseliert. Dort war eine Pfauenfeder eingraviert.

»Der Pfau ist ein Bote des Gottes der Erinnerung«, sagte Hiroyuki, als er den Flakon öffnete und mein Haar zurückstrich, um mir einen Tropfen hinters Ohr zu tupfen.

Es war unvorstellbar, dass er sich nach unserem denkwürdigen Abend das Leben genommen hatte. Dieser Gedanke kreiste unaufhörlich in meinem Kopf herum. Falls er schon länger die Absicht gehabt hätte, dann wäre es doch rücksichtsvoller gewesen, das Parfüm gar nicht erst fertigzustellen, um mir nicht dieses kummervolle Andenken zu bescheren.

In der Leichenhalle war es kalt und eng. Es gab kaum genug Platz für die anwesenden Personen, die um die Bahre, auf der Hiroyuki lag, herumstanden. Außer mir waren Reiko, die Geschäftsführerin der Parfümerie, und ein junger Mann zugegen, der mir unbekannt war. Als sich unsere Blicke trafen, öffnete Reiko den Mund, um etwas zu sagen, brachte jedoch nur ein unverständliches Gestammel heraus. Mit einem Seufzen verfiel sie wieder in Schweigen.

Ich berührte Hiroyukis Gesicht. Seine Züge waren so sanft, dass ich gar nicht anders konnte. Es war kaum zu glauben, dass dies das Gesicht eines Toten war, eines Menschen, der verwesen würde, sobald man ihn sich selbst überließ.

Dann brach es aus Reiko heraus.

»Es tut mir so leid! Ich war den ganzen Tag unterwegs und hatte Hiroyuki gebeten, solange auf die Parfümerie aufzupassen. Als ich zurückkehrte, fand ich ihn am Boden liegend. Ich hätte nie gedacht, dass er so etwas macht. Wäre ich doch früher zurückgekommen! Zuerst glaubte ich, er erlaubt sich einen Scherz mit mir. Aber als ich ihn ansprach und ihn schüttelte, reagierte er schon nicht mehr. Vor ihm lag die leere Ethanol-Flasche. Als ich sie sah, fing ich unwillkürlich am ganzen Leib zu zittern an. Ich konnte nichts dagegen ausrichten. Mir blieb einfach die Luft weg, als hätte ich das Zeug selbst getrunken … Aber Hiroyuki wirkte, als hätte er überhaupt nicht gelitten. Ich schwöre! Mit geschlossenem Mund und den gesenkten Lidern sah er aus, als würde er selbstversunken einen Duft in sich aufnehmen, genau so, wie er es bei der Arbeit immer getan hat. Es war, als hätte sein Herz unbemerkt aufgehört zu schlagen bei dem Versuch, sich an ein bestimmtes Parfüm zu erinnern …«

Reiko redete ohne Unterlass. Wie Tränen fielen die Worte aus ihr heraus. In der Leichenhalle war nur ihre Stimme zu hören.

Hiroyukis Wangen waren warm. Seine Haut fühlte sich genauso an wie immer, wenn ich ihn berührt hatte. Aber ich verstand, dass dies eine Illusion war. Tatsächlich war sie schmerzhaft kalt. An meinen Händen war immer noch die Wärme seines Hemdes spürbar, das ich gebügelt hatte.

»Wieso nur hat er so etwas getan?«, fragte ich.

Reiko erzählte mir später, dass ich keine Träne vergossen und nur diese Worte gemurmelt hätte. Ich selbst konnte mich nicht daran erinnern.

»Ich bin froh, dass Sie gekommen sind«, sagte Reiko zu dem jungen Mann.

Es war Hiroyukis jüngerer Bruder.

»Wenn niemand aus der Familie da ist, nur Ryoko-san und ich, das wäre doch trostlos gewesen. Bei solchen Gelegenheiten muss man so viele Angehörige wie möglich um sich versammeln. Er war so allein … in dieser stillen Ecke der Parfümerie. Ihn umgab nur der Duft, den er gestern geschaffen hatte.«

Unfähig, die Stille zu ertragen, hatte Reiko erneut das Wort ergriffen.

»Quell der Erinnerung«, murmelte ich.

Sie hörte mich jedoch nicht.

Ich fragte mich, wie man es anstellen könnte, Hiroyukis Körper in diesem Zustand zu bewahren. Mir war natürlich bewusst, dass man ihn nicht mehr zum Leben erwecken konnte. Darum ging es nicht. Ich wollte ihn mir einfach nicht als ein Häufchen Asche vorstellen. Der Gedanke, dass sein Körper verschwinden würde, erschien mir am schlimmsten. Davor hatte ich mehr Angst als vor dem eigenen Tod. Sollte sein Leichnam ruhig erkalten. Mir reichte es, mit der Hand seine Wange zu berühren, um mich aufrecht zu halten.

Zunächst benötigt man sauberes, feines Seidentuch. Groß genug, damit noch ein Stück übrig bleibt, wenn man es ein paar Mal herumgewickelt hat. Und Myrrhe. Das Wichtigste. Vom Namen dieses Duftstoffs leite sich das japanische Wort für »Mumie« ab, hatte Hiroyuki mir irgendwann einmal erklärt. Myrrhe habe antiseptische und konservierende Eigenschaften und werde seit dem 4. Jahrtausend vor Christus als Weihrauchopfer den Göttern zu Ehren verbrannt.

Warum wir über Mumien gesprochen hatten? Ich weiß es nicht mehr. Er konnte viel über Dinge erzählen, die ich nicht kannte. Es waren ausnahmslos Geschichten, die mit Aromen und Düften zu tun hatten. Geschichten, die mich beeindruckten, erfreuten und nachdenklich stimmten.

Dann wird das Blut abgelassen, und die Organe werden

entfernt. Dabei kann man nicht sorgfältig genug vorgehen. Es muss alles entfernt werden, von der feinsten Schicht Hirnhaut bis zur kleinsten Darmfalte. Dann wird die Leibeshülle mit Myrrhe ausgestopft. Die Haut muss perfekt gedehnt und gespannt werden, ohne die ursprüngliche Gestalt zu verändern. Nicht zu vergessen das Innere der Wangen. Zum Schluss wickelt man die in Myrrhe getränkte Seide um den Leichnam und wartet, bis er vollständig imprägniert ist. Es gibt nichts zu befürchten. Bei Lenin und Eva Perón wurde es auch so gehandhabt.

Ob es in der Parfümerie auch eine Flasche Myrrhe gab? Wieso hat Reiko sie nicht mitgebracht? Das Einzige, was wir dringend brauchten, war Myrrhe …

»Wir hatten vereinbart, zweimal im Jahr miteinander zu telefonieren«, sagte die unbekannte Stimme.

Überrascht blickte ich auf. Meine Hand ruhte immer noch auf Hiroyukis Wange.

»Am Todestag unseres Vaters war ich an der Reihe, er meldete sich an Mutters Geburtstag. Sonst hätten wir es bestimmt vergessen.«

Der junge Mann, der neben Reiko stand, sprach langsam und besonnen, während er sich an der Kante der Bahre festklammerte. Er neigte den Kopf, das fahle Licht fiel auf sein Profil.

Er war das Ebenbild seines Bruders. Man hätte meinen können, es wäre Hiroyuki höchstpersönlich. In diesem Moment fühlte ich mich brüsk in die Gegenwart zurückgeworfen. Meine Finger, die Hiroyukis Wange berührten, waren starr vor Kälte.

Ein jüngerer Bruder? Wieso gab es überhaupt Geschwister? Über seine Familie sprach er nie, er hatte nur kurz erwähnt, dass niemand mehr lebte. Das war's. Alle tot. Seine lakonischen Worte sprachen für ihn selbst. Stets saß er im gläsernen Labor der Parfümerie, als wäre dies sein angestammter Platz, schon lange Zeit vor seiner Geburt. Reglos saß er da, um sich allein den Düften zu widmen.

Wäre das Licht nur ein wenig besser gewesen, hätte ich die Gesichtszüge seines Bruders noch deutlicher erkennen können.

Hastig wandte ich den Blick ab.

Hiroyukis Lippen waren feucht, sein am Morgen frisch gewaschenes Haar duftete. Und seine Nase hatte selbst in diesem trübseligen Licht nichts von ihrer schönen Form eingebüßt.

»Heute ist Vaters Todestag. Ich wäre an der Reihe gewesen. Vielleicht hat er absichtlich diesen Tag gewählt, damit ich rechtzeitig davon erfahre«, sagte der junge Mann, ohne aufzusehen.

Ich löste meine Hand von der Wange. Reiko fing an zu weinen. Ein kalter Luftzug drang in die Leichenhalle, obwohl es kein einziges Fenster gab.

Vielleicht hing sein Todestag ja tatsächlich mit seinem Bruder zusammen und nicht mit dem mir versprochenen Parfüm. Vielleicht wollte er am gleichen Tag sterben wie sein Vater.

Ich merkte, dass ich eifersüchtig war. Diese unpassende Gefühlsregung verstörte mich zutiefst und bereitete mir großen Kummer. Denn nun wurde mir mit Schrecken bewusst, dass ich Hiroyuki endgültig verloren hatte.

Am Flughafen in Prag empfing mich ein junger Mann mit kindlichen Gesichtszügen. Er stand vornübergebeugt, beide Hände in den Taschen seines abgewetzten Lederblousons vergraben. Als er mich erblickte, lächelte er schüchtern und gab mir die Hand. Er hatte eine muskulöse, wohlproportionierte Figur und trug an beiden Ohren einen goldenen Ohrring.

»Es tut mir leid, dass Sie warten mussten. Mein Flug hatte große Verspätung«, entschuldigte ich mich.

Den Kopf gesenkt, nuschelte er etwas Unverständliches.

»Ich hatte schon befürchtet, Sie hätten die Geduld verloren und seien weggegangen. Ich hätte gar nicht gewusst, was ich hier mitten in der Nacht allein anfangen würde. Haben Sie vielen Dank!«

Der junge Mann nickte vage, knöpfte seinen Blouson zu und bedeutete mir mit einem Blick, dass wir aufbrechen sollten. Er hatte lockiges Haar, kastanienbraun wie seine Augen.

»Sagen Sie, Sie sind doch der Fremdenführer vom Cedok-Reisebüro, nicht wahr?«, erkundigte ich mich auf Englisch.

Aber seine Antwort, vermutlich auf Tschechisch, war genauso einsilbig wie zuvor. Es klang nach einer Entschuldigung oder Beschwichtigung, ich solle mir keine Sorgen machen.

»Ich hatte ausdrücklich um einen Führer gebeten, der

Japanisch versteht. Sie verstehen nicht einmal Englisch, oder? Kein einziges Wort.«

Statt einer Antwort griff er nach meinem Koffer und nahm mir die Reisetasche aus der Hand, als wolle er damit zum Ausdruck bringen, ich könne ihm getrost folgen.

»Es ist ärgerlich, wenn ich mich nicht verständigen kann. Ich brauche einige Informationen, bevor ich bestimmte Personen aufsuche, mit denen ich mich verabredet habe. Dies ist keine Vergnügungsreise für mich. Ich hatte mich mit dem Reisebüro darauf verständigt, dass wir uns im Laufe des Tages treffen, um den Ablaufplan für meinen einwöchigen Aufenthalt festzulegen. Natürlich habe ich nicht damit gerechnet, dass der Flug sich dermaßen verspäten würde. Wird sich morgen jemand um mich kümmern, der dafür besser geeignet ist?«

Obwohl ich wusste, dass er kein Wort von dem, was ich sagte, verstand, musste ich zum Ausdruck bringen, dass mir die Situation Sorgen bereitete. Meine Nerven lagen blank, vermutlich wegen des Schlafmangels.

Der junge Mann hörte mir aufmerksam zu, als würde er alles verstehen, und fixierte dabei einen Punkt in der Luft. Auf seinem Gesicht machte sich ein stummes Lächeln breit. Er verfrachtete mein Gepäck behutsam auf die Rückbank eines Lieferwagens. Mir blieb nichts anderes übrig, als ebenfalls zu lächeln.

Offenbar hatte es auch in Prag geregnet, denn sämtliche Straßen waren nass. Das Laub, der Asphalt und die Schienen der Straßenbahn waren mit schimmernden Wassertropfen benetzt.

Als wir uns dem Stadtzentrum näherten, wirkte die Szenerie immer noch wie ausgestorben. Ich sah ein stattliches Gebäude, das von hohen Bäumen und einer Backsteinmauer umgeben war – vermutlich ein Krankenhaus –, sowie eine schäbige, halb verfallene Tankstelle. Der dunkle Waldabschnitt, die Bushaltestellen, der Brunnen im Park, der Lebensmittelladen, das Postamt, sie alle schienen tief zu schlafen.

Der Lieferwagen bog an mehreren Kreuzungen ab, bevor er das Tempo beschleunigte. Auf der Rückbank polterten mein Gepäck und ein schwarzer Kasten, der wohl dem jungen Mann gehörte.

»Wie heißen Sie?«, fragte ich ihn vom Beifahrersitz aus.

Ich wiederholte die Frage zweimal auf Englisch. Seine Augen funkelten mich charmant an, bevor er wieder in die Fahrtrichtung schaute.

»Mein Name ist Ryoko. Ry-o-ko. Verstehen Sie?«

Diesmal tippte ich ihn auf die Schulter. Er zuckte zusammen und wand sich, als wäre er kitzlig.

»Ry – yoko.«

Es klang unbeholfen, aber offenbar hatte er verstanden, was ich wollte.

»Und Sie?«

»Jeniak.«

Er setzte den Blinker und drehte das Lenkrad. Wegen des Motorengeräusches konnte ich ihn nicht richtig verstehen.

»Je-ni-ak«, wiederholte er mit sanfter Stimme.

Was für ein schwierig auszusprechender Name, dachte

ich. Ich war so müde, dass ich ihn mir wohl kaum merken würde.

Plötzlich zeigte er nach draußen. Ich schreckte auf und presste mein Gesicht ans Fenster. Die Moldau war zu sehen. Der breite, ruhig dahinfließende Fluss verschmolz mit der Dunkelheit. Vor uns lag die Karlsbrücke, und auf dem Hügel darüber thronte die Prager Burg, als würde sie dort oben Wache halten.

Brücke und Burg waren wundersam beleuchtet. Obwohl die Scheinwerfer kein besonders grelles Licht warfen, kamen die fein gearbeiteten Reliefs der Türme und die Silhouetten der Heiligenfiguren, die die Brückengeländer säumten, gut zur Geltung. Es wirkte wie eine Landschaft, die in der Tiefe des Raums entstand, dort, wo nicht einmal die Dunkelheit hingelangte.

Er fuhr langsamer, damit ich genug Zeit hatte, mir alles anzuschauen.

»Jeniak«, wiederholte er abermals.

»Ja, ich weiß. Ein sehr schöner Name«, erwiderte ich.

Das Hotel befand sich in einer schmalen Gasse, ein paar Minuten Fußweg von der Teynkirche am Altstädter Ring. Es war ein altes, dreistöckiges Gebäude, nur am Empfang leuchtete eine einzelne Glühbirne. Bei jedem Schritt auf der steilen Treppe knarzte es. Der karmesinrote Läufer war abgewetzt und voller Flecken.

Im Zimmer setzte ich mich aufs Bett und holte »Quell der Erinnerung« aus meiner Tasche. Ich hielt den Glasflakon gegen das Licht, um zu prüfen, ob er die lange Reise unbeschadet überstanden hatte.

Das bloße Schütteln der Flasche reichte aus, um den Duft wahrnehmen zu können. Es war der Duft von Tau auf einem Farnblatt in einem tiefen Wald – oder des Windes, der nach einem Regenschauer in der Abenddämmerung weht. Der Duft einer Jasminknospe in dem Augenblick, als sie aus dem Schlaf erwacht.

Aber vielleicht war es auch nur die Erinnerung an den Duft jenes Abends, als Hiroyuki mir das Parfüm hinter dem Ohrläppchen aufgetragen hatte, die zu mir zurückkehrte. Ich konnte nicht genau sagen, woher der Duft kam.

Das Zimmer mit der hohen Decke erschien mir viel zu groß für eine einzelne Person. Das Mobiliar bestand lediglich aus einem einfachen Bett, einer Kommode und einem Kleiderschrank, sonst war der Raum leer. Die verzogene Tür des Kleiderschranks stand halb offen. Die Vorhänge waren opulent gemustert und üppig drapiert, jedoch von der Sonne ausgeblichen.

Mit den Fingerspitzen zeichnete ich die Gravur der Pfauenfeder nach. Nach Hiroyukis Tod habe ich den Verschluss kein einziges Mal geöffnet, aus Angst, sein Inhalt könnte sich verflüchtigen, bis am Ende nichts mehr übrig wäre.

Ich hatte noch genau den Moment vor Augen, als er mir das Parfüm hinter dem Ohr auftrug. Zuerst hat er den Flakon fachmännisch geöffnet, mit einer geschickten, eleganten Geste, wie er es immer tat, egal um welches Gefäß es sich handelte. Es konnte die weiße Verschlusskappe eines Duftwassers sein, der Pipettenaufsatz einer Blumen-essenz oder der rote Deckel von reinem Ethanol.

Dann gab er einen Tropfen Parfüm auf seine Zeigefin-gerkuppe und strich mit der anderen Hand mein Haar hinters Ohr, um die wärmste Stelle an meinem Körper zu berühren. Ich schloss die Augen und verharrte reglos. So konnte ich den Duft wahrnehmen und Hiroyukis Nähe spüren. Ich hörte sein Herz schlagen, spürte den Hauch sei-nes Atems auf meiner Stirn. Sein Zeigefinger würde für im-mer feucht bleiben.

Den Flakon umklammernd, ließ ich mich aufs Bett sin-ken. Ich wusste, dass ich Schlaf bitter nötig hatte. Aber ich wusste nicht, wie ich einschlafen sollte. Sosehr ich mich auch bemühte loszulassen, ich wurde von tausend Gefüh-len heimgesucht, die sich alle um ihn drehten. Ich bildete mir sogar ein, ihn tatsächlich berühren zu können, wenn ich nur ein wenig den Kopf neigte und mir hinters Ohr fass-te. Seinen Zeigefinger nehmen zu können, ihn über meine Wange zu streichen oder in den Mund zu nehmen. Dabei war es nur der Flakon, den ich in der Hand hielt.

Mein Koffer stand immer noch ungeöffnet mitten im Zimmer. Unbekannte Geldscheine, die ich gerade gewech-selt hatte, lugten aus meiner Jackentasche. Die Jalousien an den Fenstern waren heruntergelassen, und auch wenn ich angestrengt lauschte, drang kein Laut ins Zimmer. Mir wurde bewusst, dass ich an einem fernen Ort war.

2

»Stöbern Sie ruhig alles durch. Sie sollten wissen, dass Hiroyuki lediglich die Schubladen im Schreibtisch und den Aktenschrank benutzt hat«, sagte Reiko.

»Vielen Dank«, kam es wie aus einem Munde von Akira und mir.

Bei unserer ersten Begegnung in der Leichenhalle hatte ich gedacht, die Brüder sähen sich zum Verwechseln ähnlich, aber nun, bei näherer Betrachtung, fielen mir doch einige Unterschiede zwischen den beiden auf. Akira war schlanker und größer als Hiroyuki, er trug sein Haar länger, bis über die Ohren, und sah mich immer direkt an, wenn wir miteinander sprachen, ohne je den Blick schweifen zu lassen.

»Also, ich kümmere mich um die Vitrinen und du schaust im Schreibtisch nach«, schlug Akira vor.

Er behandelte mich wie jemanden aus der Familie. Mir war nicht ganz wohl dabei, denn ich war ja nicht mit Hiroyuki verheiratet gewesen und hatte auch nicht gewusst, dass er Geschwister hatte. Aber Akira sprach so vertrauensvoll mit mir, als würde er mich schon eine Ewigkeit kennen. Die fehlende Scheu unterschied ihn von seinem verstorbenen Bruder.

Wir gingen gemeinsam Hiroyukis persönliche Sachen durch, in der Hoffnung, irgendwelche Hinweise auf seinen

Tod zu finden. Reiko hatte ihre Parfümerie in einem Mehrfamilienhaus eingerichtet, genauer gesagt in einer Wohnung, die sechzehn Tatamimatten maß. Das Labor auf der Ostseite war vor Sonnenlicht geschützt und mit einer Glaswand abgetrennt, während der übrige Teil mit einem Schreibtisch und einem Sofa ausgestattet war und als Büro diente. An den Wänden standen Einbauregale, in denen dicht an dicht Parfümflakons aufgereiht waren. Hier sah es aus wie in einem ordentlich aufgeräumten Chemielaboratorium.

Meine Suche blieb erfolglos. In den Schreibtischschubladen befanden sich lediglich belanglose Dinge: Stecknadeln, Klebstoff, ein Kalender, diverse Buntstifte, Stößel und Mörser, ein Französisch-Wörterbuch, ein Handspiegel, Filtertüten, ein Zettel mit einem Zahnarzttermin, ein Botanik-Lexikon, Kräuterbonbons …

Sämtliche Utensilien waren sorgfältig verstaut. Es gab keine Unordnung, nichts Auffälliges. Alles lag seelenruhig da. Wie ein Sediment der Zeit.

»War mein Bruder immer so ordentlich?«, fragte Akira, während er einen Ordner aus dem Aktenschrank durchblätterte.

»Ja, das war er«, erwiderte Reiko.

»Er hat bestimmt nicht angefangen aufzuräumen, nachdem sein Entschluss feststand. Das wäre mir aufgefallen. Er besaß eine bemerkenswerte Gabe, Dinge zu sortieren. Von den vierhundert Duftnoten der Parfüms bis hin zur einzelnen Büroklammer. Habe ich nicht recht?«

Reiko wandte sich an mich.

»Das stimmt«, pflichtete ich ihr bei.

»Als Kind war er nie so. Unsere Mutter wurde immer schrecklich böse, wenn sie schimmeliges Schulbrot in seinem Schulranzen fand.«

Mein Herz schlug jedes Mal schneller, wenn Akira etwas aus Hiroyukis Vergangenheit erzählte. Ich wusste in diesen Momenten nicht, ob ich neugierig lauschen oder mir die Ohren zuhalten sollte. Und ich stellte mir die Frage, wer von uns beiden mehr über ihn wusste. In mir kam erneut Eifersucht hoch, so wie neulich in der Leichenhalle. Meine Seele durfte auf keinen Fall noch weiter in Aufruhr geraten.

Ich kramte sämtliche Dinge hervor, die Hiroyuki so ordentlich weggeräumt hatte, und verstaute sie in einem Karton. Es war, als würde das Sediment zerbröseln. Aber ich musste unbedingt den Grund für seinen Tod erfahren.

»Das war mir gleich aufgefallen. Deswegen habe ich ihn auch eingestellt«, sagte Reiko, die Akira bei der Durchsicht der Akten half.

»Als Parfümeur muss man sich viele unterschiedliche Düfte merken können. Insgesamt gibt es rund vierhunderttausend verschiedene Gerüche auf der Welt. Deshalb muss man in der Lage sein, jeden noch undefinierten Duft mit einer bildlichen Assoziation und einem Namen zu verknüpfen. Dann muss man sie in Gedächtnisschubladen ablegen und bei Bedarf wieder hervorholen. Insofern war er mit seinem außergewöhnlichen Talent zur Klassifizierung genau der Richtige.«

»War mein Bruder denn auch ein guter Parfümeur?«

»Er hätte es werden können. Er war auf dem besten Weg dorthin. Schließlich war er noch Anfänger.«

Reiko seufzte und öffnete einen weiteren Aktenordner.

Hiroyukis Ordnungssinn war mir gleich aufgefallen, als wir zusammengezogen sind.

Er hat sämtliche Dinge sortiert und verstaut, nicht nur seine Kleidung und die Bücher, sondern auch meine Arbeitsunterlagen und Kosmetikartikel. Dazu hatte er mehr als zehn Tage gebraucht.

»Sag mir bitte, wenn es Dinge gibt, die ich nicht anfassen soll.« Er hatte sich bei mir erkundigt, aber ich ließ ihm freie Hand.

Denn tatsächlich war seine Methode durchdacht und machte das alltägliche Leben einfacher. Und die Ernsthaftigkeit und Begeisterung, mit der er die Aufgabe in Angriff nahm, waren beeindruckend.

Wenn er vor den Gewürzen stand, die ich über der Spüle aufbewahrte, oder vor dem Toilettenschränkchen, nahm er die Dinge kurz in Augenschein, um deren Größe und die Menge einzuschätzen, und machte sich erst an die Arbeit, nachdem er sich einen genauen Plan zurechtgelegt hatte. Er stellte die Lotionen um, sortierte den Nagellack nach Farben, verstaute die Kopfschmerztabletten im Erste-Hilfe-Kasten, teilte die Gewürze in drei Kategorien ein und tauschte den Aufbewahrungsort von Oliven- und Rapsöl.

Nie machte er mir Vorwürfe, wenn ich Dinge herumliegen ließ. Ihm war nicht wichtig, dass alles aufgeräumt war, sondern dass alles seine Ordnung hatte.

Mit zusammengekniffenen Lippen und konzentriertem Blick ordnete er die Dinge genau so, wie er es geplant hatte. Als würde ihm die Aufgabe zufallen, die ganze Welt zu ordnen.

Dank seines Ordnungssinns war die Durchsuchung seiner Habseligkeiten im Nu abgeschlossen. Wir konnten weder ein Testament finden noch irgendwelche Aufzeichnungen, Briefe oder Telefonnummern. Es gab auch kein Tagebuch, sondern lediglich einen Kalender mit beruflichen Notizen. Mir wurde schmerzhaft bewusst, dass Reiko unsere einzige gemeinsame Bekannte war.

Ich blätterte das Wörterbuch Seite für Seite durch. Ich überprüfte jeden eingetragenen Termin im Kalender und probierte die Telefonnummer auf dem Zettel der Zahnarztpraxis. Alles war vergeblich.

»Ich würde gerne prüfen, was da drauf ist, wenn du einverstanden bist?«, sagte Akira, der eine Handvoll Disketten in der Hand hielt.

»Ja, nur zu.«

Wir setzten uns zu dritt vor den Computer und starrten gebannt auf den Bildschirm. Es erschienen Fremdwörter, Zahlen und chemische Formeln.

»Das sind Rezepturen«, erklärte Reiko.

»Da steht nichts, was nach einer Nachricht aussieht?«, vergewisserte ich mich.

»Ich glaube, er hat sich die Rezepturen zu Studienzwecken notiert.«

Die Chefin bediente die Tastatur. Lange Listen mit Inhaltsstoffen und Mengenangaben füllten den Bildschirm.

»Das sind keine selbst kreierten Düfte. Er hat lediglich die Zusammensetzung von anderen Parfüms analysiert.«

Als sie auf der dritten Diskette zu den letzten Zeilen scrollte, tauchten plötzlich Satzfragmente auf dem Monitor auf. Wir stießen alle drei einen überraschten Schrei aus.

»Wassertropfen, die aus Felsspalten fallen. Kalte, feuchte Luft in einer Grotte.« Akira las die erste Zeile laut vor.

Ich fuhr fort: »Ein verschlossenes Archiv. Staubpartikel im Licht.«

»Ein über Nacht zugefrorener See im Morgengrauen.«

»Der sanfte Schwung einer Haarsträhne.«

»Verblichener, aber noch weicher Samt.«

»Was soll das bedeuten? Wollte er ein Gedicht schreiben?«

Ich ging noch einmal zum Anfang zurück und las aufs Neue Wort für Wort.

»Das glaube ich nicht. Es sind wohl eher Beschreibungen von Düften.«

»Also nur berufliche Aufzeichnungen?«

»Aber Assoziationen zu Gerüchen sind eine sehr intime Angelegenheit. Sie sind tief mit dem Erinnerungsvermögen einer Person verknüpft. Insofern können diese Beschreibungen Aufschluss über Hiroyukis Gedankenwelt geben.«

Wir beschlossen, die Passagen auszudrucken und mitzunehmen.

»Es ist nachvollziehbar, dass Sie wissen wollen, was geschehen ist. Aber versuchen Sie nicht, etwas Unmögliches zu realisieren«, sagte Reiko zum Abschied an der Tür.

»Ja«, erwiderte ich, den Pappkarton in Händen.

»Akira-kun, auch Sie sind hier jederzeit willkommen. Es hat mich gefreut, Ihre Bekanntschaft zu machen.«

»Ein über Nacht zugefrorener See im Morgengrauen.«

Mit leiser Stimme wiederholte er die Zeile aus Hiroyukis Notizen.

Ich begleitete Akira bis zum Hotel. Er logierte dort seit Hiroyukis Beerdigung. Er komme aus einer Kleinstadt am Setouchi-Binnenmeer, erzählte er mir, wo er allein mit seiner Mutter lebe, seit Hiroyuki das Elternhaus verlassen hatte.

Die Mutter war zu gebrechlich und wollte sich die Reise nach Tokio nicht mehr zumuten. Der Vater, einst Professor für Anästhesie an einem Universitätsklinikum, war zwölf Jahre zuvor an einem Hirntumor gestorben. Hiroyuki war damals achtzehn, er selbst vierzehn gewesen. Seit seinem Fortgang sei sein Bruder nicht nach Hause zurückgekehrt, sagte Akira, jedoch hätten sie den Kontakt nie abreißen lassen. Beide hielten sich an ihre Verabredung, zumindest zweimal im Jahr miteinander zu telefonieren, und manchmal trafen sie sich zu einem gemeinsamen Essen.

Nach dem Abitur hatte Akira eine Stelle in einem Baumarkt angenommen. Seine Aufgabe bestand darin, Geräteschuppen zu montieren, Ziegelsteine und Humus auszuliefern sowie die Akkus in elektrischen Motorsägen auszuwechseln.

Ich erfuhr von ihm lauter Dinge, von denen ich bislang nie gehört hatte.

»Wie lange kannst du bleiben?«, fragte ich ihn.

»Der Trauerurlaub für Angehörige beläuft sich auf fünf Tage, also muss ich nicht sofort zurück«, erwiderte er.

Wir tranken Kaffee in der Hotellobby. In den fensterlosen Raum, in dessen Mitte eine kitschige chinesische Vase stand, drang kaum Licht.

Das Sofa war so weich, dass ich sofort Rückenschmerzen bekam.

»Hat Hiroyuki dir von mir erzählt?«

»Nein, kein Sterbenswörtchen. Ich weiß nicht, warum.«

Mit Bedauern schüttelte er den Kopf. Dabei fielen ihm die Haare in die Stirn.

»Aber das betraf nicht nur dich. Er hat anfangs nie erwähnt, wo er wohnt. Und über seine Arbeit hat er auch nie gesprochen. Es ist kaum zu glauben, oder?«

»Doch, schon … Ich habe ja auch erst nach seinem Tod von dir erfahren.«

Als ich meine Tasse hob, bemerkte ich, dass sie leer war, und stellte sie auf den Tisch zurück.

»Er ist nie redselig gewesen, sondern hat immer den Eindruck vermittelt, dass er nicht über sein Privatleben sprechen möchte. Wenn wir uns getroffen haben, war ich es, der die meiste Zeit geredet hat. Ich habe mich über meinen Chef beklagt, die Ergebnisse von Baseballspielen vorhergesagt, ihm von Streitigkeiten mit meiner Freundin berichtet und so weiter … Immer nur belangloses Zeug. Mein Bruder hat sich alles angehört und manchmal gekichert oder zustimmend genickt. Ansonsten blieb er stumm.«

»Aber sonst habt ihr euch gut verstanden, oder?«

»Tja, diese Frage stelle ich mir auch. Hast du Geschwister?«

»Ich habe eine jüngere Schwester. Sie ist nach ihrer Hochzeit nach Malaysia gezogen. Ich habe sie schon lange nicht mehr gesehen.«

»Aha. Ich war vierzehn, als mein Bruder aus heiterem Himmel von zu Hause weggelaufen ist. Danach hatten wir keinen Kontakt mehr. Ich habe mich von ihm im Stich gelassen gefühlt, denn nun musste ich mich allein um unsere Mutter kümmern. Als wir uns dann sechs Jahre später das erste Mal wieder getroffen haben, war ich auf der Hut. Ich hatte immer Angst, dass er sich wieder auf und davon macht, sobald ich etwas falsch mache. Deshalb habe ich es mir verkniffen, ihn mit unnötigen Fragen zu belästigen.«

Akira trank einen Schluck Wasser.

»Und nun ist es tatsächlich so weit gekommen.«

Die Eiswürfel klirrten leise. Er starrte unverwandt in sein Glas.

Als ich von Hiroyukis Tod erfuhr, war ich am Boden zerstört. Ich flehte innerlich, dass es sich um einen Irrtum handelte. Aber das Furchtbarste war nicht, dass er sich das Leben genommen hatte, sondern dass ich es vorausgeahnt hatte.

Während der Zeit, als wir zusammenlebten, hatte ich nie die Befürchtung gehegt, er könne sich das Leben nehmen, und doch gab es Momente, in denen ich in einem Winkel meines Geistes daran dachte.

Eines späten Samstagabends, als ich ihn im Dunkeln

vor dem Geschirrschrank hocken sah, damit beschäftigt, Löffel und Gabeln der Größe nach einzusortieren.

Oder als ich ihn eines Tages in seinem Labor abholte. Er bemerkte mich nicht, und ich traute mich nicht, ihn anzusprechen, denn er versuchte völlig versunken mit einem Duftpapier vor der Nase, irgendwelche Erinnerungen wachzurufen.

Vermutlich hatte sich in meinem Unterbewusstsein bereits eine gewisse Ahnung geregt.

Ähnlich wie bei Akira, der immer Angst hatte, wenn sie sich trafen.

»Wann hast du ihn denn das letzte Mal gesehen?«, fragte ich ihn.

Ich winkte den Kellner heran, um mir einen zweiten Kaffee bringen zu lassen.

»Vor etwa einem halben Jahr, glaube ich. Es muss Anfang des Sommers gewesen sein. Er trug ein kurzärmeliges orangefarbenes Polohemd. Ich kann mich noch so gut daran erinnern, weil es ungewöhnlich war, dass er so auffällige Kleidung trug.«

Das Hemd war ein Souvenir von Reiko gewesen, das sie ihm aus Frankreich mitgebracht hatte. Er bewahrte es in der Kommode auf, in der dritten Schublade von oben.

»Und sonst ist dir nichts an ihm aufgefallen?«

»Darüber habe ich oft nachgedacht. Ich habe jede Minute dieses Tages Revue passieren lassen, ich habe versucht, mich an Worte und Gesten zu erinnern. Immer wieder habe ich mich gefragt, ob ich auch nichts übersehen habe. Aber mir fällt nichts ein.«

Akira zeichnete mit seinem Zeigefinger undefinierbare Muster in die Wassertropfen auf der Tischplatte. Es war eine wehrlose Hand. Die gebräunte Haut war vernarbt, überall waren kleine Schnittwunden, und die Fingerkuppen sahen verhornt und rissig aus. Ganz anders als Hiroyukis Hände, die es gewohnt waren, einen winzigen Tropfen Parfüm mit einer Pipette aufzusaugen.

»Das ist nicht schlimm. Ich mache dir keinen Vorwurf.«

»Ich war auf Geschäftsreise zur Internationalen Werkzeugmesse in Tokio. Wir haben uns an der Hachiko-Statue in Shibuya getroffen, direkt am Hundeschwanz. Das war die einzige Stelle, die ich dort kannte. Wir haben in einem chinesischen Restaurant zu Mittag gegessen. Es war eigentlich wie immer. Danach hat er mich am Bahnhof abgesetzt. Als wir uns am Zug verabschiedeten, sagte er zu mir: ›Deine Hände riechen nach Eisen.‹ Ich hatte zuvor auf der Messe allerhand Werkzeuge angefasst. Ich antwortete, er könne genauso gut schnüffeln wie ein Hund, was ihn zum Lachen brachte. Dann schlossen sich die Türen.«

»Was hat ihn damals bewogen, so plötzlich zu flüchten?«

»Der Tod unseres Vaters könnte ein Auslöser gewesen sein, aber das war nicht der wahre Grund. Es war keine unüberlegte Aktion, sondern eher ein lang gereifter Plan. Wie bei einer Sanddüne, die langsam erodiert. Ihm blieb offenbar keine andere Wahl. Ich weiß nicht, wie ich es beschreiben soll … Damals war ich ja noch ein Kind. Mein Bruder war immerhin schon achtzehn, also in einem Alter, wo man normalerweise auf eigenen Füßen steht. Insofern ist

›flüchten‹ vielleicht nicht der passende Ausdruck. Er wollte zum Lebensmittelladen an der Ecke gehen, um für unsere Mutter frische Feigen zu kaufen. In Turnschuhen und mit ein paar Münzen in der Hosentasche. Danach ist er einfach nicht zurückgekommen. Vom Ladeninhaber erfuhr ich später, dass er tatsächlich Feigen gekauft hatte. Acht Stück. Zwei für jeden von uns, plus zwei für den Hausaltar. Der Händler war der Letzte gewesen, der meinen Bruder gesehen hatte. Auch danach hatte unsere Mutter immer wieder Lust auf Feigen.«

»Das ist ja genau das Gleiche wie jetzt. Er verschwindet sang- und klanglos, ohne Ankündigung, ohne Abschiedsbrief.«

»Stimmt«, seufzte Akira, blinzelte und schlug die Beine übereinander.

Die Sprungfedern des Sofas quietschten unangenehm.

Die ganze Zeit über spielte im Hintergrund Musik, aber so leise, dass man sie kaum hörte. Es hätte genauso gut der Klang einer Oboe sein können wie das Maunzen einer Katze.

Hinter dem Tresen polierte ein Kellner geistesabwesend eine Zuckerschale. An einem anderen Tisch ertönte Gelächter, das sofort wieder verstummte.

»Hier, schau mal.«

Akira zog ein Blatt Papier aus der Brusttasche seines Jacketts.

»Das hat mir Reiko vorhin in die Hand gedrückt.«

Es war Hiroyukis Lebenslauf, mit dem er sich für die Stelle in der Parfümerie beworben hatte.

»Name und Adresse stimmen. Aber alles andere ist frei erfunden: Geburtsdatum, Herkunftsort, Schullaufbahn, beruflicher Werdegang, Familienstand, besondere Fähigkeiten, Qualifikationen ...«

Akira drehte das Blatt zu mir, damit ich es besser lesen konnte. Es war seine vertraute Handschrift: rund, ausgewogen, gut leserlich.

»Er ist nicht am 20. April geboren, sondern am 2. März. Er hat nie studiert. Die Oberschule hat er im zweiten Jahr abgebrochen. Aber hier steht: Studium der Theaterwissenschaft in den USA. Rückkehr nach Japan. Dozent für Ethik an einer Privatschule. Jurymitglied beim nationalen Schulwettbewerb für Schauspielkunst. Beruf des Vaters: Färber; Beruf der Mutter: Leiterin einer Kindertagesstätte. Eltern vor zehn Jahren ertrunken, als ihr Auto in einen Stausee fiel und versank. Besondere Fähigkeiten: Musizieren mit Streichinstrumenten. In der Grundschule Cellist im Kinderorchester ... Hast du meinen Bruder jemals Cello spielen hören?«

Stumm schüttelte ich den Kopf.

»Er hatte nicht mal eine Mundharmonika zu Hause, geschweige denn ein Cello.«

Wir saßen eine Weile schweigend da und starrten ratlos auf den Lebenslauf.

»Mir hat er erzählt, dass er vor seiner Anstellung in der Parfümerie in einer Pestizidfabrik gearbeitet hat.«

»Das würde mich ebenfalls wundern.«

»Wieso hat er all diese Lügen verbreitet? Ich glaube nicht, dass er damit prahlen wollte.«

»Stell dir vor, er hätte sein Abschlussdiplom von der Yale-Universität vorzeigen müssen. Dann wäre doch alles aufgeflogen. Jetzt spielt es sowieso keine Rolle mehr, ob er tatsächlich Ethik unterrichtet oder in einer Pestizidfabrik gearbeitet hat.«

Mit diesen Worten steckte Akira den Bogen in seine Jackentasche zurück. Er schien nicht erbost zu sein über die Schwindeleien seines Bruders, aber darüber hinwegsehen wollte er auch nicht. Vielmehr sah es so aus, als würde es seine Trauer über Hiroyukis Tod noch vertiefen. Das entnahm ich zumindest der behutsamen Geste, mit der er das Blatt Papier zusammenfaltete.

»Ruki hat als Kind nie gelogen.«

Ruki. Zum ersten Mal benutzte jemand außer mir seinen Spitznamen. So hatte ich ihn genannt, wenn wir unter uns waren.

»Als ich klein war, konnte ich seinen Namen nicht aussprechen. Ich brachte immer nur ›Ruki‹ heraus. Das wurde dann sein Spitzname«, sagte Akira.

»Ich habe ihn auch so genannt.«

»Dann haben wir ja noch etwas, das uns beide mit ihm verbindet.«

34

3

Für einen Artikel in einer Modezeitschrift, den der Verlag schon vor geraumer Zeit von mir erbeten hatte, begab ich mich am nächsten Morgen zu einem neu eröffneten Juwelierladen. Eigentlich hatte ich eine Auszeit nehmen wollen, aber ich brachte nicht einmal die Energie auf, meinen Terminplan anzupassen. Es war einfacher, all meinen Verpflichtungen nachzukommen, als herumzutelefonieren, mich zu entschuldigen oder Ausreden zu erfinden und Beileidsbekundungen über mich ergehen zu lassen.

Ich packte mein Diktiergerät, Ersatzbatterien, mein Notizheft und Schreibutensilien sowie einen Lippenstift in meine Tasche und machte mich auf den Weg.

Es war merkwürdig, dass alles seinen gewohnten Gang nahm, obwohl Hiroyuki nicht mehr lebte.

Die U-Bahn war überfüllt, zwischen den Hochhäusern war es zugig, und der Verschluss meiner Tasche war immer noch defekt.

Alles um mich herum erschien mir weit weg, in unerreichbare Ferne gerückt. Mein Körper fühlte sich deformiert an, als hätte ihn jemand in eine bizarre Form gepresst.

Ich versuchte mich am Treppengeländer des U-Bahn-Aufgangs festzuhalten. Aber ich spürte nichts. Meine Finger griffen ins Leere, in ein dunkles Nichts. Ein junger Anzugträger rempelte mich an, schnalzte genervt mit der Zunge und eilte die Treppe hoch.

Während der Fotograf Aufnahmen von den Schmuckstücken machte, interviewte ich die zuständige Dame aus der PR-Abteilung. Was ist das Thema der neuen Kollektion? Welchen Frauentyp soll sie ansprechen? Welche Rolle spielt Schmuck im Allgemeinen für die Menschen?

Die Frau, die einen Puma-Ring mit einem Saphirauge trug, beantwortete meine Fragen konzentriert und eloquent. Während sie sprach, faltete sie Prospekte auseinander, schloss Vitrinen auf und drapierte die Schmuckstücke auf der Theke. Der Schwanz des Pumas, aus Weißgold gefertigt, schlang sich mehrfach um ihren Ringfinger. Unaufhörlich klickte der Auslöser der Kamera. Die frisch gestrichenen Wände verströmten einen strengen Geruch, und sämtliche Juwelen in den Vitrinen funkelten gleißend im Licht der Kronleuchter. Ich war wie geblendet. Meine Lider zuckten, die Schläfen pochten, ich konnte kaum die Augen offen halten.

Ich war kurz davor, in Tränen auszubrechen. Ich versuchte, mir nichts anmerken zu lassen, und konzentrierte mich, die Finger an die Nasenwurzel gepresst, auf das Abspulen des Tonbands. Die junge Frau sprach gerade über eine Brosche, die der europäischen Kunst der Zwanzigerjahre nachempfunden war, wobei ihr Puma-Ring wild herumgestikulierte.

Als ich nach der Arbeit zu Hause eintraf, wurde mir ein frisch gereinigtes Kleidungsstück geliefert. Es war Hiroyukis Jackett. Er hatte es am Ende des Sommers gekauft und den ganzen Herbst über getragen.

»Es war etwas in den Taschen, das ich herausgenommen habe. Ich hätte die Taschen gleich bei der Entgegennahme prüfen sollen. Es tut mir leid.«

Der Angestellte verneigte sich und überreichte mir eine Plastiktüte mit einem Zettel.

Ich hängte die Jacke an die Garderobe. Der Stoff fühlte sich weich an, und die Flecken am Ärmelsaum waren verschwunden. Ich konnte mich an so viele Augenblicke erinnern, als Hiroyuki dieses Jackett getragen hatte, dass ich am liebsten die ganze Nacht wach geblieben wäre, um all die Szenen wieder aufleben zu lassen. Der Zettel war an den Ecken geknickt und die Schrift verblasst, aber man konnte noch erkennen, dass es ein Billett für eine Eislaufbahn war. Ein Halbtagesticket für Erwachsene zu 1.200 Yen.

»Hallo?«

Akira war in seinem Hotelzimmer.

»Was ist los? Ist etwas passiert?«

Die Telefonverbindung war offenbar gestört, denn es knackte und knisterte in der Leitung.

»Äh … nein … das nicht. Aber ich habe mir gerade Rukis Jackett angeschaut. Es ist frisch aus der Reinigung gekommen. Es sieht aus, als könnte er es sofort tragen.«

Akira erwiderte nichts darauf.

»Deine Trauerwoche ist abgelaufen, oder?«

»Egal, ich habe noch ein paar Tage bezahlten Urlaub.«

»Aber deine Mutter erwartet dich doch sicher zurück.«

»Ich würde gern noch länger bleiben. Hättest du etwas dagegen?«

Seine Stimme klang so schüchtern, dass sie mich verlegen machte.

»Aber nein, ganz und gar nicht. Du kannst natürlich so lange bleiben, wie du willst.«

Das Knistern in der Leitung hörte nicht auf.

»Stell dir vor, in seinem Jackett hat man eine Eintrittskarte für eine Eislaufbahn gefunden. Weißt du etwas darüber?«

»Eine Eislaufbahn?« Er dehnte das Wort, als könnte er es nicht glauben.

»Bloß eine Karte?«

»Ja, nur die eine.«

»Warst du je mit ihm Schlittschuh laufen?«

»Nein, niemals. Sport hat ihn nie sonderlich interessiert. Du weißt ja, als Kind hatte er sich mal die Hüfte ausgerenkt …«

Am anderen Ende der Leitung hörte ich, wie Akira sich aufs Bett fallen ließ.

Ich hielt das verblichene Ticket ins Licht, um zu sehen, ob auf der Rückseite etwas geschrieben stand.

»Könnte er ein heimliches Rendezvous gehabt haben? Wäre das möglich?«

Akira zögerte bei jedem Wort.

»Der Gedanke ist mir auch gekommen«, sagte ich freiheraus.

Ich hatte tatsächlich so etwas gedacht, als ich mir das Papier genau anschaute.

Deshalb hatte ich auch Akira angerufen. Ich wollte mit ihm darüber sprechen, traute mich aber nicht, diesen Verdacht zu äußern.

»Ein dreißigjähriger Mann würde doch nie allein auf eine Eislaufbahn gehen, oder?«

»Nicht unbedingt.«

»Er ist sonntags öfters allein unterwegs gewesen und manchmal auch spät nach Haus gekommen, ohne mich anzurufen, aber ich war nie misstrauisch. Er war nicht der Typ, der Frauen hinterherlief. Und selbst wenn er an jenem Tag mit einem Mädchen beim Schlittschuhlaufen war, ist das in Ordnung. Habe ich nicht recht? Zumal Ruki nun tot ist …«

Unsere Gespräche kamen jedes Mal auf sein Schicksal zurück. Immer wenn ich das Wort »tot« aussprach, schauderte es mich.

»Wir könnten doch gleich morgen früh diese Eisbahn aufsuchen«, schlug Akira vor.

»Wozu? Um nach einem bestimmten Mädchen zu suchen?«

»Nein, wir könnten gemeinsam Schlittschuh laufen.«

»Es tut mir leid, aber im Moment ist mir nicht nach Vergnügungen zumute. Außerdem kann ich gar nicht Schlittschuh laufen.«

»Ich könnte es dir beibringen. Was hat Ruki noch gesagt? Ein über Nacht zugefrorener See im Morgengrauen?«

Die Bahn war noch menschenleer. Eine Eisbearbeitungsmaschine glättete mit rotierenden Bürsten die weiße Fläche.

Es war bitterkalt, und ich ärgerte mich darüber, dass ich meinen Schal vergessen hatte.

Ich kannte das etwas heruntergekommene Eisstadion, das gegenüber dem Bahnhof lag, vom Sehen, war aber noch nie im Inneren gewesen. Der schummrige Eingangsbereich mit dem verrosteten Schild wirkte verlassen, sodass ich zuerst dachte, das Stadion sei geschlossen.

Die ovale, lediglich von rohen Betonbänken umgebene Eisfläche war nicht sonderlich groß und schmucklos. Es gab weder einen Kaffeestand noch einen Souvenirladen, und hübsch kostümierte Eiskunstläuferinnen, die anmutig ihre Figuren drehten, konnte ich auch keine entdecken. Das Dach bestand aus einer anthrazitfarbenen Stahlkonstruktion, und die schwache Beleuchtung tauchte alles in ein fahles Licht. An den Wänden klebten Plakate, eines von einem Wanderzirkus, ein anderes von einem Pflanzenmarkt, ein drittes von einem Kindergartenbasar, aber die Veranstaltungstermine lagen schon weit zurück.

»So, zuerst leihen wir uns ein paar Schlittschuhe aus. Welche Größe hast du?«

Er ging mit mir zum Tresen, als würde er sich hier auskennen.

»Siebenunddreißig.«

»Gut. Wir hätten gern ein Paar in Größe siebenunddreißig und eins in zweiundvierzig.«

Wortlos stellte die Angestellte hinter dem Tresen die gewünschten Schlittschuhe auf den Tisch. Akira hatte die gleiche Größe wie Hiroyuki.

Sobald ich das Eis betrat, verlor ich die Balance und griff nach der Bande. Das Holz glänzte dunkel von den unzähligen Händen, die sich daran festgehalten hatten.

»Das ist tatsächlich das erste Mal für dich, oder?«

Akira glitt davon. Elegant wie ein echter Eiskunstläufer. Er neigte seinen Oberkörper, setzte über beim Laufen, bremste abrupt, um die Richtung zu wechseln. Schwerelos, offenbar ohne den geringsten Kraftaufwand, flog er mit wehendem Haar über das Eis.

Wir waren immer noch allein auf der Bahn. Man hörte nur das angenehme Schaben und Knirschen, wenn die Kufen über das Eis glitten.

»Trau dich doch mal in die Mitte. Wenn du dich die ganze Zeit an der Bande festhältst, wird das nie etwas«, rief mir Akira vom anderen Ende der Bahn zu.

Seine Stimme, umhüllt von kalter Luft, hallte wie ein Echo mehrfach durch die Halle.

Ich versuchte verzweifelt, vorwärtszukommen, aber es wollte mir nicht gelingen. Meine wackligen Beine wollten mir nicht gehorchen, und auch das Herumfuchteln mit den Armen nützte nichts, um mein Gleichgewicht zu finden.

»Du musst dich nach vorn neigen, dann kommst du ganz von allein in Schwung. Hier, schau!«

Akira machte es mir vor. Dann lief er aus Spaß auf einem Bein, jedoch ohne hinzufallen.

Er trug dieselbe Kluft wie bei unserer ersten Begegnung in der Leichenhalle: eine abgewetzte Cordhose und einen ausgeleierten schwarzen Pullover. Seine dezente Blässe fiel hier auf dem Eis besonders auf.

Das seidige Haar fiel ihm ins Gesicht.

Ich fragte mich, wieso ich auf Schlittschuhen eine so klägliche Figur abgab. Akira drehte mehrere Runden. Es schien ihm Spaß zu machen. Allmählich trudelten auch andere Besucher ein, und irgendwann ertönte Musik aus den Lautsprechern. Es klang wie altmodische Filmmusik.

Es gab keine Einzelläufer. Niemand war allein hier. Jeder Besucher hielt jemanden an der Hand – einen Freund, einen Geliebten oder ein Elternteil. Ich fühlte mich hoffnungslos verloren.

War Hiroyuki auch hier gewesen? Hatte er sich, in Schlittschuhen Größe zweiundvierzig und das Ticket in der Jackentasche, an der Bande festgehalten?

»Das ist aber nicht sehr amüsant, hier herumzustehen. Los, komm mit auf die andere Seite.«

Akira glitt neben mich. Er keuchte.

»Ich will mich ja auch gar nicht amüsieren«, gab ich zur Antwort. »Ich werde nie wieder an irgendetwas Spaß haben.«

Ich wandte mich ab und trat mit der Kufe gegen die Acrylwand. Es krachte unerwartet laut. Ich war drauf und dran, das Stadion zu verlassen, aber Akira hielt mich an der Schulter zurück …

»Das wäre schade.«

Beim Atmen stieß er weiße Wölkchen aus.

Er nahm mich in die Arme und löste meine Hand von der Bande.

Es gab keinen Zwang, mein Körper bewegte sich wie von selbst.

»Tritt fester auf! Ja, genau so. Und los.«

Ich musste seine Hand festhalten, um nicht zu fallen. Egal, wie oft ich stolperte, es schien ihn nicht zu stören. Inzwischen hatten uns fast alle überrundet.

»Jetzt ein wenig schneller. Bring deinen Schwerpunkt mehr nach vorn. Na bitte, es klappt doch! Das ist sehr gut, fürs erste Mal.«

Wir kreisten gemeinsam um die Bahn. Akira lobte mich unentwegt. Wenn ich drohte, jemanden anzurempeln, lotste er mich geschickt durch eine freie Lücke um ihn herum. Obwohl wir uns bloß an der Hand hielten, hatte ich das Gefühl, mein ganzer Körper würde sich ihm hingeben.

Da war ein kleiner Junge, dem die Wollmütze tief in die Stirn gerutscht war. Ein Pärchen lehnte an der Bande, die Gesichter nah beieinander. Eines der Schulmädchen fiel kreischend hin. Als die anderen es bemerkten, machten sie sich darüber lustig.

Eigentlich wollte ich es nicht zulassen, dass Akira mich mit seinen Gesten und seiner Mimik an Hiroyuki erinnerte. Aber allein sein Geruch machte es unmöglich. Er roch genauso wie sein Bruder.

Ich hatte es längst bemerkt, mich jedoch geweigert, es zuzugeben. Denn es war hart, mit geschlossenen Augen den Eindruck zu haben, Hiroyuki zu riechen, und enttäuscht zu werden, sobald man die Augen öffnete.

Um genau zu sein, es war nicht so eindeutig, dass man von Geruch sprechen konnte, eher ein unmerkliches Gefühl, das in Sekundenschnelle mein Herz erfüllte. Warm und beruhigend, ein bisschen so wie der Duft von Bäumen. Es war das gleiche Gefühl, das ich bei Hiroyuki hatte, wenn er mich plötzlich anschaute, während wir nebeneinander hergingen, wenn er sein vom Wind zerzaustes Haar zurechtstrich oder sein Ohr auf meine nackte Brust legte.

Das von Akiras Kufen aufgekratzte Eis spritzte gegen meine Knöchel. Wir stießen an Schultern und Ellbogen zusammen, und sein schwarzer Wollpullover streifte meine Wange. Es war unverkennbar der gleiche Geruch.

»Du fährst sehr gut«, lobte ich ihn, während ich mich ungeschickt vorankämpfte.

»Ruki hat es mir beigebracht, als wir noch Kinder waren«, erwiderte Akira.

»Wie das?«, fragte ich erstaunt.

»Ruki konnte exzellent Schlittschuh laufen. Er hat sich nie etwas auf seine schulischen Leistungen eingebildet, auf eine Eins in Mathematik oder eine Auszeichnung für Aufsatz. Aber er war immer sehr stolz, wenn es um seine Eislaufkünste ging. Er konnte Pirouetten drehen und Sprünge machen, ohne dass es ihm jemand beigebracht hätte. Wenn er auf dem Eis war, erntete er stets Bewunderung. Ich konnte mich dann in seinem Schatten sonnen. Nach und nach versammelten sich die Leute um uns herum, und wir standen im Mittelpunkt. Wir fühlten uns dabei wie echte Eislaufkünstler im Rampenlicht.«

Akira umfasste nun fester meine Hand und beschleunigte das Tempo, während wir unsere Runden drehten.

»Die Geschichte mit seiner ausgerenkten Hüfte war also frei erfunden.«

Akira nickte schweigend.

Nach einer Pause fügte er hinzu:

»Aber es ist eine harmlose Lüge im Vergleich zu der, dass unsere Eltern in einem Stausee ertrunken sind, oder?«

Ich stimmte ihm zu. Es war lediglich ein kleiner Mosaikstein in dem Lügengebäude, das Hiroyuki errichtet hatte.

»Die Eisbahn lag etwa zwanzig Minuten mit dem Rad von unserem Elternhaus entfernt, gleich neben der Fahrschule. Sie war sehr klein, aber sogar während der Sommermonate in Betrieb. Die Atmosphäre war ähnlich wie hier. Die Farbe an der Wand, die Lichtverhältnisse, der Härtegrad des Eises. Wir waren ein bis zwei Mal im Monat dort und haben den Eintritt von unserem Taschengeld bezahlt, ohne es unseren Eltern zu erzählen.«

»Und wieso habt ihr ihnen das verschwiegen?«

»Ach, unsere Mutter hätte uns niemals dorthin gelassen aus lauter Sorge, wir könnten uns erkälten. Vater war ebenfalls dagegen, weil sich seiner Meinung nach auf der Eisbahn bloß Rowdys herumtrieben. So ging es bei uns zu.«

»Ihr hattet strenge Eltern?«

»Das kann man wohl sagen. Aber Ruki hätte niemals auf das Schlittschuhlaufen verzichtet. Er ist trotz aller Verbote heimlich hingegangen. Und er hat mich immer mitgenommen. Ich habe jedes Mal vor Angst gezittert, dass sie uns erwischen könnten. Die nassen Hosen haben wir schnell in den Wäschetrockner getan. Aber ich liebte es, zusammen mit Ruki auf der Eisbahn zu sein.«

»Ob er deshalb nie davon erzählt hat?«

»Wieso das?«

»Er war es eben gewohnt, aus dem Schlittschuhlaufen ein Geheimnis zu machen.«

Ich ließ Akiras Hand los und griff nach der Bande. Sie war so kalt, dass sich meine Brust krampfartig zusammenzog.

»Er hat sich mir nie von der Seite gezeigt, welche du am liebsten hattest.«

Akira strich sein zerzaustes Haar zurück und seufzte tief. An seinen roten Ohren erkannte ich, dass sie eiskalt waren.

»Noch eine Runde. Darf ich bitten?«

Galant reichte Akira mir die Hand, als würde er mich zum Tanz auffordern.

»Welchen Eindruck hattest du von meinem Bruder, als du ihm zum ersten Mal begegnet bist?«

»Hm …«

Ich schwenkte nachdenklich den Pappbecher mit meinem Kaffee, bevor ich einen langen Schluck nahm.

In Wahrheit hätte ich die Frage prompt beantworten können, denn diesen Tag werde ich nie vergessen.

»Halte mich bitte nicht für verrückt.«

Akira schüttelte den Kopf.

»Ich hatte das Gefühl, ich sei für ihn auserwählt.«

Auf der Eislaufbahn kamen seit Kurzem keine neuen Leute mehr hinzu. Die Frau an der Leihtheke starrte immer

46

noch missgelaunt vor sich hin. Auf den Betonbänken war es kälter als auf dem Eis.

Akira starrte mich unverwandt an, gespannt darauf, was ich sagen würde.

»Gott musste mich auserkoren haben, um mit diesem Menschen zusammen zu sein. Das war mein Gedanke. Absurd, oder?«

Ich stellte den Pappbecher unter die Bank und schlug die Beine übereinander. Nachdem ich die Schlittschuhe ausgezogen hatte, kribbelten meine Zehen.

Ich lernte Hiroyuki kennen, als ich die Parfümerie aufsuchte, um für die Sonderausgabe einer Frauenzeitschrift eine Reportage zu schreiben. Das war vor etwa drei Jahren. In einem knielangen Kittel saß er an seinem Arbeitspult, wo er kleine Fläschchen auf eine Waage stellte und in die Flüssigkeiten Papierstreifen tunkte, die er sich unter die Nase hielt, um anschließend Zahlen in einem Heft zu notieren.

Während ich auf dem Sofa saß und Reiko interviewte, fuhr er unbeirrt mit seiner Arbeit fort. Er schielte nicht zu mir herüber und sprach kein Wort. Da ich damals nicht wusste, dass er sich in seinem Labor ganz und gar auf seine Arbeit konzentrierte, hielt ich die Trennscheibe für ein Spezialglas, das schalldicht war und von seiner Seite aus undurchsichtig. Von Anfang an befand sich Hiroyuki an einem fernen Ort.

Als ich dann am nächsten Tag erneut die Parfümerie

aufsuchte, um die Korrekturfahnen für den Artikel gegen-
prüfen zu lassen, war Reiko nicht da. Nur er war anwesend.

»Hier sind die Bilder vertauscht. Und es heißt nicht He-
litorop, sondern Heliotrop. Ein Duft, der aus der Vanille-
pflanze gewonnen wird. Ein sehr exotisches Parfüm.«

Nachdem er mich auf einige Fehler hingewiesen hatte,
legte er die Blätter auf den Tisch und hüllte sich in Schweigen. Nicht einmal belanglose Worte wie »Meine Chefin
kommt gleich zurück«, »Wann erscheint denn die Ausgabe?«
oder »Es ist ziemlich heiß heute« drangen aus seinem Mund.

Es war eine Art von Schweigen, wie ich es noch nie erlebt hatte. Eine tiefe, angenehme Stille, wo die Luft säu-
selnd durch das Trommelfell rauschte und man nicht ge-
zwungenermaßen ein Gespräch in Gang halten musste.
Ich fragte mich sogar, ob sein Körper nicht auch in einem
Flakon eingeschlossen war. In seiner Anwesenheit hatte
man das Gefühl, ohne unnötige Worte auszukommen. Ich
konnte mich in seinem Schweigen versenken.

»Darf ich vielleicht an einem der Duftstreifen riechen?«,
fragte ich ihn.

Ich spürte, wie meine Stimme durch das dickwandige
Glas drang.

»Das nennt man *mouillette*. Natürlich dürfen Sie.«

Was für ein schönes Wort aus seinem Mund! Ich hatte
es noch nie gehört.

Er hielt mir einen Duftstreifen unter die Nase. Einen
derart intensiven Geruch kannte ich nicht. Mir war, als
strömte das gesamte Blut in der Nasenschleimhaut zusammen. Meine Nerven waren zum Zerreißen gespannt.

Seine Hand schwebte direkt vor meinem Gesicht. Ich hätte lieber an ihr gerochen als an dem Streifen.

»Ich wünsche Ihnen einen erholsamen Feierabend«, sagte er zum Schluss.

»Ich möchte nicht aufdringlich sein, aber dürfte ich vielleicht wiederkommen?«

Ich fürchtete, dass alles vorbei sein könnte, wenn ich mich jetzt endgültig von ihm verabschiedete. Er nickte wortlos.

Die Tür zur Parfümerie fiel hinter mir ins Schloss.

Ohne seine Gegenwart wandelte sich alles: die Farben, die Temperatur, sogar der Lufthauch, der mich umgab.

Als ich schließlich meine Wohnung betrat, blinzelte ich mehrmals. Hiroyuki war tatsächlich nicht mehr da. Er war verschwunden, als hätte er nie zuvor existiert. Zurück blieb nur eine überwältigende Leere. Ich strich über die Tür, aber es half nichts.

Seit unserer ersten Begegnung kannte ich den Unterschied zwischen einer Welt mit ihm und einer Welt ohne ihn.

»Ich finde das gar nicht so absurd«, sagte Akira.

Er warf den leeren Pappbecher in einen Papierkorb. Der Becher prallte gegen den Rand, bevor er hineinfiel.

»Es stimmt, was du sagst.«

Die Hand an die Wange gepresst, schaute er hinab auf die Eisbahn. Unter der Bank lagen Einwickelpapiere von Kaugummis, leere Getränkedosen und abgerissene Tickets wie das von Hiroyuki. Die Hintergrundmusik war nun lauter, ihr Rhythmus schneller.

»Riecht es eigentlich immer so in einer Eislaufbahn?«, fragte ich.

»Wie ein See, über den sich Stille senkt, nachdem ein eiskalter Wind ihn hat zufrieren lassen … So riecht es hier.«

»Diesen Gedanken hatte ich auch gerade.«

Unsere Stimmen wurden von der lauten Geräuschkulisse verschluckt.

»Hier riecht es genauso wie auf der Eisbahn, zu der mich Ruki früher mitgenommen hat.«

War Hiroyuki vielleicht hierhergekommen, um sich Inspirationen für die Kreation eines Parfüms zu holen? Oder geschah es nur aus einer nostalgischen Anwandlung heraus, um in Erinnerungen an seine Kindheit zu schwelgen? Aber warum hatte er mich dann nicht mitgenommen?

»Entschuldigen Sie bitte!« Ich hörte jemanden rufen.

Es war ein kleines Mädchen von etwa sechs Jahren. Die Kleine trug ein weißes Stirnband aus flauschiger Wolle um ihr Haar, karierte Hosen und rosa Strickfäustlinge, die an einer Kordel von ihrem Hals herunterbaumelten.

»Können Sie das auch mit verbundenen Augen?«

»Was meinst du?«, stammelte er, nahm die Hand von der Wange und blickte abwechselnd mich und das Mädchen fragend an. Die Kleine hielt sich an der Bande fest, konnte aber nicht lange stillhalten und beschrieb auf ihren Schlittschuhen eine Acht.

»Du kannst das gut. Kommst du oft hierher?«, fragte ich sie.

»Danke für das Kompliment. Ich komme jeden Tag«, erwiderte sie keck.

Ihre Wangen glühten, und das Stirnband klebte auf ihrer verschwitzten Stirn.

»Nächstes Mal müssen Sie es unbedingt wieder probieren. Versprochen?«

Die Kleine entfernte sich bereits, als sie Akira diese Worte zurief. Die rosa Fäustlinge baumelten an ihrem Hals.

4

Hiroyukis Nase war wunderschön. In ihrer Gestalt entsprach sie der exzellenten Arbeit, die er leistete. Ihr Rücken war nicht nur lang und schmal geformt, ohne knöcherne Vorsprünge, sondern auch ausgewogen und elegant. Die Haut war glatt, und je nach Lichtverhältnissen gab es interessante Schatten auf ihr.

»Wie kommt es, dass Gott einem Menschen eine so schöne Nase gegeben hat?«, sagte ich einmal zu ihm.

Am liebsten betrachtete ich sie von unten. Den günstigsten Winkel dazu hatte ich, wenn ich mit ihm auf dem Bett lag und meine Hand auf seinem Schlüsselbein ruhte, während meine Lippen seine Schulterspitze berührten.

»Das denke ich auch immer, wenn ich eine Giraffe sehe«, erwiderte Hiroyuki. »Wie konnte er nur so lange Hälse erschaffen.«

Wir mussten beide lachen.

Bei unserem ersten Rendezvous kam er anderthalb Stunden zu spät. Wir hatten uns im Café am Bahnhofsplatz verabredet, um danach ins Naturkundemuseum zu gehen. Zuerst dachte ich, er versetzt mich, weil er mich nicht mag, und das ist seine Art, mir den Laufpass zu geben.

Während der nächsten halben Stunde war ich dann von der Vorstellung besessen, er wäre nicht mehr am Leben.

Dieser Gedanke war noch schwerer zu ertragen. Er könnte auf dem Bürgersteig von einem Auto erfasst worden sein. Oder jemand hatte ihn vor einen Zug gestoßen. Er hätte mit einer Hirnblutung zusammenbrechen können. Von einem Straßenräuber erstochen werden. In meiner Fantasie tauchten alle möglichen Szenarien auf, und immer spielte darin seine Nase die Hauptrolle, zerschmettert und blutüberströmt. Ich war davon überzeugt, dass mit seinem Tod auch sie ihre schöne Form einbüßen würde.

Voller Verzweiflung eilte ich zurück zum Bahnhof. Gerade als ich mir einen Rückfahrschein kaufen wollte, tippte mir Hiroyuki von hinten auf die Schulter.

Was war eigentlich der Grund für seine Verspätung gewesen? Ich weiß es nicht mehr. Höflich bat er mich um Entschuldigung. Dies tat er lautlos, mit beiden Händen. Als säße er hinter der Glasscheibe seines Labors.

»Als ich in das Café stürmte und dich dort nicht entdecken konnte, habe ich mir gedacht, dass du im Bahnhof bist, und bin dir schnell hinterhergerannt«, erklärte er später.

»Wie konntest du wissen, dass du mich finden würdest?«

»Ich habe dein Parfüm an der Kasse gerochen. Da wusste ich, dass du noch nicht lange weg warst.«

»Mein Parfüm? Kennst du das denn?«

»Natürlich.«

Er würde mich also finden, selbst wenn ich für ihn außer Sichtweite war. Oh, wie glücklich mich das machte!

In der Leichenhalle stellte sich heraus, dass seine Nase

unversehrt geblieben war. Sie schien sogar der einzige Körperteil zu sein, in dem noch Leben pulsierte.

Im Naturkundemuseum gab es einen Saal mit ausgestopften Mammuts. Auf einer nachgebildeten Steppe graste dort eine komplette Familie, in Lebensgröße. Auf Knopfdruck trompete das Elternpaar und wackelte mit den Ohren, während die Jungen ihre Köpfe an ihnen rieben, als Zeichen ihrer Zuneigung. Sogar die Glaskugeln, die man anstelle der Augen eingesetzt hatte, rollten dabei. Ihr verfilztes, staubiges Fell sah aus wie ein zerfranster Wischmopp, vermutlich war es einfach nicht gepflegt, oder aber es sollte echt wirken. Den für die Eiszeit typischen Geruch im Saal hatte Reiko geschaffen.

»Hast du ihr dabei geholfen?«

Hiroyuki schüttelte den Kopf.

»Einen Duft zu kreieren ist eine sehr persönliche Angelegenheit. Ich hätte ihr da kaum zur Hand gehen können.«

»Wie stellt man so einen Duft her? Ich kann mir das gar nicht vorstellen.«

»Zunächst analysiert man beim Mammut die Beschaffenheit des Fells und des Hautgewebes, dann die Zusammensetzung des Bodens und die Vegetation zu jener Zeit. Für den Duft selbst kombiniert man schließlich die eigenen Geruchserfahrungen mit seinen Vorstellungen über die Eiszeit.«

»Aber gemessen am Aufwand ist der Geruch gar nicht so bemerkenswert.«

»Findest du?«

Hiroyuki drückte erneut den Knopf. Erst jetzt fiel mir auf, dass das Fell des Muttertiers am Hinterteil schon so fadenscheinig war, dass das Drahtgestell hindurchschimmerte. Sein Trompeten klang rau und traurig.

»Du riechst übrigens wie jemand, der schreibt.«

»Ist es ein übler Geruch?«

»Aber nein. Ganz im Gegenteil. Die Basisnote ist Papier. Ein viel benutztes Notizbuch, das überquillt vor Wörtern. Eine dicke Kladde, aufbewahrt in der Ecke einer Bibliothek. Eine spärlich besuchte Buchhandlung am späten Nachmittag. Irgendwie eine Mischung aus Bleistiftminen und Radiergummis.«

»Du weißt also auf Anhieb, was die Leute beruflich machen, wenn du ihnen zum ersten Mal begegnest?«

»Mitunter schon. Manchmal weiß ich, was jemand, der neben mir im Zug sitzt, zum Frühstück gegessen hat. Oder wo er sich kurz zuvor aufgehalten hat. Ah, heute Morgen gab es Spiegelei mit Ketchup. Dieser Mann ist nach einer durchzechten Nacht in der Sauna gewesen. So in der Art.«

»Dann bist du gewissermaßen ein Wahrsager?«

»Nein, kein Wahrsager. Ich kann ja nicht die Zukunft vorhersagen. Ein Duft verweist immer auf etwas Vergangenes.«

Die rollenden Glaskugeln der Mammutbabys blickten mich an. Die Tiere trompeteten unentwegt, ohne dass ihre Stimmen heiser wurden.

Am Montagmorgen ging ich erneut zur Eisbahn, diesmal allein. Die Kasse war nicht besetzt, denn es war noch vor Öffnungszeit, aber das Tor stand weit offen, also ging ich verstohlen hinein. Eine Maschine kurvte über das Oval, um das aufgekratzte Eis zu glätten. Sie wirkte wie ein eckiges Tier, das verträumt den Kopf hängen lässt.

Nur die Hälfte der Lampen war eingeschaltet, und meine Füße verschwammen im Halbdunkel. Ein gelegentlicher Luftzug brachte das Tor zum Knarren. Diesmal hatte ich daran gedacht, mir einen Schal um den Hals zu wickeln.

»Vor zehn Uhr kann man hier nicht Schlittschuh laufen«, brummte ein alter Mann, der die Bänke scheuerte.

»Verzeihung, aber ich will gar nicht Schlittschuh laufen. Ich bin auf meinem Spaziergang zufällig hier vorbeigekommen. Und das Tor stand weit offen. Ich bin auch gleich wieder weg.«

Abrupt stand ich auf.

»Schon gut, schon gut. Lassen Sie sich Zeit. Ich will Sie keineswegs rauswerfen.«

Der Alte rieb die Bank mit einem zerlumpten Putzlappen ab. Obwohl es so aussah, als würde er den Schmutz nur verteilen, tat er es mit voller Hingabe.

»Sagen Sie, sind Sie nicht gestern schon hier gewesen, zusammen mit Ruki?«

Der Mann hielt mit dem Putzen inne, als sei es ihm ganz plötzlich bewusst geworden.

»Ruki …?«

Er hatte zweifellos seinen Spitznamen benutzt. Den niemand außerhalb der Familie kannte.

Ich spürte mein Herz schneller schlagen. Ich wollte etwas erwidern, aber meine Lippen zitterten und ich brachte kein Wort heraus. Stattdessen zog ich den Schal fester.

»Nein, der Mann von gestern war nicht Ruki.«

»Ach, wirklich? Das ist merkwürdig. Ich habe ihn ja nur flüchtig vom Büro aus gesehen, aber ich war mir absolut sicher, dass es Ruki war. Ich war erstaunt, denn ich sah ihn zum ersten Mal in Begleitung. Sie beide haben doch genau hier gesessen, oder? Ich hatte mir schon Sorgen um ihn gemacht, da er seit Langem nicht mehr hier war.«

»Gestern, das war Rukis Bruder.«

»Sein Bruder? Ach so! Kein Wunder, dass ich ihn verwechselt habe.«

»Aber sie sehen sich doch gar nicht so ähnlich.«

»Doch, sicher. Sie gleichen sich aufs Haar.«

Der Alte wischte sich die nassen Hände an seiner Arbeitshose trocken. Er hatte eine Halbglatze, und sein Mund war von einem grau melierten Bart verdeckt.

»Sie kennen Ruki also?«, hakte ich nach.

»Ja, er ist ein Freund von mir«, erwiderte er geradeheraus.

»War er denn oft hier?«

»Tja … vielleicht zwei bis drei Mal im Monat. Meistens am Wochenende. Freitagabend oder sonntagnachmittags …«

»Allein?«

»Ja, immer allein.«

»Was wollte er denn hier?«

»Offenbar Schlittschuh laufen, junge Dame. Wir befinden uns schließlich in einem Eisstadion, oder?«

Der Alte lachte, was seinen Bart erzittern ließ. Der Schal schnürte mir den Hals zu, ohne mich zu wärmen.

»Aber mit Ruki ist es immer etwas Besonderes. Er ist anders als die anderen Besucher. Auf dem Eis ist er ein wahrer Akrobat.«

Ich verstand nicht recht, was er damit andeuten wollte. Um mich zu beruhigen, zog ich meine Hände aus den Manteltaschen und blies in sie hinein.

»Anfangs war alles ganz normal. Aber mit der Zeit fiel er durch seine artistischen Einlagen auf, bis ihm mein Chef ein Schaulaufen genehmigte. Seitdem kommt er, wann es ihm beliebt, und bietet eine Viertelstunde lang seine Künste dar, wofür er von den Zuschauern dann ein Trinkgeld bekommt. Das teilt er sich mit dem Chef. Er ist sehr populär, wissen Sie? Einige Besucher kommen nur wegen ihm hierher. Er ist nicht bloß ein talentierter Eiskunstläufer, sondern auch ein sehr attraktiver Mann, mit dem man charmant plaudern kann. Keine Ahnung, womit er tatsächlich seinen Lebensunterhalt verdient. Vielleicht ist er Schauspieler oder arbeitet als Verkäufer?«

»Nein, etwas ganz anderes … Aber was meinen Sie mit ›artistischen Einlagen‹?«

»Sie überraschen mich, junge Dame. Sie kennen seinen Bruder und wissen nichts über Ruki? Die kompliziertesten Sprünge gelingen ihm spielend. Er kann über ein wackliges Hindernis aus ein paar übereinandergestapelten Stühlen fliegen wie die Turner über ein Pferd. Oder er balanciert kreisende Teller, während er Pirouetten dreht. Aber seine beste Nummer ist, wenn er sich von einem Zuschauer mit

Farbspray ein Muster auf die Eisfläche sprühen lässt, das er dann mit verbundenen Augen und auf einem Bein nachläuft, ohne die Linie zu verfehlen«, erzählte der Alte stolz.

»Ist so etwas überhaupt möglich?«

»Aber sicher. Die Zuschauer machen sich sogar einen Jux daraus, indem sie sich besonders komplizierte Muster ausdenken. Verschlungene Formen, lauter Zickzacklinien, verstehen Sie? Ruki nimmt dann gelassen seine Armbanduhr vom Handgelenk und reicht sie einem der Zuschauer mit den Worten: ›Tun Sie mir bitte einen Gefallen und geben Sie mir dreißig Sekunden. Das reicht, um mir das Motiv einzuprägen.‹ Die Hände in die Hüften gestemmt, steht er mit gesenktem Kopf eine halbe Minute lang still da und starrt konzentriert auf das Muster, während die Spannung unter den Zuschauern steigt. Wenn er bereit ist, zieht er ein Tuch aus der Tasche und überreicht es dem hübschesten Mädchen in der Runde, um sich von ihm die Augen verbinden zu lassen. Ich habe seine artistische Darbietung schon oft gesehen, aber nie erlebt, dass er die Linie um mehr als drei Zentimeter verfehlt. Er beherrscht seine Kunst. Zuerst dachte ich, er würde schummeln, aber das tut er nicht. Er ist wirklich ein grandioser Eiskunstläufer. Die Zuschauer johlen stets vor Begeisterung und applaudieren wie wild. Ruki nimmt am Schluss die Augenbinde ab und verneigt sich bühnenreif vor seinem Publikum, bevor er zu dem hübschen Mädchen fährt, um sich bei ihm mit einem Handkuss zu bedanken. Ganz galant macht er das, als wäre es eine Prinzessin. Man könnte meinen, das alles ist eine Szene auf einem Ölgemälde. Ein richtiger Frauenheld, dieser Ruki.«

Der Alte gab jede Zurückhaltung auf, während er sprach. Er ahmte ihn nach, indem er seinen eigenen, vom Putzlappen nassen Handrücken küsste. Ich starrte in das schmutzige Wasser im Eimer.

»Glauben Sie nicht, dass die Show damit vorbei wäre. Ruki hat nämlich noch eine Zugabe im Programm. Zum Schluss werfen die Kunden Geld in eine Baseballkappe. Kaum ist das Geld eingesammelt, errät er auf Anhieb, wie viel zusammengekommen ist. Es ist keine Riesensumme, vier- bis fünftausend Yen vielleicht. Darunter sind Zehn-Yen-Münzen, aber auch Tausend-Yen-Scheine. Und es kommt vor, dass eine Münze in einen gefalteten Schein gerutscht ist. Aber trotzdem irrt er sich nie, nicht mal um einen Yen. Dann gibt es erneuten Applaus und spendable Zuschauer werfen noch einmal Geld in die Kappe.«

Ich zweifelte nicht länger. Es musste sich tatsächlich um Ruki gehandelt haben. Zahlen waren für ihn keine abstrakte Angelegenheit, sondern wie eine Landschaft. Er konnte addieren und subtrahieren, als würde er Vögel am Himmel fliegen sehen oder eine Blume am Wegrand betrachten.

»Niemand beherrscht die Kufen so wie Ruki. Ich arbeite schon lange auf dieser Eislaufbahn, aber ich habe nie jemanden gesehen, der so Schlittschuh laufen kann. Ach du meine Güte, ich rede und rede. Dabei müsste ich mich eigentlich beeilen. Schließlich bin ich nicht zum Faulenzen hier. Sie können sich gerne umsehen. Es dauert ja noch ein Weilchen, bis wir öffnen.«

»Vielen Dank.«

Ich verbeugte mich zum Abschied.

»Aber wofür denn? Auf Wiedersehen!«

Der Alte lächelte verlegen und bückte sich, um ein Stanniolpapier aufzuheben, das unter einer Bank lag.

»Ehrlich gesagt …«

Ich hob zu sprechen an, aber er hatte schon den Eimer genommen und ging in Richtung Büro. Als wollte er meine Worte nicht hören. Lag es an dem schweren Wassereimer? Er zog beim Gehen ein Bein nach …

Ruki war also hierhergekommen, um Schlittschuh zu laufen. Umgeben von Fremden, die ihm neugierig zuschauten, applaudierten und sogar zujubelten.

Ans Geländer gelehnt, starrte ich auf die menschenleere Eisfläche. Inzwischen war auch die Maschine im Depot verschwunden. Das frisch polierte Eis glänzte in der Stille.

Hatte er vielleicht Geld gebraucht? Das konnte nicht sein. Mein Einkommen und sein Monatslohn reichten uns als Lebensunterhalt. Wir wollten und brauchten keine Luxussachen. Was nutzten ihm also ein paar läppische Tausend Yen? Ratlos schüttelte ich den Kopf. Meine Finger waren taub vor Kälte.

Ich versuchte mir mit aller Kraft Ruki beim Eislaufen vorzustellen. Wie er sich das Motiv auf dem Eis einprägt. Vielleicht ähnelte es seinem Zustand, wenn er sich in der Parfümerie auf einen Duft konzentrierte, den Blick starr geradeaus gerichtet, in die Tiefe seines Bewusstseins versenkt, wo ich nie hingelangen konnte.

Dann sucht er sich im Publikum die schönste Frau heraus. Aus seiner Tasche zieht er nun ein knitterfreies, sauberes Seidentuch, eines von jenen, die ordentlich zusammengefaltet in der linken Schublade der Kleiderkommode liegen. Die Auserwählte schlägt es dreifach um und legt es ihm lächelnd um die Augen. Ruki könnte dabei leicht in die Knie gegangen sein, um ihr das Zubinden zu erleichtern. Ihre Gesichter sind so nah, dass sich ihr Atem vermischt und sie sein Haar berührt.

Nun gleitet er auf dem Eis über die Linien des Motivs. Selbst die abgenutzten Schlittschuhe in Größe zweiundvierzig wirken edel, wenn sie um seine geschmeidigen Knöchel geschnürt sind.

Rukis Knöchel? Habe ich sie jemals richtig wahrgenommen? Bestimmt habe ich sie unzählige Male gesehen. Morgens, wenn er sich die Socken anzog. Oder wenn er sich die Fußnägel schnitt. Wenn wir uns liebten. Aber an die genaue Form konnte ich mich nicht erinnern.

Mit beiden Armen die Balance haltend, verändert er ganz leicht den Winkel der Kufen, ohne je die vorgezeichnete Spur zu verlassen. So wie bei ihm immer alles seine Ordnung hatte. So wie er sich niemals in der Bestimmung eines Dufts irrte.

Man hört nur das Schaben auf dem Eis. Das Publikum hält gebannt den Atem an, bis die ersten Begeisterungsschreie ertönen. Ohne eine Miene zu verziehen, die Lippen fest aufeinandergepresst und mit geradem Rücken, zieht er unbeirrt die Linien des Farbsprays nach. Die Zipfel seiner Augenbinde flattern dabei leicht. Und schließlich erreichen die Kufen ihr Ziel.

Wollte Ruki von fremden Leuten bewundert werden? Sich dafür zur Schau stellen, Charme versprühen und mit theatralischen Handküssen Frauen umgarnen? Das konnte ich mir nicht vorstellen.

Ich wandte mich von der Eisbahn ab und schloss die Augen. Selbst meine Lider waren kalt. Ruki war doch immerzu in seinem Labor gewesen, zu dem nur ich Zugang gehabt habe.

»Hallo!« Jemand rief nach mir.

Die Stimme klang unbeholfen. Als ich mich umdrehte, entdeckte ich die Kleine von gestern. Die rosa Fäustlinge baumelten auch heute von ihrem Hals herab.

»Bist du heute nicht mit dem Onkel hier?«, brachte sie keuchend hervor.

Offenbar hatte sie ein paar Runden gedreht und war deshalb außer Atem.

»Nein.« Ich schüttelte den Kopf.

»Och, wieso denn nicht?«, murmelte sie enttäuscht und hackte die Spitze ihrer Kufe ins Eis.

»Wenn er das nächste Mal mit verbundenen Augen fährt, möchte ich unbedingt die Linie aufs Eis sprühen. Sagen Sie ihm das bitte. Versprochen?«

Sie beugte sich über das Geländer und wiederholte mehrmals ihren Wunsch.

»Ja. Ich richte es ihm aus«, erwiderte ich.

5

An meinem zweiten Tag in Prag war es wieder Jeniak, der mich morgens vom Hotel abholte. Er trug denselben Lederblouson wie am Vorabend, lehnte an der Rezeption und fummelte an der UNICEF-Spendenbox herum. Als er mich bemerkte, verzog sich sein Mund zu einem schüchternen Lächeln.

»Und was ist mit dem Japanisch sprechenden Führer ...«, fragte ich, wusste jedoch, dass es vergeblich war.

Die junge Frau an der Rezeption sagte etwas. Es klang nach einer Mischung aus Englisch und Tschechisch. Ich verstand kein Wort.

Daraufhin sagte auch Jeniak etwas, jedoch sehr stockend. Danach herrschte Schweigen. Er zeigte erneut auf die Spendendose, worauf die Hotelangestellte uns abwechselnd anblickte.

Vor dem Hotel parkte ein gelber Müllwagen. Daneben musste sich der Eingang zum Restaurant befinden, denn der Koch schleppte gerade eine Kiste mit Gemüse dort hinein.

Die schmale Passage lag im Schatten, trotz der Morgensonne wirkte alles ein wenig düster.

»Na, dann los.«

So etwas in der Art hatte ich wohl gesagt. Plötzlich breitete die junge Frau einen Stadtplan von Prag aus, der die ganze Empfangstheke bedeckte.

Die Moldau floss mitten durchs Zentrum, links davon erstreckte sich ein Waldgebiet. Die Falzstellen waren schon brüchig, einige Orte waren rot markiert und teilweise mit Anmerkungen versehen.

Sie nahm meinen Zeigefinger und tippte damit auf verschiedene Stellen der Karte: der Hradschin, die Goldene Gasse, das Palais Waldstein, das Loreto, das Bedřich-Smetana-Museum, der Alte Jüdische Friedhof, der Pulverturm …

»Das wird Ihnen helfen. Sie brauchen nur auf die Sehenswürdigkeiten zu zeigen und er wird Sie hinführen.«

Daraufhin faltete sie den Plan zusammen, um ihn mir zu überreichen.

»Ich bin aber nicht hier, um die Stadt zu besichtigen. Ich möchte etwas über meinen Freund herausfinden, der vor fünfzehn Jahren nach Prag gereist ist. Wie er die Tage hier verbracht hat und ob sich jemand an ihn erinnert. Darum geht es mir.«

Die Hotelangestellte interpretierte offenbar meine für sie unverständlichen Worte als höflich bescheidene Ablehnung und stopfte mir den Plan vehement in die Tasche.

»Schon gut, schon gut«, sagte sie und tätschelte meine Hand.

Jeniak, genauso zurückhaltend wie am Tag zuvor, stand noch immer reglos neben mir.

Als ich an jenem Morgen aufgewacht bin, war ich wild entschlossen gewesen, mich bei dem tschechischen Reisebüro darüber zu beschweren, dass man mir keinen Führer geschickt hatte, der Japanisch sprach. Aber jetzt hatte ich dazu keine Lust mehr. Es wäre doch absurd, meine Beschwerde in einer Sprache zu formulieren, die niemand verstand. Irgendwie hatte ich das Gefühl, dass ich nach einer Rechtfertigung suchte, warum ich Hiroyukis Geist verfolgte.

»Danke, ich leihe mir Ihren Plan gerne aus.« Endlich lenkte ich ein.

Ordentlich verstaute ich den Stadtplan in meiner Handtasche. Die Hotelangestellte lächelte mich zufrieden an.

Es gab praktisch keinerlei Beweise dafür, dass Hiroyuki mit sechzehn Jahren als Vertreter seiner Oberschule in die Tschechoslowakei geschickt worden war. Akira und ich hatten jeden Winkel in seinem Elternhaus durchsucht, jedoch nichts Aufschlussreiches gefunden. Akiras Erinnerungen an jene Zeit, wo er als Schuljunge bei seinem Vater lebte, waren verblasst, während seine Mutter, die Hiroyuki begleitet haben musste, ihre wirren Gedanken nicht mehr in verständliche Worte fassen konnte.

»Ich würde gern in eine Bibliothek gehen«, sagte ich zu Jeniak, als wir zum Altstädter Ring gingen, wo er das Auto geparkt hatte.

»Bibliothek … verstehst du?«

Jeniak zeigte auf den Plan in meiner Tasche und bedeutete mir, dass ich diesen benutzen sollte.

»So einfach geht das nicht. Ich habe doch keine Ahnung, wo sich eine befindet. Es ist mir gleich, ob es sich um die Staatsbibliothek handelt, die Universitätsbibliothek oder eine einfache Stadtbücherei. Ich brauche nur einen Ort, wo es viele Bücher, Magazine und Zeitungen gibt, zu denen man freien Zugang hat, um zu lesen oder zu recherchieren. Weißt du, was ich meine? Du warst doch sicher selbst schon mal in einer Bibliothek.«

Der Wenzelsplatz war bereits voller Menschen. Die Cafés hatten geöffnet, und Tauben pickten die Krümel zu Füßen der Gäste auf. Auf den Stufen des Jan-Hus-Denkmals hockten Scharen von jungen Leuten, die offenbar auf ihre Verabredungen warteten. Die Morgensonne fiel auf die astronomische Uhr am Altstädter Rathaus, während die Teynkirche gegenüber noch im Schatten lag. Wir überschritten die Grenzlinie zwischen Hell und Dunkel und stiegen in den Lieferwagen.

»Fahr mich dorthin. Schau, da wo Bücher nebeneinander in Regalen stehen.«

Ich hielt meinen Reiseführer hoch und tat so, als würde ich ihn in ein Fach einsortieren.

»Ah ... hm!«

Er nickte, erfreut darüber, mich verstanden zu haben, und klopfte auf das Lenkrad.

Der Wagen holperte über das Kopfsteinpflaster. Wir fuhren an unzähligen Kirchen vorbei, bei denen jeder Turm eine eigene Form hatte. Fast alle waren rußgeschwärzt, aber das tat ihrer Schönheit keinen Abbruch. Selbst die kleineren Türme waren reich verziert, so wie es sich gehörte. Es fehlte an nichts. Alle erdenklichen Konturen dieser Welt fanden sich darin wieder.

Am grenzenlosen blauen Himmel stand keine einzige Wolke. Die Luft, am gestrigen Abend noch feucht und schwer, war nun trocken und warm.

Eine Straßenbahn ratterte an uns vorbei. Wir passierten einen Torbogen, fuhren an einer Kreuzung mit stockendem Verkehr rechts ab und dann unter einem Eisenbahnviadukt hindurch. Eine Weile ging es am Fluss entlang, bevor wir eine Brücke überquerten. Linker Hand konnte man die Karlsbrücke sehen. Die Ausflugsdampfer waren zu dieser frühen Tageszeit noch am Kai vertäut. Obwohl die Sonnenstrahlen auf die Wasseroberfläche fielen, blieb sie stumpf wie Milchglas. Es schien keine Strömung zu geben, und doch schlug das Wasser gegen die Brückenpfeiler. Das laute Plätschern drang bis in den Innenraum des Fahrzeugs.

Hatte Hiroyuki dieses Geräusch auch vernommen? Bei diesem Gedanken änderte sich die gesamte Szenerie vor meinen Augen. Die Silhouetten der Kirchtürme, das Blau des Himmels und der Lauf des Flusses – alles rückte in weite Ferne. Trotz der langen Reise, die ich unternommen hatte, klaffte in meinem Inneren unverändert der Abgrund, in dem Hiroyuki verschwunden war. Reglos und schweigend, gefüllt mit dem stehenden Wasser der Abwesenheit.

Um mich zu beruhigen, presste ich meine Wange an die Scheibe des Seitenfensters und schloss die Augen. Das Glas war kalt. Ich fühlte mich immer noch hilflos, wenn mich solche Traurigkeitsanfälle überkamen. Manchmal war mir nach Schreien zumute, ungeachtet der Leute um mich herum, andere Male hätte ich mir am liebsten einen

Dolch in die Brust gejagt. Ich bildete mir ein, meine Schreie, mein Blut könnten den Abgrund füllen oder schließen, obwohl ich genau wusste, dass es nichts bringen würde. Nach außen hin ließ ich meinen Tränen freien Lauf, aber tief in meinem Herzen verharrte ich ratlos am Rande des Abgrunds.

»Lily, Lily«, rief Jeniak. »Lily, Lily.«

Er versuchte, meinen Namen auszusprechen.

Nachdem wir ein Stück weit bergauf gefahren waren, kam ein imposantes cremefarbenes Gebäude mit rotbraunem Dach in Sicht, das umgeben war von einem dicht bewachsenen Grundstück. Weit und breit war keine Menschenseele zu sehen, nur die Vögel zwitscherten ohne Unterlass.

Jeniak drehte den Knauf der drei Meter hohen Pforte, die sich sofort aufschieben ließ. Im Inneren befand sich die Bibliothek des Strahov-Klosters.

Neugierig warf ich einen Blick hinein.

Die Bücherregale reichten über zwei Etagen bis an die Decke, und es roch nach altem Papier. Als ich zögerte einzutreten, nahm mich Jeniak sanft an die Hand.

Bei jedem Schritt knarrten die Dielen. Die abgestandene Luft klebte förmlich an meinen Sohlen.

In den Regalfächern gab es nicht die geringste Lücke. Die in Schweinsleder gebundenen Wälzer standen so dicht nebeneinander, dass sie ganz eingequetscht aussahen. Tatsächlich hatte sich bei einigen schon der Buchrücken gelöst. Sie waren voller Staub und vom jahrelangen Gebrauch ganz schwarz, die Hälfte der Titel war kaum zu entziffern.

Die Rahmen der Bücherregale waren mit goldenen Schnitzereien verziert, an der Decke befanden sich unzählige Fresken. Der Raum wirkte jedoch düster. Die wenigen Kronleuchter spendeten nur ein diffuses Licht, und wegen der Schlieren im Glas der alten Fenster gelangten auch kaum Sonnenstrahlen an die Stelle, wo wir standen. Natürlich standen überall Unmengen von Büchern herum, aber es war dennoch nicht die Art von Bibliothek, die ich aufsuchen wollte.

Es war Jeniak, der mich auf seine Art daran hinderte, gleich wieder kehrtzumachen. Sein Gesichtsausdruck verriet, dass er mich keinesfalls bei meiner überaus wichtigen Aufgabe stören durfte. Außerdem erinnerte ich mich an Hiroyukis Worte, die auf der Diskette abgespeichert waren: Ein verschlossenes Archiv, Staubpartikel im Licht. Genau das hatte er geschrieben.

Obwohl die imposante Sammlung sicher als sehr bedeutend angesehen wurde, waren wir beide allein im Saal. Ein großer Teil davon schien niemals berührt oder aufgeschlagen worden zu sein. Wenn man genau hinhörte, konnte man förmlich den leisen Atem der in Schlaf versunkenen Bücher hören.

Ich ging vorsichtig weiter, um nicht die angesammelten Zeitschichten aufzuwühlen. Hin und wieder spürte ich Jeniaks verstohlene Blicke, ob ich zufrieden war.

Überall standen Weltkugeln und Himmelsgloben. Es sah aus, als wären sie mit Tierhäuten bespannt. In der hintersten Ecke des Raums befand sich tatsächlich eine Auswahl an Tierpräparaten: ein Gürteltier, ein Hummer, ein Wels, ein Krokodil, Seesterne, Seidenraupen … Es war ein wahres Gruselkabinett!

An der Wand hing eine seltsame Kreatur, weder Vogel noch Fisch. Sie hatte einen kleinen Kopf, eingefallene Lippen und schwarze Löcher anstelle von Augen. Der Leib, zu einem schiefen Rechteck verzogen, war mit Geschwülsten übersät. Als hätte ein Schwarm parasitärer Schalentiere das Tier befallen und eine geheimnisvolle Krankheit seine Augäpfel zerfressen. Dem Anblick nach musste es einen qualvollen Tod erlitten haben.

Es war durchaus denkbar, dass in einem der vielen Bände, die hier im schummrigen Licht verrotteten, die Ursache für Hiroyukis Tod beschrieben stand. Auf einer Seite Papier, die wie ein Fossil vor sich hin schlummerte und niemals von jemandem gelesen wurde.

Als wir ins Freie traten, war mir, als hätte ich die ganze Zeit über die Luft angehalten, und ich konnte nun befreit ausatmen. Hinter mir streckte auch Jeniak seine Glieder.

Der Garten hinter dem Kloster war lichtdurchflutet. Es gab lediglich immergrüne Bäume, den Rasen und einige Bänke, aber der Ausblick war spektakulär. Hinter den bewachsenen, sanft abfallenden Hügeln lag Prag. Nichts versperrte die Sicht, die Stadt erstreckte sich bis zum Horizont.

Ich setzte mich auf eine der Bänke. Auch jetzt im Frühsommer wehte ein kühler Wind.

Hier von oben aus betrachtet, zeichneten sich die Kirchtürme mit ihren bizarren Formen noch deutlicher am Himmel ab. Die Dächer hatten alle die gleiche rötlich-braune Farbe. Am Fuße des Hügels ging ein Paar spazieren. Plötzlich flogen kleine Vögel aus den Bäumen auf und huschten dicht an mir vorbei.

War Hiroyuki tatsächlich in Prag gewesen? Sollte er tatsächlich in ein Flugzeug gestiegen sein und sich über viele Stunden in einen engen Sitz gezwängt haben?

Ich habe nie mit ihm zusammen eine Reise unternommen. Nie haben wir einen Tag am Strand verbracht oder einen Ausflug in die Berge gemacht, um uns das bunte Herbstlaub anzuschauen. Hiroyuki hatte panische Angst vor Verkehrsmitteln jeder Art.

Den Weg zur Parfümerie legte er stets zu Fuß zurück. Wir gingen meist in nahe gelegenen Parks spazieren oder trafen uns im Kino bei ihm im Viertel. Kam ich zu einer unserer Verabredungen mit der U-Bahn, zog er es vor zu laufen. Sogar eine Entfernung von fünf Stationen machte ihm nichts aus.

Zuerst war mir gar nicht aufgefallen, dass er solche Mühen in Kauf nahm. Selbst wenn er früh aufgestanden war und zwei Stunden Fußmarsch hinter sich hatte, kam er nie verschwitzt oder müde am Treffpunkt an. Er wirkte, als sei er gerade ausgeruht aus dem Zug gestiegen. Wenn ich aus einer Laune heraus wünschte, im Park Kanu zu fahren oder ein Taxi zu rufen, weil ich zu müde zum Laufen war, wich er stets mit einer plausiblen Begründung aus.

Zu seinem ersten Geburtstag nach unserem Kennenlernen schenkte ich ihm ein Ticket für einen Nachtflug mit einer Cessna.

Um ihn zu überraschen, erzählte ich ihm erst am selben Tag davon.

»Ich habe neulich über diese Fluggesellschaft eine Reportage geschrieben. Bei dem Interview erfuhr ich, dass sie auch romantische Rundflüge veranstalten. Während man von oben die nächtliche Kulisse betrachtet, wird man kulinarisch mit französischer Küche verwöhnt. Außerdem steht ein Fahrdienst mit einer Limousine bereit. Er müsste eigentlich jeden Moment da sein.«

Die Limousine stand bereits vor dem heruntergekommenen Mietshaus, in dem ich damals wohnte. Mächtig wie ein Raubtier nahm der schwarz glänzende Wagen fast die gesamte Breite der Straße ein. Der Chauffeur trug weiße Handschuhe und verneigte sich mit übertriebener Höflichkeit. Aus der Nachbarschaft strömten Kinder herbei, um die Limousine zu bestaunen. Auch die Bewohner meines Hauses schauten neugierig aus den Fenstern. Als ein paar der Kinder die Karosserie anfassten, scheuchte der Fahrer sie fort.

Hiroyukis bestürzte Miene führte ich darauf zurück, dass ihn mein Geschenk überwältigt hatte. So wie er dastand, schweigend im Hauseingang, ohne mich zum Wagen zu begleiten, dachte ich, es wäre ihm peinlich, in diese protzige Limousine zu steigen.

»Sei unbesorgt! Ich habe einen Preisnachlass bekommen wegen der Reportage. Es ist wirklich alles in Ordnung.«

Der Chauffeur öffnete die Wagentür und verneigte sich abermals, während er darauf wartete, dass wir einstiegen. Die Kinder lugten ins Wageninnere oder schauten sich im Seitenspiegel an.

»Komm.«

Als ich Hiroyuki drängte, setzte er sich tatsächlich in Bewegung. Für einen Moment sah es so aus, als wolle er einsteigen. Doch dann brach er stöhnend zusammen. Er fuchtelte wild mit den Armen herum, doch als er merkte, dass ihm niemand zu Hilfe eilte, ließ er verzweifelt den Kopf hängen und sank zu Boden. Die Kinder umringten uns, denn das hier war natürlich weitaus spannender als die Limousine.

»Hat er einen Herzinfarkt?«

»Tut es irgendwo weh?«

»Ist eine Ader geplatzt?«

»Ist er womöglich tot?«

Schreckliche Worte zischten kreuz und quer über uns hinweg.

Am Ende kämpfte sich die Limousine ohne Fahrgast durch die enge Straße.

»Warum hast du mir nie davon erzählt?«

»Ich dachte, ich schaffe es. Ich wollte dir die Freude nicht verderben.«

»Hättest du mich gewarnt, wäre ich doch niemals auf die Idee gekommen, dir ein solches Geschenk zu machen.«

»Ich konnte dir unmöglich sagen, dass ich Panik kriege, wenn ich mich in ein Fahrzeug setze. Der Gedanke, dass du mich für schwach hältst, wäre unerträglich gewesen. Ich hatte Angst, du würdest mich dafür verachten.«

»So ein Unsinn. Deswegen verachtet man doch niemanden.«

Es dauerte eine Weile, bis er sich besser fühlte. Als ich seine Hand ergriff, waren die Fingerspitzen eiskalt.

»Seit wann hast du das?«

»Ich weiß nicht genau. Ich habe diese Angstzustände, solange ich zurückdenken kann.«

»Du traust dich nicht einmal in eine U-Bahn-Station?«

Hiroyuki nickte. Er wirkte kleiner als sonst. Sein ganzer Körper schien geschrumpft zu sein, wie ein welkes Blatt: die Wangen, seine Brust, die Hüften, sogar die Knöchel. Er wollte meine Hand gar nicht mehr loslassen.

»Es hat keinen Zweck. Mir gerinnt das Blut in den Adern, meine Kehle ist wie zugeschnürt und ich bekomme keine Luft mehr. Nicht nur in Flugzeugen oder Zügen, auch in Straßenbahnen und Bussen, im Skilift oder in einem Karussell. Überall stehe ich Höllenqualen aus.«

Er hatte eine Schürfwunde an der Augenbraue, sein Haar roch nach Erde. Hiroyuki drückte sein Gesicht in meine Hände, als fürchtete er, gleich wieder in einem Fahrzeug eingeschlossen zu werden. Ich blieb geduldig bei ihm, bis es ihm besser ging.

»Komm, setz dich zu mir.«

Ich rutschte ein Stück weiter, ganz an den Rand der Bank. Jeniak nahm schüchtern neben mir Platz.

»Was für ein schöner Tag!«

Aus der Nähe betrachtet, wirkte er noch jünger, fast wie ein Teenager. Vermutlich war er Anfang zwanzig. Er hatte kein Gramm Fett am Körper, knochige Schultern, nur seine Schuhe waren auffallend groß. Wenn ich ihn ansprach, schaute er mich verschämt an und fing an zu blinzeln, um seine Verlegenheit zu überspielen.

»Wo liegt deine Wohnung? Auf der anderen Seite des Flusses? Oder kann man sie von hier aus wegen der Anhöhe nicht sehen?«

»Lily …«

Jeniak deutete geradeaus. Vielleicht wollte er mir zeigen, wo das Hotel liegt, in dem ich mich einquartiert hatte.

»Ich heiße nicht ›Lily‹, sondern Ryoko. Der letzte Buchstabe ist ein ›o‹. Komm, versuch's mal!«

»Lily …!«

Seine Ohren liefen rot an, als hätte man ihn gezwungen, den Namen des Mädchens auszusprechen, in das er sich verliebt hatte. Wir mussten beide laut lachen.

In diesem Moment sahen wir zwei Personen den Pfad hinaufgehen, der zum Kloster führte. Ein groß gewachsener Mönch in Begleitung eines kleinen Mädchens, das sich nun zu ihm hochreckte und etwas zu ihm sagte. Der Mönch neigte leicht den Kopf und hörte aufmerksam zu.

Die Bänder einer weißen Haarschleife wippten auf dem Kopf des Mädchens. Seine kindliche Stimme drang zu uns herüber. Es trug eine karierte Hose.

Für einen Moment fühlte ich mich an das Mädchen im

Eisstadion erinnert. Aber als ich mich umdrehte, um zu prüfen, ob rosa Fäustlinge um seinen Hals hingen, waren das Mädchen und der Mönch bereits hinter der Klostermauer verschwunden.

6

Etwa einen Monat nachdem ich von Hiroyukis heimlichen Auftritten im Eisstadion erfahren hatte, besuchte ich das Haus seiner Eltern. Zuerst nahm ich den Shinkansen, anschließend fuhr ich weitere dreißig Minuten mit der Regionalbahn weiter. Aus dem Zugfenster konnte ich die Universitätsklinik sehen, wo sein Vater gearbeitet hatte.

Akira holte mich vom Bahnhof ab. Es war eine gewöhnliche Kleinstadt, inmitten von Reisfeldern gelegen, mit einem verwaisten Einkaufsviertel, einer Polizeiwache und einer Schule.

Im Süden befand sich das Seto-Binnenmeer, das man aber von hier aus nicht sehen konnte. Man konnte es höchstens riechen, wenn der Wind aus der Richtung kam.

Gleich nach meiner Ankunft kauften wir bei einem Gemüsehändler frische Feigen. Er hatte noch genau acht Stück in einem Körbchen liegen. Es war derselbe Laden, in dem Hiroyuki Feigen gekauft hatte. An dem Tag, als er für immer fortgegangen war.

»Mama, Hiroyukis Freundin ist zu Besuch gekommen«, rief Akira.

Die Mutter ergriff meine Hand, strich mir über das Haar und umfasste mein Gesicht. Wie eine Blinde schien sie alles an mir ertasten zu wollen. Dann öffnete sie die

Arme und schlang sie um mich. Ich war noch nie von jemandem so fest umarmt worden. Ihre knochigen Finger krallten sich in meinen Rücken.

»Sei lieb zu Ruki, hörst du? Er ist sehr anfällig und ermüdet leicht. Schließlich denkt er ständig über irgendetwas nach. Tiefgreifende Probleme, um die sich sonst niemand kümmert«, sagte sie, während sie ihre zerknitterte Bluse glatt strich.

»Ja, natürlich«, beruhigte ich sie.

Sie war beängstigend mager. Ihre Schlüsselbeine zeichneten sich deutlich unter dem Stoff ihrer Bluse ab. Ihre elegante Kleidung und die kunstvoll hochgesteckte Frisur konnten nicht darüber hinwegtäuschen, dass sie ausgezehrt wirkte.

Das Auffälligste an ihr war allerdings das Make-up. Zuerst dachte ich, sie wolle einen blauen Fleck kaschieren, aber dann entdeckte ich, dass die dick aufgetragene, mit weißem Talkum überpuderte Grundierung vom Haaransatz bis zum Nacken reichte. Ihre Augenbrauen waren gezupft und mit einem Stift nachgezeichnet. Der Lidschatten changierte in drei Farben, blau, orange und violett. Ihre Lippen waren mit klebrigem Rot übermalt, und an ihren Augenlidern klebten falsche Wimpern, die längst aus der Mode gekommen waren.

Trotz dieser Maskerade, die ihre feinen Züge komplett verdeckte, sah sie Hiroyuki sehr ähnlich. Ich hatte es sofort bemerkt. Und es stimmte mich traurig.

Die Feigen aßen wir im Esszimmer. Rund um den langen schmalen Eichentisch waren insgesamt zehn Stühle aufgereiht. Ich wusste nicht, auf welchem davon ich Platz nehmen sollte. Die Tafel war blank, es gab kein Tischtuch, keine Vase, keine aufgeschlagene Zeitung. Genau in der Mitte positionierte Akira die Feigen. Er und ich nahmen uns je eine, die Mutter sechs.

Die Abendsonne erhellte den großen Raum. In einer Vitrine mit prachtvollen Schnitzereien standen hübsch arrangierte Services aus Übersee, jedoch schien der Schrank schon lange nicht mehr geöffnet worden zu sein. Die Scharniere waren verrostet und die Scheiben von einer dicken Staubschicht bedeckt.

Sonst gab es keine bemerkenswerten Möbelstücke. Man hatte nicht den Eindruck, dass es sich um ein sorgfältig eingerichtetes Haus handelte. Eher war es so, als würden sich überall zwischen den wahllos hingestellten Einrichtungsgegenständen Lücken auftun, die unmöglich zu füllen waren.

»Die Feigen hat uns unser Gast mitgebracht«, erklärte Akira.

Die Mutter sagte nichts, sondern starrte stumm auf die Frucht in ihrer Hand. Als würde sie ihr Gewicht schätzen oder abwarten, bis sie sich ihrer Körpertemperatur angepasst hatte.

»Du solltest ihr dafür danken. Kannst du sie allein essen?«

»Ja, natürlich«, erwiderte sie.

Dann begann sie, die Feige zu schälen, indem sie mit Daumen und Zeigefinger den Stiel abknickte und die Schale, ohne sie einzureißen, in einem Stück löste. Ihre Hände

bewegten sich grazil wie die einer Ballerina. Der Saft tropfte von ihrem Handgelenk auf den Tisch, doch sie machte
unbeirrt weiter. Nachdem sie geprüft hatte, dass kein Stück
Haut mehr an der Feige klebte, beugte sie ihren Kopf vor
und biss hinein.

Ihr weit aufgerissener Mund stand in keinem Verhältnis
zu den anmutigen Fingern. Die rot geschminkten Lippen
umschlossen das Fruchtfleisch und schlürften den her-
untertriefenden Saft. Ohne zu kauen, würgte sie die Feigen
hinunter. Ich malte mir aus, wie die Feige ihren sehnigen
Rachen hinunterglitt. Sie hatte so fest hineingebissen, dass
sie sich beinahe die Finger verletzt hatte.

Ihr Lippenstift war sofort verschmiert. Bei jeder Re-
gung ihres Gesichts fiel ein Teil der Puderschicht herunter.
Dass nun auch die Feigen bestäubt waren, schien sie nicht
zu bekümmern. Hautfett perlte auf ihrer Nasenspitze. Die
Make-up-Kruste zeigte Risse an den Gesichtsfalten, und
ihre bereits nachwachsenden Augenbrauen schimmerten
hindurch. In null Komma nichts hatte sie die sechs Feigen
verschlungen.

Was mag mit den acht Feigen geschehen sein, die Hiroyuki gekauft hatte, nachdem er von zu Hause fortgelau-
fen war? Hatte er sie allein gegessen? Das fragte ich mich,
während ich die auf den Tisch geworfenen Schalen betrachtete.

Hiroyukis Elternhaus lag am Ende eines Wohnviertels, das
sich nördlich der Musikhochschule erstreckte. Gepflegte

Hecken mit Kamelien, Duftblüten und Mispeln mit roten Blättern säumten die sanft abfallenden Hänge.

Der Lärm von der tiefer gelegenen Hauptstraße war hier nur als fernes Rauschen vernehmbar. Gelegentlich, je nach Windrichtung, hörte man Blasinstrumente aus dem Konservatorium.

Das Haus sah ein wenig merkwürdig aus. Dem ebenerdigen, im traditionellen Stil errichteten Hauptgebäude war ein zweistöckiger Nebentrakt in westlicher Bauweise hinzugefügt worden, wodurch der gesamte Komplex eine unproportionierte L-Form aufwies. Das Dach des Haupthauses war voller Moos und unter dem Dachfirst befand sich ein verlassenes Schwalbennest. Wegen des Anbaus bekam die Veranda nur wenig Sonne ab. Das Nebengebäude mit seinen hellblau gerahmten Bogenfenstern, der Schornsteinattrappe und dem Wetterhahn sah aus wie ein Puppenhaus.

Die beiden Gebäudeteile klammerten sich unbeholfen aneinander, als wären sie gegenpolige Magneten, die gewaltsam mit Lehm zusammengekittet wurden. An der Fuge zeichneten sich Risse ab. Hier war die Mauer breiter, als hätte man mehrere Farbschichten darübergelegt, um sie zu überdecken.

Der Garten war riesig, aber da überall überwucherte Bäume standen, konnte man ihn nicht in Gänze überblicken. Vor dem zweistöckigen Gebäude befanden sich eine gemauerte Pergola und ein halbkreisförmiger Teich, der mit Putten verziert war.

Jedes Element besaß eine gewisse Selbstverliebtheit, das dem Ganzen jegliche Ausgewogenheit nahm. Die pompös verzierten Stützen der Pergola sollten an korinthische Säulen aus der griechischen Antike erinnern. Das halbrunde Bassin hatte seine ursprüngliche Funktion eingebüßt und beinhaltete nur noch einen schlammgrünen Morast. Das Bein des Wetterhahns war eingerostet, sodass er sich nicht mehr drehen konnte und immer nur in Richtung Westen deutete.

Die steinernen Putten bildeten ein zusammengewürfeltes Sammelsurium. Eine hielt einen Opferkrug in Händen, eine andere trug eine Schlange um den Hals. Neben der Veranda lagen sich Zwillingskinder in den Armen. Anstatt das Becken zu verzieren, vermittelten sie den Eindruck unterirdischer Wesen, die nach langer Zeit wieder ans Licht gekommen waren. Sie wirkten bedrückt und ratlos, was sie hier zu suchen hatten.

Wegen der vielen Bäume hatte ich zuerst gar nicht bemerkt, dass vor dem Haupttrakt ein Treibhaus stand. Es war jedoch komplett leer. Kein Topf, keine Gießkanne oder sonstige Gerätschaften erinnerten daran, dass es einst als Gewächshaus diente.

Die Scheiben waren jedoch heil, und auch alle Streben waren intakt. Im chaotischen Durcheinander des Gartens schien allein dieser Ort der Erosion der Zeit entkommen zu sein. In gewisser Weise ähnelte er dem Labor in der Parfümerie.

»Es tut mir leid, aber ich muss dich bitten, mein Zimmer zu benutzen. Die anderen Räume sind allesamt unbewohnbar.

Natürlich ist der Futon gelüftet und frisch bezogen«, sagte Akira.

»Mir macht das nichts aus, aber wo schläfst du?«

»In Rukis Zimmer. Es ist noch so, wie er es damals hinterlassen hat. Aber wenn du lieber dort schlafen möchtest, soll mir das recht sein.«

»Dann nehme ich doch lieber deins«, antwortete ich nach kurzer Überlegung.

Wahrscheinlich würde ich an einem Ort, wo etwas von Hiroyuki zurückgeblieben war, was ich noch nicht kannte, nicht einschlafen können.

»Wie du magst. Ich habe früher als Kind oft in Rukis Zimmer gespielt. Ich bin es gewohnt, in seinem Bett zu liegen, auch wenn er nicht da ist …«

Nach diesen Worten wechselte er abrupt das Thema. Als hätte er etwas Verbotenes ausgesprochen.

»Es gibt natürlich noch mehr Zimmer hier im Haus, aber sie sind nicht besonders funktionell. Es kommt selten vor, dass ein Fremder hier übernachtet. Das letzte Mal war vor zwanzig Jahren, als mein Cousin zu Besuch kam. Früher hatten wir ein Gästezimmer. Im japanischen Trakt. Aber jetzt benutzt es meine Mutter. Dort kann man unmöglich jemanden unterbringen. Sie nennt es Trophäensaal.«

»Was meint sie damit?«

»Dort bewahrt sie sämtliche Preise auf, die Ruki gewonnen hat.«

»Was für Trophäen? Hat er beim Eiskunstlauf gewonnen?«

»Aber nein, bei Mathematikwettbewerben.«

Ich wandte meinen Blick ab und legte meine Finger an die Schläfen, um das gerade Gehörte zu verarbeiten. Mein Armband rutschte mir bis zum Ellbogen herunter.

»Wusstest du das nicht?«

»Nein.«

Ich nestelte am Verschluss des Armbands herum.

»Ich war überzeugt, dass du davon gehört hast. Mein Bruder war ein Mathe-Genie. Er war der ganze Stolz unserer Familie.«

Bücherregale, eine Vitrine, ein Sideboard, eine Kommode, ein Kleiderschrank, ein Frisiertisch, eine Telefonablage, ein Klapptisch. Alle erdenklichen Möbelstücke waren hier versammelt. Jetzt wurde mir klar, weshalb es im übrigen Haus so gespenstisch leer war. Viele der Möbelstücke waren hierhin geräumt worden, um die Trophäen auszustellen.

Ich hatte noch nie eine solche Vielfalt an Pokalen gesehen: große, kleine, schlanke, massive. Mit Spruchbändern oder Gravuren. In Gold, Silber, Kunststoff, Messing … Es nahm kein Ende.

Sie standen in Reih und Glied, dicht an dicht. Sämtliche Schranktüren standen offen, damit auch alle Preise sichtbar waren. Sie waren jedoch nicht willkürlich aufgestellt, sondern sorgfältig platziert. Jede Trophäe befand sich an dem für sie am besten geeigneten Platz, sodass sie zusammen ein harmonisches Ensemble bildeten. Keine verdeckte eine andere, alle waren frontal ausgerichtet. Dazwischen prangten Medaillen, Urkunden und Fotos, um zusätzliche Akzente zu setzen.

Der große Salon, der zehn Tatamimatten maß, war komplett zugestellt, außer einer kleinen Stelle neben der Tür, von wo aus man die ausgestellten Objekte betrachten konnte. Noch die kleinste Nische war mit Hiroyukis Hinterlassenschaft ausgefüllt.

»Unglaublich«, entfuhr es mir bei dem Anblick.

Ich wusste nicht, wo ich zuerst hinschauen sollte.

Schattenspiele tanzten auf den Papierschiebetüren zur Veranda, als die Abendsonne vom Garten in den Salon schien. Akira schaltete das Licht ein.

»Warum hat er dir etwas so Wichtiges verschwiegen?«

»War es denn so wichtig?«

»Ja, denn mein Bruder konnte sich in seiner Jugend nur durch Zahlen ausdrücken. Zumindest, bis er sechzehn war. Bis dahin hatte sich alles in seinem Leben um Mathematik gedreht.«

Ich angelte eine der Auszeichnungen aus dem obersten Fach des Bücherregals.

Nationaler Juniorenwettbewerb im Rechnen – Hiroyuki Shinozuka (10 Jahre), war auf dem Sockel eingraviert.

Der Pokal war so leicht und zierlich, dass er in eine Hand passte. Er musste regelmäßig poliert worden sein, denn die glatte Oberfläche glänzte makellos. Behutsam stellte ich ihn an seinen Platz zurück.

Die Preise auf der Kommode waren neueren Datums.

Erster Preis im Mathematik- und Wissenschaftswettbewerb, organisiert von der Japanischen Rundfunkanstalt, Eh-

renpreis: beim Mathematikwettbewerb für Oberschüler der Region Chugoku, Sonderpreis der Gesellschaft zur Förderung der Mathematik, Ehrenpreis der Sekundarschulen …

»Sind das alles Siegertrophäen?«

»Ja, bis auf eine. Da hat er nur den zweiten Platz belegt, weil er wegen einer Grippe vierzig Grad Fieber hatte. Aber Mutter hat die Urkunde und die Medaille gleich hinter dem Haus verbrannt.«

»Kaum zu glauben, dass es so viele Wettbewerbe in Mathematik gibt.«

»Ja, erstaunlich, oder? Für die meisten Menschen ist das uninteressant, aber weltweit finden ständig derartige Meisterschaften statt.«

Akira schob mich leicht beiseite, damit ich nicht gegen die geöffnete Schranktür stieß. Die Tatamimatten waren arg zerschlissen, vermutlich von der Last der Möbel.

»Und deine Mutter kümmert sich ganz allein um das hier alles?«

»Ja, das ist ihr als einziger Trost geblieben, nachdem mein Bruder uns verlassen hat. Rukis Auszeichnungen werden immer wieder begutachtet, klassifiziert, sortiert und dann neu präsentiert. Das ist die einzige Tätigkeit, die sie noch selbstständig ausführen kann.«

Akira roch genauso wie Hiroyuki. Wie wir hier so eng nebeneinanderstanden, konnte ich mich diesem Duft nicht entziehen. Akira jedoch schien davon nichts mitzubekommen und fuhr fort: »Bei der Begrüßung vorhin hat sie dich mit ihrer Umarmung fast erdrückt, nicht wahr? Dir war das sicher unangenehm. Es tut mir sehr leid. Das macht sie mit den Trophäen auch immer. Seit über zehn Jahren hat sie zu nichts und niemandem eine Beziehung. Nur zu den Pokalen. Zum Glück sind sie so widerstandsfähig, die kann man nicht zerquetschen.«

»Ach, schon gut. Mir macht das nichts aus.«

»Jeden Monat räumt sie hier um. Ich verstehe nicht, was sich dadurch ändern soll. Aber sie macht darum immer ein Riesentheater. Den ganzen Tag über ist sie in heller Aufregung. Sie sagt dann: ›Hier, schau! Es ist alles wieder fein säuberlich in den Schubladen verstaut. Zeitungsausschnitte, Programmhefte, Fragebögen, Lagepläne von den Veranstaltungsorten, Duschhauben aus den Hotels, in denen er übernachtet hat, Startnummern, Bordkarten, ein kaputtes Klemmbrett, sogar abgebrochene Stückchen von Radiergummis …‹«

Die Schubladen waren in Fächer unterteilt, in denen die Reliquien sorgfältig aufbewahrt wurden. Gefügig verharrten sie dort wie tote Insekten in einer Konservierungslösung. Keines der Dinge verließ seinen zugewiesenen Platz auch nur einen Millimeter.

»Hier ist ein Flugticket. Ist er irgendwohin geflogen?«

»Natürlich. Unsere Mutter hat ihn zu allen Veranstaltungen begleitet. Sie sind gemeinsam um die halbe Welt gereist. Für einen Wettbewerb sind sie sogar einmal nach Prag geflogen.«

»Das kann nicht sein. Er hatte doch panische Angst vor allen möglichen Verkehrsmitteln.«

»Was?«

Diesmal war Akira perplex.

»Das könnte doch der Grund dafür gewesen sein, dass er nicht mehr nach Hause zurückkehren konnte.«

Akira schob die Schublade zu. Im Innern klirrte es.

»Jedenfalls ist die Ordnung beeindruckend. Genauso wie bei Hiroyuki. Gründlich, makellos, wunderschön.«

»Damit hat sie aber erst angefangen, nachdem er uns verlassen hatte.«

»Dann teilten sie also ihre Ordnungsliebe, obwohl sie an verschiedenen Orten lebten.«

Die Sonne ging bereits unter, und wir standen eine Weile reglos zwischen einer Vitrine und dem Kleiderschrank.

Alles im Raum fühlte sich kalt und abweisend an, obwohl sämtliche Gegenstände von Hiroyuki in Händen gehalten worden waren. Die Pokale, die im Licht der Neonröhren matt schimmerten, ließen mich nicht an Rukis Jugend denken, sondern riefen mir seinen Tod ins Bewusstsein.

»Mir gegenüber hat er sich nie in Zahlen ausgedrückt, sondern mit Worten«, sagte ich.

»Ja, ich weiß«, erwiderte Akira.

Die Hälfte seines Gesichts lag im Schatten. Ich bemerkte erneut den Geruch. Er war so unverkennbar, dass man meinen konnte, Ruki verberge sich im Schatten hinter ihm. Ich wandte meinen Blick ab, um diese Vorstellung loszuwerden.

»Was macht ihr da?« Plötzlich erklang hinter uns eine Stimme.

»Wie oft habe ich dir gesagt, dass du dieses Zimmer nicht betreten sollst. Wieso bist du so ungehorsam?«

Es war die Mutter. Ihr Mund war immer noch klebrig vom Feigensaft.

»Aber nein, ich wollte unserem Gast nur zeigen, wie begabt Ruki war«, versuchte er sich hastig zu rechtfertigen.

»Nichts anfassen! Ich habe die Trophäen erst heute Morgen poliert. Wenn ihr sie mit den Fingern berührt, gibt das hässliche Flecken!«

Aufgebracht schüttelte sie den Kopf und schlug sich auf die Schenkel. Sie zitterte vor Wut. Unter ihrem Rocksaum lugten die spitzen Knie hervor.

»Verzeih, Mutter, ich hätte nicht unerlaubt hier eintreten sollen. Aber wir haben nichts angefasst. Es gibt nirgendwo Fingerabdrücke – das kann ich dir versichern!«

Akira nahm sie in den Arm und strich ihr übers Haar.

»Ich habe unserem Gast gerade erzählt, wie viele schwierige mathematische Probleme Ruki gelöst und dabei manchen angesehenen Universitätsprofessor in den Schatten gestellt hat. Sie war sehr überrascht, denn sie wusste nicht, wie klug Ruki ist. Verzeih mir, Mutter.«

Schwer atmend, ließ die Mutter ihren Kopf auf seiner Brust ruhen. Dann setzte sie sich abrupt auf und schaute mich an.

»Haben Sie den Pokal gesehen, den er für den ersten Platz beim 14. *Nationalen Pythagoras-Wettbewerb* erhalten hat? Damals hatte er die höchste Punktzahl, die je erreicht wurde.«

7

Natürlich war mir aufgefallen, dass Hiroyuki ein Faible für Zahlen hatte. Es kam häufig vor, dass er sich Dinge auf mathematischem Weg veranschaulichte. Zum Beispiel merkte er sich in einem Roman die interessanten Szenen mithilfe der Seitenzahlen, die Fliesen in unserem Badezimmer verlegte er auf Grundlage der Kombinatorik, und wenn er im Garten Vögel beobachtete, wandte er die Mengenlehre an.

In unserem kleinen Garten hatten wir gemeinsam ein Kräuterbeet angelegt. Es muss zu dem Zeitpunkt gewesen sein, als der Rosmarin gepflanzt werden musste.

»Die Gärtnerei taugt nichts. Die Hälfte der Pflanzen ist eingegangen. Ich habe sie vorgestern umgesetzt, aber die meisten haben keine Wurzeln geschlagen. Ich weiß nicht, wie oft ich das noch machen muss, bis es klappt«, schimpfte ich, während ich die Erde mit einer Hacke auflockerte. Daraufhin kritzelte Hiroyuki ein paar Formeln auf die Rückseite eines Werbeprospekts, wobei er leise vor sich hin murmelte.

»Bei n Rosmarin-Setzlingen ist die Erfolgschance nach k Tagen, Klammer auf – eins minus die Hälfte von k –, Klammer zu, hoch n, wobei die gesuchte Formel Sigma k gleich null bis unendlich – in Klammern minus eins – beträgt. Und wenn ich eins minus eins geteilt durch zwei hoch k durch die Variable x ersetze, komme ich auf den Wert …«

»So genau brauchst du das doch nicht auszurechnen …«, wandte ich zaghaft ein, da ich befürchtete, er würde seine Berechnungen noch endlos weitertreiben.

Überrascht hielt er inne und schaute hoch in den Himmel.

»Ich werde eine bessere Gärtnerei suchen«, sagte ich.

»Ja, da hast du recht. Das sollten wir tun.«

Hiroyuki ließ beschämt den Kopf hängen, als hätte er einen schwerwiegenden Fehler begangen.

Auf der Rückseite des Prospekts standen geheimnisvolle Zeichen: $\sum$, ∞, $\int$, $\int$, log.

»Die Formeln sehen hübsch aus. Fast wie ein raffiniert geklöppeltes Spitzenmuster«, sagte ich.

»Das sind doch nur Symbole.«

Und schon hatte er den Prospekt zerrissen.

Von da an gedieh der Rosmarin prächtig, aber nach Hiroyukis Tod, als ich mich nicht mehr darum kümmerte, ging er ein.

Ein anderes Mal, als wir an einer Kreuzung in der Nähe unseres Hauses standen und darauf warteten, dass die Ampel grün wurde, klagte ich:

»An dieser Ampel muss man immer warten.«

Er antwortete: »Die durchschnittliche Wartezeit beträgt die Hälfte von 15 Sekunden.«

»Woher willst du das wissen?«

»Die Ampel wechselt alle halbe Minute auf Rot oder

Grün. Ist sie grün, beträgt die Wartezeit 0. Ist sie rot, liegt die Wartezeit linear zwischen 30 und 0 Sekunden, was einen Durchschnitt von 15 Sekunden ergibt. Für die entsprechenden Wartezeiten folgt daraus eine Gesamtzeit von (0 + 15) / 2, also 7,5 Sekunden.«

Eigentlich hatte er keine Berechnung angestellt, sondern mit seinen Worten die Situation an der Ampel geschildert.

»Exzellent«, sagte ich.

Doch kein noch so überschwängliches Lob betrachtete er als Kompliment, das ihn stolz machte. Vielmehr konnte er seine Enttäuschung darüber nicht verbergen, dass er sich nicht zurückhalten konnte.

»Ruki, von allen Leuten, die hier an der Kreuzung warten, bist du bestimmt der Einzige, der sich Gedanken über durchschnittliche Wartezeiten macht.«

In diesem Moment schaltete die Ampel auf Grün. Ich ergriff seine Hand und lief mit ihm über die Straße. Ohne darauf zu achten, ob wir andere Passanten anrempelten, hielt ich seine Hand fest umklammert, damit uns nichts und niemand trennen konnte. Ich hatte das Gefühl, dass der Wind nur um uns beide herumwehte. Seine Hand war warm und groß genug, mich ganz zu umfangen.

Ich dachte, es gäbe keine Geheimnisse auf der Welt. Allein Hiroyuki an meiner Seite zu haben ließ mich glauben, er könne alle Rätsel dieser Welt lösen. Es gab keine Anzeichen dafür, dass Hiroyuki so früh sterben würde.

Am nächsten Tag, als Akira zur Arbeit gegangen war, beschloss ich, das Haus zu inspizieren.

Akiras Zimmer befand sich in der oberen Etage am hinteren Ende. Es besaß eine unregelmäßige fünfeckige Form, was wohl auf den Anbau zurückzuführen war. Sein Bett, ordentlich und sauber zurechtgemacht, sah sehr bequem aus. Über dem Wecker hing ein Foto, vermutlich von seiner Freundin, und im Rekorder steckte eine Kassette mit Beethovens Violinkonzert.

An drei Wänden gab es Regale, in denen Modellhäuser standen. Ein Restaurant, ein Antiquitätengeschäft, ein Zoo, eine Musikalienhandlung, eine Bäckerei und ein Schloss – sie alle waren erstaunlich gut umgesetzt. Auf dem Tisch lagen Teile einer noch nicht fertiggestellten Arbeit. Ein Stuhl, dem drei Beine fehlten, unbemaltes Geschirr, Stoffreste, die vielleicht als Vorhänge gedacht waren. Es roch leicht nach Klebstoff.

Als ich nach unten ging, duftete es im Erdgeschoss noch nach dem Frühstückskaffee. Akira hatte bereits den Abwasch erledigt, obwohl ich ihn darum gebeten hatte, das mir zu überlassen. Ich hörte es am Surren der Spülmaschine.

Das Wohnzimmer, in dem lediglich ein Ledersofa stand, wirkte nicht besonders einladend. Die anderen Möbel waren vermutlich ins Trophäenzimmer umgezogen. Kein einziges Bild schmückte die Wände, weder herumliegende Zeitschriften noch Stapel mit Briefen zeugten davon, dass hier jemand lebte. Nicht einmal eine Grünpflanze füllte die gähnende Leere.

Ich durchforstete jeden Winkel auf der Suche nach einem Indiz, dass Hiroyuki dieses Zimmer tatsächlich bewohnt hatte. Würde in der Mulde des Ledersofas noch seine Körperwärme zu spüren sein? Stammte der Fleck auf dem Teppich vielleicht von der Milch, die er als Säugling ausgespuckt hatte? Oder die Schramme an der Wand von einem Spielzeug, das er im Streit nach seinem Bruder geworfen hatte?

Doch keine meiner Vermutungen war fundiert. Es war schier unmöglich, jenen Schüler, der exzellent Schlittschuh laufen konnte und mathematisch so begabt war, mit dem Mann in Einklang zu bringen, der in seinem Labor in der Parfümerie gesessen hatte. Gleichzeitig malte ich mir aus, wie es ihm wohl nach seinem Tod erging. Vielleicht lief er in einer anderen Welt gerade mit verbundenen Augen die Linien eines Musters nach, die ein Mädchen mit Fäustlingen um den Hals auf die Eisfläche gesprüht hatte. Oder er stand auf einer Bühne, um den prachtvollen Pokal einer Mathematik-Olympiade in Empfang zu nehmen.

Das würde einen Sinn ergeben.

Vielleicht war Hiroyuki schon lange vor unserer Begegnung gestorben.

Durch das Wohnzimmerfenster blickte man auf die im griechischen Stil gehaltene Pergola. Der Regen hatte den angesammelten Schmutz im Relief der Säulen in braune Schlieren aufgelöst. Wild wuchernde Lianen und Akebien rankten ineinander verschlungen daran hoch.

Die Mutter hatte sich in den japanischen Salon zurückgezogen und machte keine Anstalten, herauszukommen.

Die Tür zum Trophäenraum war merkwürdig verzogen und die Dielen davor knarrten fürchterlich. Ich hätte zu gern ein Auge reingeworfen, wagte jedoch nicht, das Zimmer zu betreten, aus Angst, die Mutter könnte mich dabei ertappen.

Das westlich eingerichtete Zimmer gleich neben dem Eingangsbereich war das ehemalige Arbeitszimmer des Vaters. Der Schreibtisch vermittelte den Eindruck, als habe sich bis vor Kurzem noch jemand hier aufgehalten. Es lagen ein paar maschinengeschriebene Karteikarten, ein Füllfederhalter sowie ein aufgeschlagenes Notizbuch mit einem Löschblatt darauf. Doch wenn man genau hinsah, konnte man erkennen, dass alles mit Staub bedeckt war, als wären die Dinge verpuppte Larven. Und es gab keinen Hinweis darauf, dass jemand versucht hätte, die Seidenkokons aufzubrechen.

Auf dem Boden stapelten sich Bücher, denn das Regal, wo sie eigentlich hätten stehen sollen, war in das Trophäenzimmer gewandert. Es waren allesamt medizinische Fachbücher. Auf einem der Stapel stand einsam ein kleiner Pokal. Als ich ihn in die Hand nahm, wirbelte Staub hoch. Die goldene Farbschicht war abgeblättert, das rotweiße Zierband ausgefranst, und die eingeschraubte, zwiebelförmige Krone war locker und drohte herunterzufallen.

Ich hatte Mühe, die verblassten Buchstaben auf dem Band zu lesen:

1. Preis der 44. Orchideen-Ausstellung. Gestiftet von der Organisation zur Förderung der Landwirtschaft.

Hier vom Büro aus konnte man direkt in das leere Gewächshaus sehen.

Nach kurzem Zögern ging ich wieder nach oben und betrat Hiroyukis Zimmer. Der Raum war frisch gelüftet und hell. Die Einrichtung bestand aus einem Kleiderschrank, einem Schreibpult mit Bücherbord, einem Bett und einem Frisiertisch. Flugzeuge und Mondsicheln zierten die Tapete. Auf der Balustrade der Veranda klebte Vogelkot.

Als ich den Kleiderschrank öffnete, fand ich einen Haufen zurückgelassener Anziehsachen vor. Baumwollhemden und Sweatshirts, typische Kleidungsstücke eines Oberschülers. Sie waren nachlässig hineingestopft oder hingen völlig durcheinander auf Bügeln. Es war ganz anders als Hiroyukis Garderobe bei uns, wo alles fein säuberlich einsortiert war. Hier gab es keinerlei Ordnung.

Was mich jedoch am meisten erstaunte, war die Konfektionsgröße. Die Kleidungsstücke waren allesamt kleiner als die, die ich von ihm kannte. Er musste also gewachsen sein, nachdem er sein Elternhaus verlassen hatte.

Vor dem Spiegel standen verschiedene Toilettenartikel. Die Etiketten der Flakons waren verblasst, ihr Inhalt hatte sich verflüchtigt. Neben der Steckdose hing ein altmodischer Föhn. Vielleicht hatte er damit seine nasse Hose getrocknet, nachdem er von der Eiskunstlaufbahn zurückgekehrt war.

Auch in der Schreibtischschublade herrschte ein ziemliches Durcheinander: Bleistiftminen, ein Rechenschieber, ein Schülerausweis, Sammelbilder von Popsängern, eine

Lupe, ein Schlüsselanhänger, Zigaretten, Karten mit Englischvokabeln, eine Bonuskarte von einem Schnellrestaurant …

Ich schob die Schublade behutsam zu.

Allein die Titel der Bücher, die im Regal standen, waren nicht typisch für einen Teenager: Abhandlung über lineare Algebra; Nichtstandardanalysis; Mengen – Topologie – Intervalle; Handbuch der rationalen Reihen; Euklidische Räume.

Allen Büchern war anzusehen, dass sie gründlich durchgearbeitet worden waren. Hervorhebungen mit Textmarker, Unterstreichungen, Kommentare und Klebezettel. Ich verstand kein Wort von dem, was Hiroyuki notiert hatte. Für mich waren es rätselhafte Hieroglyphen.

Das Bett war zerwühlt, weil Akira darin geschlafen hatte, und obwohl ich das wusste, konnte ich nicht den Impuls unterdrücken, es zu berühren. Ich tastete jede noch so kleine Falte ab, in der Hoffnung, etwas von Hiroyuki zu spüren, aber meine Fingerspitzen blieben kalt und steif.

»Hat Akira Ihnen den Pokal vom Pythagoras-Wettbewerb gezeigt?«, erkundigte sich die Mutter, während sie ein aus dem Sandwich heraushängendes Stück Schinken abbiss.

»Ja.«

Ich nickte, obwohl ich mich nicht daran erinnern konnte, welche der Trophäen gemeint war.

»Akira redet immer sehr viel und hat die Angewohnheit, das eine oder andere zu vergessen. Und? War das nicht eine außergewöhnliche Leistung? Es war das beste Ergebnis in der Geschichte des Wettbewerbs, deshalb haben sich die Veranstalter auch beeilt und einen Sonderpokal anfertigen lassen.«

Sie legte das Sandwich auf den Teller zurück und nahm einen Schluck Zitronentee. Anders als bei den Feigen aß sie diesmal auf eine bedächtige, fast gezierte Art. Ihr Make-up war unverändert dick aufgetragen, und Lippenstift klebte am Brot.

»Haben Sie Rukis Antwortbogen gesehen? Er liegt eingerahmt in der Kommode, dritte Schublade von oben.«

»Nein, leider nicht.«

»Ach, wie gedankenlos Akira doch ist!«

Mit einer abrupten Geste stieß sie gegen ihre Tasse und verschüttete ein wenig Tee.

»Ruki hatte die Aufgabe in nur vier Stunden gelöst. Die drei anwesenden Professoren, allesamt Spezialisten für Zahlentheorie, brauchten hierfür zwei volle Tage. Außerdem war ihm eine perfekte Beweisführung gelungen. Ihnen sagt das vielleicht nichts, aber bei einer Ableitung ist die richtige Schlussfolgerung etwas sehr Erhabenes. Es gibt nichts Überflüssiges, alles ist ausgewogen und stimmig, in einem einzigen harmonischen Fluss. Bei Ruki wurde Mathematik zu einer Sinfonie oder Skulptur.«

»Ja, das glaube ich gerne.«

Ich erinnerte mich an die Berechnung mit den Rosmarin-Setzlingen auf dem Prospekt, den er zerrissen hatte.

»Was geht nur in deinem Kopf vor, dass du unserem Gast so etwas vorenthältst?«

Sie schluckte einen Bissen hinunter und betupfte sich mit der Serviette den Mund.

»Akira bereitet jeden Tag das Mittagessen vor, obwohl er eigentlich zu arbeiten hat. Das ist doch sehr aufmerksam von ihm«, wandte ich ein.

»Es gibt immer nur Sandwiches. Gestern, heute, am Tag der Verfassung und zu Weihnachten. Akira wechselt höchstens einmal von Salat zu Gurken oder von Senf zu Mayonnaise«, stöhnte sie missbilligend, als sie sich das letzte Stück des Sandwichs in den Mund schob.

Sie blinzelte ununterbrochen, vermutlich wegen der schlecht sitzenden falschen Wimpern. Heute trug sie grünen, gelben und perlmuttweißen Lidschatten.

»Aber sie schmecken doch köstlich.«

»Den lieben langen Tag bastelt er an seinen Puppenhäusern herum. Damit spielen kleine Mädchen, aber doch nicht erwachsene Männer. Es ist wirklich unfassbar!«

»Es sind wundervolle Miniaturen. Alles ist mit äußerster Präzision gefertigt, wie bei echten Häusern.«

»Aber wem nützen sie? In so kleinen Modellen kann doch niemand wohnen.«

Sie rollte die Serviette zusammen und schob sie zur Mitte des Tisches hin. Ich schloss die Augen.

Eine Schar kleiner Vögel flog herbei. Sie hockten sich ins Laub der Pappelpflaume und fingen an zu zwitschern. Ansonsten war es still im Garten. Wenn eine Brise vom Meer kam, wiegten sich die Bäume gleichmäßig und warfen grüne Schatten auf das Glas des Gewächshauses.

»Wie mag es Ruki wohl ergehen?«, überlegte sie laut.

»Die Qualifikationsrunden für den Pythagoras-Pokal stehen an. Wenn er sich nicht bald anmeldet, ist es zu spät. Wissen Sie, wo er steckt?«

»Nun ja …«, stammelte ich, während ich verzweifelt nach einer passenden Antwort suchte.

»Er ist Feigen kaufen gegangen und kehrte nie zurück.«

Mit dem Zeigefinger verschmierte sie den verschütteten Tee auf der Tischplatte. Ihr Nagellack, der die gleiche Farbe wie ihr Lippenstift hatte, ließ ihre Finger noch schlanker aussehen.

»Wie war Hiroyuki als Kind?«, fragte ich, um das Thema zu wechseln.

Aber genau darauf schien sie nur gewartet zu haben. Sie hob den Kopf und beugte sich zu mir hin …

»Er war ein kluger Junge. Anders kann man es nicht ausdrücken. Es geht hier nicht um Auffassungsgabe oder Schlagfertigkeit, sondern darum, das Wesentliche zu verstehen. Mit nur vier Jahren versuchte er bereits, das Gefüge der Welt zu verstehen. Auf seine eigene Art und Weise.«

»Das Gefüge der Welt?«

»Ja, genau. Wie die Zeit entstanden ist, wohin sie geht, weshalb man existiert, was sich am Ende des Universums befindet. Über all das hat er nachgedacht. Mit unbändigem Wissensdurst.«

Sie blinzelte so heftig, dass ihre falschen Wimpern jeden Moment abzufallen drohten. Ihr Eyeliner war verwischt und bildete dunkle Ringe unter den Augen.

»Ruki war mein erstes Kind und ich wusste sofort, dass er etwas Besonderes ist, mit göttlichem Licht gesegnet.

Einmal sagte er zu mir: ›Wenn ich eines Tages sterbe, möchte ich in deinen Schoß zurückkehren.‹«

Die Vögel waren unbemerkt davongeflogen. Ein Postbote fuhr auf seinem Moped vorbei. Danach herrschte wieder Stille.

Ich starrte auf die Zitronenscheibe in meiner Teetasse.

»Ich frage mich, warum er gestorben ist ...«, hörte ich sie raunen.

Sie wischte ihren nassen Zeigefinger am Ausschnitt ihrer Bluse ab.

8

Nationaler Mathematik-Wettbewerb für Oberschüler
Die Intelligenz des Gewinners

Zum ersten Mal in seiner siebzehnjährigen Geschichte wurde beim Nationalen Mathematik-Wettbewerb für Oberschüler (organisiert von der Gesellschaft zur Förderung der Wissenschaften) der erste Preis an einen Gymnasiasten aus dem ersten Jahr vergeben. Den Siegerpokal nahm der fünfzehnjährige Hiroyuki Shinozuka in Empfang.

Er gehört der Arbeitsgemeinschaft Biologie an und ist ein ganz normaler Schüler. In seiner Freizeit studiert er das Kursbuch der Nationalen Eisenbahngesellschaft. Er gibt an, sich nicht besonders für Fächer wie Literatur oder Geschichte zu interessieren. Wenn es jedoch um Mathematik geht, ist er in seinem Element. Mühelos löst er die komplexesten Probleme, bei denen seine Mitschüler nicht einmal die Aufgabenstellung verstehen. Shinozuka war der einzige Teilnehmer, der die vierte Frage des zweiten Tests richtig beantwortete, die selbst bei Aufnahmeprüfungen für Doktoranden als zu schwierig empfunden würde.

Hierzu die Beurteilung von Professor N., Mathematiker und Mitglied der Jury:

»Der nötige mathematische Kenntnisstand bei diesem

Wettbewerb entspricht dem Niveau von Stufe 1. Aber hier kommt es nicht auf die Anwendung von Wissen an. Vielmehr muss man für die Lösung eine Methode entwickeln, die auf Scharfsinn und Vorstellungskraft beruht. Die einzigartige Leistung von Hiroyuki Shinozuka besteht vor allem in seiner außergewöhnlichen Herangehensweise. Auch wenn ihm die theoretischen Grundlagen nicht geläufig sind, war er in der Lage, die Aufgabe zu lösen, indem er eigenständig das Theorem herleitete. Dieser Junge ist außergewöhnlich begabt.«

Man sollte meinen, dass es sich bei diesen Fähigkeiten um einen äußerst fleißigen Schüler handelt, aber er selbst gibt an, dass er sich nur selten an den Schreibtisch setze, um zu lernen. »Die Lösung eines Problems entdecke ich meistens spontan, wenn ich mit dem Rad unterwegs bin oder mit meinem kleinen Bruder ›Othello‹ spiele. Ich beschäftige mich eher damit, Bücher über Theorie zu lesen als mathematische Probleme zu lösen. Meine Hausaufgaben erledige ich normalerweise abends zwischen acht und zehn.«

Aus welchem familiären Umfeld stammt dieses junge Genie? Shinozukas Vater arbeitet als Professor für Anästhesie an der Universitätsklinik. Seine Mutter, früher Apothekerin, ist Hausfrau. Sein einziger Bruder ist vier Jahre jünger als er.

»Ich erinnere mich daran, dass er als Kleinkind, als er noch gar nicht richtig laufen konnte, ein großes Interesse an Kalendern hatte. Unermüdlich hat er sie durchgeblättert und sich alles genau angeschaut. Wenn ich etwas zu erledigen hatte, brauchte ich ihm nur einen Kalender zu geben, damit hat er dann brav gespielt. Als er zu sprechen begann, zeigte ich einmal auf eine Amaryllis in unserem Garten und meinte zu ihm, was für eine wunderschöne Blüte sie habe. Daraufhin erwiderte er zu meiner großen Verwunderung: ›Die Blume hat sechs Blätter.‹ Noch bevor er in die Schule kam, wusste er bereits, wie man dividiert und multipliziert. Von da an besorgten wir ihm alle Mathematikbücher, die er sich wünschte, und mein Mann dachte sich regelmäßig Aufgabenstellungen für ihn aus. Aber auf eine Spezialschule haben wir ihn nicht geschickt. Das Einzige, was ich für Hiroyuki tun konnte, war, dafür zu sorgen, dass er nicht gestört wurde.«

Seiner Mutter zufolge hat sie ihn nie zum Lernen gezwungen. Die Anmeldung zu diesem Wettbewerb geschah nur, damit er über die Schule hinausgehende Erfahrungen sammeln und eventuell gleichgesinnte Freunde finden konnte.

Auf die Frage, ob er überhaupt später einmal Mathematiker werden wolle, antwortet er wie folgt: »Das weiß ich jetzt noch nicht. Ich würde gerne andere Sprachen lernen und interessiere mich für Philosophie. Über meine Berufslaufbahn habe ich mir noch keine Gedanken gemacht. Aber meine Liebe zur Mathematik wird niemals versiegen.«

Während unseres Gesprächs lag immer ein Hauch von kindlicher Unschuld auf Hiroyuki Shinozukas Miene. Auf meine Frage, ob er eine Freundin habe, schüttelt er den Kopf. Er wurde rot bis über beide Ohren.

*

Beurteilung des Klassenlehrers im Abschlusszeugnis der Grundschule

Während des gesamten Schuljahres zeigte er sich besonnen im Umgang und in der Einschätzung von Sachverhalten, entschlossen in Wort und Tat. Er hatte nie Streit mit seinen Mitschülern und behandelte sie stets zuvorkommend. Zu Beginn des Schuljahres hielt er sich noch zurück, dann jedoch beteiligte er sich zunehmend aktiver am Unterricht und meldete sich häufiger zu Wort.

Im Klassenverbund war er für Hygienefragen verantwortlich. Er verwaltete die Gesundheits-Checklisten, gab Informationsblätter heraus und notierte die Fehlzeiten auf der Anwesenheitstafel. Alle ihm übertragenen Aufgaben verrichtete er äußerst gewissenhaft.

Er zeichnete sich in sämtlichen Fächern durch exzellente Leistungen aus. Vor allem seine Auffassungsgabe in Mathematik ist herausragend. Auch die Anwendung der erworbenen Kenntnisse ist erstaunlich, seine Geschwindigkeit beim Rechnen, seine Vorstellungsgabe von Raum und Quantität, sein Abstraktionsvermögen … Da der Lehrstoff ihn unterforderte, nahm er aus eigenem Antrieb Bücher zu Hilfe, die ihn in den Wissensstand eines Oberschülers versetzt haben dürften.

Seine Lehrer hatten es zum ersten Mal in ihrer Laufbahn mit einem derart begabten Schüler zu tun, wodurch es im Unterricht gelegentlich zu Missverständnissen kam. Jedoch bereitete es allen Beteiligten große Freude zu sehen, wie sich sein außergewöhnliches Talent auf diese Weise entfaltete.

Seine mathematische Begabung hatte auch einen positi-

ven Einfluss auf andere schulische Bereiche: Sozialkunde, das Beobachten von Tieren und Pflanzen, wissenschaftliche Experimente. In Fächern, die körperlichen Einsatz erfordern, wie Musizieren oder Geräteturnen, hat er mit viel Ausdauer und Fleiß ebenso gute Leistungen erbracht.

Im Fach Sprache und Literatur hat er ein ausgezeichnetes Textverständnis bewiesen. Er vermag einen Text zu gliedern und die Argumentationslinie herauszuarbeiten, indem er die einzelnen Teile in Beziehung zueinander setzt. Er ist ein sehr feinsinniger Leser, der sich außer mathematischen Lehrbüchern auch andere Lektüren, vorwiegend Romane, Biografien und Geschichtsbücher, in der Schulbibliothek ausleiht.

Es scheint ihm an Selbstvertrauen zu mangeln, wenn es darum geht, sich verbal auszudrücken, was jedoch nichts mit seinen Fähigkeiten zu tun hat, sondern eher seiner Persönlichkeit geschuldet ist, die sich aber im Zuge seiner Sozialisation sicher entfalten wird.

Demzufolge bestehen keinerlei Bedenken hinsichtlich seines Eintritts in die Sekundarstufe. Es bleibt zu hoffen, dass sich unter der Führung neuer Lehrkräfte sein Interesse an der Mathematik und auch anderen Fächern weiterentwickeln wird, um seine außergewöhnliche Begabung voll zur Geltung zu bringen. Erwähnenswerte außerschulische Aktivitäten: Bronzemedaille beim Wettbewerb im Rahmen der städtischen Kalligrafieausstellung, fünfter Platz beim Schulmarathon, beim Schulfest Rolle des »Herrn von Unruh« im Musical »Die Schöne und das Biest«.

*

Entschuldigen Sie bitte, dass ich Ihnen so unvermittelt schreibe. Neulich entdeckte ich zufällig Ihr Foto in der Zeitung und erfuhr, dass Sie den ersten Preis in einem Mathematik-Wettbewerb gewonnen haben. Meine Freude darüber hat mich zum Stift greifen lassen. Von ganzem Herzen möchte ich Ihnen zu dieser Leistung gratulieren.

Zehn Jahre ist es nun her, dass der kleine Hiroyuki den Kindergarten verlassen hat. Inzwischen habe ich geheiratet und vor drei Jahren ein Kind bekommen, weshalb ich vorerst aus dem Berufsleben ausgeschieden bin.

Trotz der unscharfen Aufnahme und Ihrem gesenkten Blick habe ich Sie sofort erkannt, obwohl Sie inzwischen zehn Jahre älter sind. Damals lautete Ihr Spitzname »Ruki« – werden Sie noch immer so genannt?

Als ich las, dass der schüchterne Ruki von damals sich in ganz Japan beim Lösen mathematischer Probleme hervortut und sogar Universitätsprofessoren in Erstaunen versetzt, war ich mächtig stolz, dass ich ein so brillantes Kind betreuen durfte.

Als ich Ihre Gruppe in meine Obhut nahm, merkte ich mir den Namen Hiroyuki als Erstes. Das ist nicht gelogen. Vor der Begrüßungsfeier hatte ich Ihnen zum Zeitvertreib aus einem Kinderbuch vorgelesen, als Sie plötzlich »Nur noch ein Drittel« riefen. Ich war völlig perplex, dass ein Kind in Ihrem Alter sich überhaupt mit Bruchrechnung auskannte. Neugierig geworden, habe ich die restlichen Seiten gezählt, und es war tatsächlich genau noch ein Drittel zu lesen.

Erinnern Sie sich noch an den Tag, als wir Granatäpfel ge-

zeichnet haben? Als alle Kinder damit fertig waren, haben sie in der Mittagspause die Äpfel aufgegessen. Nur Sie haben die Fruchtkerne auf einem Blatt Papier aufgereiht, um sie zu zählen, fein säuberlich in Zehnergruppen geteilt, obwohl es Zeit war, nach Hause zu gehen. Ihre Mutter, die Hortleiterin und ich haben aufmerksam zugeschaut, ohne Sie dabei zu stören. Als Sie endlich mit dem Zählen fertig waren, riefen Sie freudestrahlend: »239« (die genaue Zahl weiß ich ehrlich gesagt nicht mehr).

Ich habe Ihnen Origami und beim Turnen den Felgaufschwung beigebracht, und jetzt lösen Sie Probleme, die ich nicht einmal ansatzweise begreife. Für einen Lehrer oder Erzieher gibt es keine größere Freude.

Bleiben Sie gesund und studieren Sie mit Eifer jene Fächer, die Ihnen am Herzen liegen. Ich wünsche Ihnen, wenn auch aus der Ferne, weiterhin viel Erfolg bei Ihren Unternehmungen. Grüßen Sie Ihre Eltern von mir.

Alles Gute …

»Lobeshymnen über Lobeshymnen … nichts als positive Erinnerungen.«

»Stört es dich?«

»Nein, aber mir schwirrt ein wenig der Kopf davon.«

»Ich mache mal das Fenster auf. Sie hält es immer geschlossen, weil sie glaubt, die Pokale würden von der kalten Luft in Mitleidenschaft gezogen werden.«

Die Mutter war am Morgen mit Migräne aufgewacht

und schlief nun, nachdem sie ihre Medikamente genommen hatte. Akira genoss seinen freien Tag.

»Ich hoffe, deine Mutter merkt nicht, dass wir hier sind«, sagte ich.

»Keine Sorge. Sie hat ein starkes Schmerzmittel genommen. Und noch dazu die doppelte Dosis. Sie wird frühestens in drei Stunden aufwachen.«

Das Schiebefenster zur Veranda klemmte an mehreren Stellen und ließ sich kaum öffnen. Die Frühlingssonne schien in den Garten. Der Geruch von Erde und Pflanzen drang ins Zimmer, obwohl es draußen absolut windstill war.

»In welchem Alter hat er denn an solchen Wettbewerben teilgenommen?«

Ich steckte den Brief der Kindergärtnerin in den Umschlag zurück.

»Ich weiß nicht genau. Meine Mutter ist mit ihm von Wettbewerb zu Wettbewerb gezogen, solange ich zurückdenken kann. Die Ausschreibungen müssen ja irgendwo aufbewahrt sein. Ich schaue mal nach.«

Akira zwängte sich zwischen den Möbeln hindurch und zog einige Schubladen der Kommode auf. Aus einer holte er ein Bündel Programmhefte hervor. Sie waren chronologisch geordnet. Die meisten waren verblichen und hatten abgestoßene Ecken. Einige waren eingerissen und mit Klebeband ausgebessert, andere prachtvoll aufgemacht wie die Speisekarte in einem Nobelrestaurant.

»Hier! Das älteste Heft stammt von einem Kinderfest mit dem Motto ›Große Versammlung kleiner Genies‹. Es ist aus dem Jahr 1972. Wie lange mag das her sein? Ich war damals vier, mein Bruder acht. Also … vor zweiundzwanzig Jahren.«

»Du bist nicht so gut im Kopfrechnen, oder?«

»Nein, mit Ruki konnte ich nicht mithalten.«

»Ist das nicht erblich?«

»Es ist nicht genetisch bedingt. In seinem Fall muss es eine spontane Mutation gewesen sein. Ich hingegen kriege ständig Ärger im Laden, weil ich das Wechselgeld falsch rausgebe.«

Akira zog den Kopf zwischen die Schultern.

Dem Programm zufolge handelte es sich um eine Veranstaltung in einem Vergnügungspark, zu der Grundschüler mit besonderen Fähigkeiten eingeladen waren. Neben Kindern, die sämtliche Bahnstationen der Sanyo-Linie auswendig kannten, anhand von Fotos die Namen von Buddha-Statuen errieten oder Passagen aus Shakespeare-Stücken zitieren konnten, tauchte auch Hiroyukis Name auf. Er wurde als »Meister der Mathematik« angekündigt, der Aufgaben vom Schwierigkeitsgrad einer Abiturprüfung lösen konnte. Er durfte als Letzter auftreten. Vielleicht hatte er zur Belohnung ein Eis bekommen, denn das Heft war voller Flecken.

»Warst du auch dabei?«

»Das weiß ich nicht mehr. Wahrscheinlich musste ich zu Hause bleiben. Das war immer so. Meine Mutter behauptete, ich würde ihn nur ablenken. Mit mir könnte er sein Talent nicht voll entfalten.«

»Sie war wohl sehr ehrgeizig?«

»Ehrgeizig? Das wäre eine Untertreibung. Sieh dich hier doch bloß mal um.«

Akira und ich standen wie eingeklemmt zwischen den Möbeln und atmeten die abgestandene Luft ein, die auch bei geöffnetem Fenster unverändert blieb.

»Bei solchen Veranstaltungen herrscht eine ganz eigentümliche Atmosphäre. Man ist umgeben von fremden Gesichtern, überall wird getuschelt und die Juroren setzen – warum auch immer – hochtrabende Mienen auf. Meine Mutter war immer furchtbar nervös und hat immer nur das Gleiche gesagt: ›Bleib ruhig und lies dir sorgfältig die Aufgaben durch. Es gibt keinen Grund zur Panik, hörst du? Vergiss bloß nicht, deinen Namen auf das Blatt zu schreiben. Dann ist alles gut. Du schaffst das, Ruki!‹ Ich fragte mich damals, ob sie den Verstand verloren hat, denn ich hatte gehört, dass wahnsinnig gewordene Menschen immer das Gleiche sagen. Ich selbst rannte dann außer mir vor Angst durch die Gegend und rief pausenlos: ›Vergiss nicht, deinen Namen auf das Blatt zu schreiben!‹ Die anderen Erwachsenen lachten, aber meine Mutter kochte vor Wut und hielt mir den Mund zu, als wollte sie mich ersticken.«

»Wirklich?«

»Ja, sie hätte alles getan, damit Ruki nicht abgelenkt wird, sogar mir die Luft abgeschnürt.«

Ich wandte mich um, weil ich das Gefühl hatte, seine Mutter würde an der Tür stehen, aber es war niemand dort. Nur Rukis Name, eingraviert auf den Pokalen, wachte über uns.

»Seinen letzten Wettbewerb hat er im Sommer 1980 gewonnen. Das muss im ersten Jahr auf der Oberschule gewesen sein, nicht wahr? Wieso hat er so plötzlich damit aufgehört? Wegen der Aufnahmeprüfung an der Universität?«

»Er war nervlich am Ende. Natürlich war er immer
noch brillant, aber er musste jedes Mal lange Reisen mit
Bus oder Bahn in Kauf nehmen oder mitunter sogar in ferne Länder fliegen. Da galt es, Aufgaben zu lösen, Preise ent-
gegenzunehmen, für Fotos zu posieren, um dann die lange
Rückreise anzutreten. Und dann wurde er noch tausend
Mal von unserer Mutter ermahnt, seinen Namen auf dem
Blatt nicht zu vergessen. Das konnte auf Dauer nicht gut
gehen.«

Ohne Rücksicht darauf, dass die Programmhefte zer-
knittern könnten, stopfte Akira sie zurück in die Schublade.
Ich hatte Angst, dass seiner Mutter dies nicht entgehen
würde, aber er schien es sogar absichtlich zu tun. Das Al-
bum mit den Zeitungsausschnitten lag verkehrt herum
und die Bänder der Medaillen waren verdreht.

»Hattest du nicht erwähnt, dass er auch an einem Wettbewerb in Prag teilgenommen hat? Davon gibt es kein Programmheft mehr, oder?«, fragte ich.

»Stimmt. Es war sein letzter Wettstreit«, schien sich
Akira zu besinnen. »Er war sechzehn in jenem Sommer, als
er nach Europa eingeladen wurde. Es wurde ein Riesenwir-
bel darum gemacht, mit einer Abschiedsfeier in der Turnhalle der Schule. Ruki musste einen Koffer ausleihen, und
Mutter ließ ihm extra einen Anzug nähen. Merkwürdig,
dass es nichts gibt, was an diesen Wettbewerb erinnert.«

Wir teilten uns die Arbeit, um alles nach irgendwelchen Hinweisen zu durchsuchen, aber wir fanden weder einen Zeitungsartikel noch ein Flugticket oder einen Pokal.

»Vielleicht hat er nicht gewonnen.«

»Ich weiß leider nicht, wie es damals ausgegangen ist, da ich mit unserem Vater hiergeblieben war, aber über eins bin ich mir sicher: Nach ihrer Rückkehr war nichts mehr wie vorher. Der Geisteszustand unserer Mutter verschlechterte sich, Ruki hat die Schule abgebrochen und unser Vater starb.«

Erschöpft von der Suche ließen wir uns auf den Tatamis nieder.

Akira umfasste seine Knie und seufzte. Er trug noch immer den gleichen schwarzen Pulli wie damals in der Leichenhalle, obwohl es inzwischen wärmer geworden war. An den Ellbogen war er bereits durchgescheuert und am Ausschnitt ausgeleiert. Die Ärmel waren voller Holzspäne, vermutlich durch das Basteln der Modellhäuser.

Wenn fünf weiße und zehn schwarze Spielsteine in einer Reihe liegen, wie viele Möglichkeiten gibt es, sie so anzuordnen, dass rechts von jedem weißen Spielstein ein schwarzer liegt?

Bestimmen Sie alle ganzen Zahlen n größer als 1, sodass n hoch n zum Quadrat plus 1 wiederum ganzzahlig ist.

Die Gleichung x hoch n + x = 1 hat nur eine richtige Lösung x(n) und nähert sich 1, wenn n gegen unendlich strebt. Schätzen Sie die Geschwindigkeit der Konvergenzrate.

Nennen Sie Beispiele für 1) Unendliche Mengen, die keine unendlichen Teilmengen enthalten; 2) ein isomorphes Vektorfeld; 3) einen Ring ohne maximales Ideal ...«

Ich las die Aufgaben laut vor.

»Bestimmen Sie ..., schätzen Sie ... Immerzu hat Ruki Befehle erhalten.«

»Deshalb wird mir hier erst bewusst, dass Ruki wirklich tot ist. Viel mehr als in der Halle, wo sein Leichnam lag. Diese absurden Fragen kommen mir vor wie sein Todesurteil«, seufzte Akira.

»Ich habe jede Nacht im selben Bett geschlafen und brauchte nur die Hand auszustrecken, um ihn zu berühren. Aber ich habe nicht erkannt, dass er ganze Zahlen bestimmt oder eine Konvergenz schätzt.«

»Selbst wenn du es bemerkt hättest, hätte es keinen Unterschied gemacht. Niemand konnte ihn davon abhalten. Sein Schicksal war vorherbestimmt.«

Er trat mit dem Fuß gegen die Anrichte. Die Pokale stießen scheppernd gegeneinander. Der längste und schmalste von ihnen, der direkt an der Kante stand, fiel herunter und rollte uns vor die Füße, doch keiner von uns rührte sich, um ihn wieder zurückzustellen.

»Nachdem Ruki uns verlassen hatte, habe ich nur noch ungern sein Zimmer betreten. Mich befiel dann eine unerklärliche Angst, er könne tot sein, während ich dort reglos herumstand. Wie Nebelschwaden stieg sie aus den düsteren Zimmerecken empor und wurde immer dichter, bis sie mich vollständig einhüllte. Und während ich versuchte, den Nebel zu vertreiben, hatte Ruki sich bereits unerreichbar dahinter zurückgezogen. Ich war damals erst vierzehn. Die Bedeutung des Todes war mir noch nicht so recht bewusst ... Wenn du jetzt nicht hier wärst, würde ich es nicht aushalten«, sprach er mit schwacher Stimme, als wäre er wieder der vierzehnjährige Junge von damals.

»Keine Angst, ich bin bei dir«, sagte ich.

9

Akira erledigte sämtliche Hausarbeiten, besorgte die Einkäufe und kümmerte sich um die Mahlzeiten, ums Saubermachen, die Medikamente seiner Mutter ... Diese verbrachte jeden Morgen viel Zeit damit, sich zu schminken, dann saß sie vor sich hin dösend im Wohnzimmer oder zog sich ins Trophäenzimmer zurück. Wenn Akira zur Arbeit gegangen war, blieb sie allein im Haus zurück. Trotzdem wollte sie nicht auf ihr aufwendiges Make-up verzichten.

Nach Dienstschluss bereitete Akira das Abendessen zu, danach räumte er den Geschirrspüler ein und stellte die Waschmaschine an. Sobald die Mutter am frühen Abend zu Bett gegangen war, bügelte er im Wohnzimmer und sah sich dabei einen Film an. Fast immer bügelte er die Blusen und Röcke seiner Mutter.

Ich bot ihm meine Hilfe an, aber Akira winkte jedes Mal ab:

»Das ist nicht nötig.«

Also schaute ich mir notgedrungen auch den Film an. Akira bügelte jedes Kleidungsstück gekonnt und mit großer Sorgfalt, wobei er je nach Material die passende Temperatur einstellte.

Ich erinnerte mich, dass auch ich gerade am Bügelbrett stand, als der Anruf aus dem Krankenhaus kam. Das weiße

Oberhemd, das ich mir gerade vorgenommen hatte, wies nicht die geringste Falte auf.

Das Abendessen nahmen wir in der Regel zu dritt ein. Der Tisch war so groß, dass riesige Abstände zwischen uns klafften. Wir saßen zu weit auseinander, um uns normal laut zu unterhalten, und um an das Dressing heranzukommen, musste man halb aufstehen und den Arm weit ausstrecken.

»Heute habe ich dir dein Lieblingsessen gekocht. Regenbogenforelle in Folie. Gib acht, es ist heiß.«

Mit seiner Mutter sprach er stets in einem anderen Ton als sonst. Ich stellte mir vor, wie glücklich seine Freundin sein müsste, wenn er auch bei ihr einen so freundlichen Ton anschlagen würde.

»Soll ich noch ein bisschen Pfeffer dazugeben?«

»Nein, bloß nicht! Das reicht!«

Das Gespräch bei Tisch verlief meistens schleppend. Immer war es Akira, der irgendein Thema anschnitt, damit ich mich nicht langweilte. Er versuchte dann auch, seine Mutter in die Unterhaltung miteinzubeziehen, doch die blieb in ihrer eigenen Welt gefangen und zeigte kaum Interesse an meiner Person. Sie faltete ihre Serviette zu unterschiedlichen Gebilden, stierte auf den Weinkorken oder steckte ihre Gabel in das Maul der Regenbogenforelle.

»Hoffentlich hast du heute die Pokale nicht angefasst.«

»Nein, natürlich nicht.«

»Und du?« Sie wandte sich abrupt an mich.

Ihr stechender Blick brachte mich aus der Fassung.

»Ähm …«, stammelte ich und nahm hastig einen Schluck Wein.

»Ryoko war früher mit Ruki liiert. Sie weiß alles über ihn. Du kannst ihr ruhig Fragen über ihn stellen. Sagt dir das Wort ›Parfümeur‹ etwas? Das ist jemand, der Düfte kreiert. Ruki hat dafür extra eine Ausbildung gemacht.«

»Wozu sollte er das tun? Er hat doch Mathematik studiert.«

»Aber das Studium hatte er längst aufgegeben.«

»Wieso denn?«

»Weil er nicht mehr wollte.«

»Der Wein schmeckt herb.«

»Ein Glas reicht für dich, sonst kriegst du wieder Kopfschmerzen.«

Wir aßen schweigend weiter.

Die üppige Vegetation des Gartens ließ die Dunkelheit draußen noch undurchdringlicher erscheinen. Das Gewächshaus und der Teich mit den Figuren lagen tief in ihr verborgen.

»Wie lange gedenkt sie noch hierzubleiben?«, fragte sie und deutete mit der Gabel auf mich.

»Sie kann bleiben, solange sie will. Sei nicht unhöflich, Mutter!«

»Es tut mir außerordentlich leid, wenn ich Sie mit meiner Anwesenheit belästige«, sagte ich.

»Schon gut, das macht nichts«, sagte Akira.

»Seit wann kennt ihr euch?«

»Noch nicht lange, erst seit Ruki tot ist.«

»Das wusste ich nicht. Verzeihung. Entschuldigen Sie bitte vielmals.«

Sie blickte auf ihren Teller mit der Regenbogenforelle

herab, aus der sie nun eine Gräte nach der anderen heraus-pulte. Ihre Nägel waren blau lackiert. Es war ein derart tie-fes Blau, dass es fast wie Blut aussah.

»Ach nein, ich muss mich entschuldigen. Ich habe Ihre Gastfreundschaft überstrapaziert. Übrigens habe ich von Akira erfahren, dass Sie damals nach Prag gereist sind. Das ist sicher eine schöne Stadt.«

Sie hörte nicht auf, nach Gräten zu suchen. Der Fisch war schon ganz zerpflückt und ihr Nagellack glänzte vor Fett.

»Du kannst den Fisch jetzt essen. Da sind keine Gräten mehr«, sagte Akira.

»Du hast die Zitrone falsch aufgeschnitten.«

»Es tut mir leid, das ist meine Schuld. Ich wollte ihm ein wenig zur Hand gehen«, sagte ich.

»Sie darf nicht in Scheiben geschnitten, sondern muss geviertelt werden.«

»Das ist doch nicht schlimm, Zitrone bleibt Zitrone.«

»Ich habe dich schon so oft gebeten, sie zu vierteln. Wieso hörst du nicht auf mich?«

»Ryoko hat mir geholfen. Wir sollten ihr dafür danken.«

»Ich mag aber keine Scheiben. Sie haben das gleiche Muster wie die Präparate, die dein Vater früher unter das Mikroskop gelegt hat. Krankes Gewebe, eingefärbt mit Chemikalien.«

»Was meinst du? Es gibt doch kein Mikroskop mehr im Haus. So, das werfen wir jetzt weg und ich schneide dir ein neues Stück Zitrone zurecht.«

»Das sind anormale Zellen. Zellen, die von einem bös-artigen Tumor befallen sind.«

Die Mutter warf die Zitronenscheibe auf den Boden, bevor Akira sie ihr wegnehmen konnte.

»Ich war noch nie in Prag.« Abrupt zeigte sie mit der Gabel auf mich, sodass kleine Fischstücke durch die Luft flogen.

»Ich verstehe. Entschuldigen Sie meine aufdringliche Frage.«

Ich wischte die Fischstückchen, die auf meiner Brust gelandet waren, weg.

»Was tust du da, Mutter? Entschuldige dich bitte bei unserem Gast.«

»Aber nicht doch«, wehrte ich ab.

»Ich höre immer ›Gast‹! Das ist doch eine Hochstaplerin. Lass dich nicht von ihr täuschen!«, keifte sie.

»Beruhige dich doch, Mutter! Ich bitte dich!«

»Selbst du glaubst mir nicht, Akira? Wieso sollte ich nach Prag gereist sein?«

»Die Sache ist doch längst vergessen.«

»Diese Frau soll verschwinden!«

»Jetzt reicht's aber!«, rief Akira und schlug auf den Tisch.

Die Weinflasche und ein Stuhl kippten um.

Die Lache breitete sich auf dem Tisch aus, als wollte sie die Lücken zwischen uns füllen.

Ich hörte Akira die Treppe hinaufstürmen.

»Vergiss nicht, deinen Namen einzutragen, hörst du? Schreib unbedingt deinen Namen aufs Blatt!«, rief sie ihm hinterher.

Akira war in Hiroyukis Zimmer, wo er an einem Modell-haus arbeitete. Mit gekrümmtem Rücken saß er reglos am Tisch. War er in seine Arbeit vertieft oder ignorierte er meine Anwesenheit?

Auf dem Seminarbuch für geometrische Probleme stapelten sich Holzklötzchen. Schreibblöcke und Lernkarten waren mit Cuttern, Pinseln, Farben und Pappmaschee bedeckt, während das dickleibige Fachwörterbuch für Mathematik eine perfekte Bühne für die bereits fertiggestellten Bauteile abgab.

»Das ist ein viktorianisches Herrenhaus«, erklärte Akira, ohne seine Arbeit zu unterbrechen.

»Es ist wunderschön.«

Ich streckte meine Hand nach einem winzigen Sekretär aus.

»Darf ich es berühren?«

»Gern. Alles, was dort liegt, ist bereits getrocknet.«

Das Miniaturmöbelstück war genauso groß wie meine Handfläche, aber als ich den Deckel aufmachte, verwandelte es sich in einen Schreibtisch mit Kerzenständer, Federhalter und Tintenfass. In einer winzigen Schublade lagen Briefbögen und Umschläge.

»Der Hausherr schreibt Briefe an seinen Sohn im Internat.«

Vom Baldachin des Himmelbetts hingen Spitzenbordüren herab. Ein prächtiger Schokoladenkuchen stand auf dem runden Tisch, der für den Nachmittagstee gedeckt war. Im Kamin waren Holzscheite aufgeschichtet, die Lampen brannten, und auf dem Schaukelstuhl lag eine Strickarbeit mit Wollknäuel. Bis ins kleinste Detail war alles wirklichkeitsgetreu nachgebildet.

»Die Dame des Hauses strickt einen Pullover als Weihnachtsgeschenk.«

Jedes Mal, wenn Akira sprach, wirbelte sein Atem Holzspäne auf.

»Das Haus hat fünfzehn Zimmer. Es gibt noch viel zu tun, bis alles fertig ist.«

Er war gerade damit beschäftigt, aus einem Stück Holz, das nicht größer war als ein Daumennagel, die Umrisse eines Pferdes zu schnitzen. Seine Fingerkuppen waren rissig und schmutzig und er arbeitete mit voller Hingabe.

Akira wirkte kleiner als sonst. So in seine Arbeit vertieft, schien ihm gar nicht aufzufallen, wie krumm er dasaß. Es war, als schrumpfte er allmählich auf die Größe des Modells. Seine Hände waren sicher kräftig genug, um jedes Teil in Stücke zu brechen, und dennoch wirkten seine Finger ebenso grazil wie die von ihm angefertigten Miniaturen, der Schokoladenkuchen, das Wollknäuel oder das Holzpferd.

»Und was wird das?«, fragte ich und umfasste die Lehne seines Stuhls. Gerne hätte ich Akira berührt, ich wusste jedoch nicht, wie ich es anstellen sollte.

»Eine Wiege.«

»Wie hübsch.«

»Darin wird das Baby schlafen.«

Akira gab etwas Leim auf die Spachtelkante, um die Holzteile zusammenzufügen. Als seine Fingerspitze sachte das Holz berührte, schaukelte die Wiege auf seiner Handfläche hin und her.

»Ich habe den Tisch abgeräumt«, sagte ich.

»Danke!«

Mit angehaltenem Atem betrachteten wir die Wiege, als würde tatsächlich ein Baby darin schlafen.

In dieser Nacht öffnete ich für einen kurzen Moment den Flakon mit dem Parfüm, das Hiroyuki für mich kreiert hatte. Aus Sorge, der Duft könnte sich im Nu verflüchtigen, verschloss ich ihn gleich wieder. Nachdem ich den Duft in mich eingesogen hatte, legte ich mich aufs Bett. Ohne das wäre ich nie eingeschlafen.

Am nächsten Tag war die Mutter besser gelaunt. Ihre Lippen hatte sie in einem noch grelleren Orange geschminkt, und die falschen Wimpern saßen diesmal richtig. Sie begrüßte mich mit einer Umarmung, ohne sich ihre Verstimmung vom Vorabend anmerken zu lassen. Obwohl ich den Tisch bereits mehrfach mit einem feuchten Tuch abgewischt hatte, waren die Flecken vom verschütteten Wein immer noch zu sehen.

Wie Akira es mir erklärt hatte, ging ich zur Haltestelle an der Musikhochschule, um den Bus zur Bibliothek zu nehmen. Dort wollte ich nach Hinweisen suchen, die belegen würden, dass Hiroyuki tatsächlich im Alter von sechzehn Jahren nach Prag gereist war, um an einem Mathematik-Wettbewerb teilzunehmen. Das brauchte seine Zeit, da ich mich in der Bibliothek nicht auskannte, aber auch weil Akira sich nicht an das genaue Datum erinnern konnte. Einmal glaubte ich, fündig geworden zu sein, aber der betreffende Artikel entpuppte sich als Reportage über einen Friseurwettbewerb. Ich sah alle vorhandenen Zeitungen des Jahres durch, nirgendwo wurde die fragliche Reise erwähnt. Doch dann stolperte ich durch Zufall über einen Artikel in einer kleinen Lokalzeitung:

Die Organisatoren des Europäischen Mathematikwettbewerbs in Prag (Tschechoslowakei) haben beschlossen, zum ersten Mal in seiner Geschichte japanische Gymnasiasten einzuladen. Am 2. April haben sich fünf herausragende Oberschüler in einem strengen Auswahlverfahren als Teilnehmer qualifiziert.

Der Wettbewerb wurde ursprünglich für osteuropäische Länder ins Leben gerufen, um die Elite auf dem Gebiet der Mathematik zu fördern. Die Zahl der teilnehmenden Länder wurde von Jahr zu Jahr größer, und dieses Mal hat man beschlossen, auch Kandidaten aus asiatischen Staaten einzuladen, darunter Japan, China, Vietnam, Hongkong und Südkorea. Die fünf Vertreter jedes Landes müssen an zwei Tagen innerhalb von neun Stunden sechs Aufgaben lösen, und die Länder werden nach der Gesamtpunktzahl ihrer Teilnehmer bewertet. Darüber hinaus wird eine Goldmedaille für den Punktbesten vergeben. Jeder Teilnehmer, der fünf Fragen richtig beantwortet, erhält eine Silbermedaille, für vier richtige Antworten gibt es eine Bronzemedaille.

Diesmal hatte die Japanische Gesellschaft zur Förderung der Wissenschaften 996 Schüler aus dem ganzen Land eingeladen, am Auswahlverfahren teilzunehmen. Fünf von ihnen wurden auserkoren. Sie haben die Prüfungen, die am 3. Fe-

bruar und 8. März stattfanden, bestanden und sich für das
viertägige Finale am 27. März qualifiziert.

Hiroyuki Shinozuka (16), Schüler im zweiten Jahr der
hiesigen Oberschule, erreichte im Ausscheidungsverfahren
die höchste Punktzahl. Er erklärte uns: »Ich bin ziemlich auf-
geregt, da ich zum ersten Mal an einem internationalen Wett-
bewerb teilnehmen darf. Mein Lampenfieber wird mich hof-
fentlich nicht daran hindern, mein Bestes zu geben. Ich freue
mich sehr darauf, Schüler aus anderen Ländern kennenzu-
lernen.«

Fumiko Sugimoto (17), das einzige Mädchen unter den
ausgewählten Schülern, äußerte ihre Freude etwas unverhoh-
lener: »Ich kann es nicht fassen. Ich hätte nie geglaubt, dass
ich es so weit bringen würde. In der Schule schreibe ich Stü-
cke für die Theater-AG. Falls ich in Prag Zeit haben werde,
möchte ich dort gern die Oper besuchen. Ich habe mich riesig
gefreut, als ich hörte, dass die Villa Bertramka Austragungs-
ort sein soll. Dort hat Mozart Don Giovanni komponiert.«

Unsere fünf Repräsentanten werden ab dem 20. Juli einen
einwöchigen Vorbereitungskurs absolvieren, bevor sie am 1.
August die Reise nach Prag antreten.

Ich las den Artikel drei Mal hintereinander, und trotzdem
hatte ich das Gefühl, etwas Entscheidendes übersehen zu
haben. Deshalb setzte ich mich auf eine Bank im Innenhof
und las ihn noch zwei Mal laut vor.

Auch hier hatte sich Ruki hervorgetan. Die Erzählun-
gen über seine Eislaufkünste und die vielen Pokale im Trophäenzimmer hatten mich natürlich erstaunt, aber ich muss-

te mich immer noch daran gewöhnen, dass er so viele verborgene Talente hatte. Bei dem Gedanken daran pochte mein Herz, ich konnte kaum atmen. Meine Trauer, ihn verloren zu haben, wurde durch all das noch verstärkt.

Was mich stutzig machte, war die von Fumiko Sugimoto erwähnte »Theater-AG«. Der gleiche Begriff fand sich auch in Hiroyukis Lebenslauf, mit dem er sich auf die Stelle in der Parfümerie beworben hatte.

Merkwürdig fand ich auch, dass der Ausgang des Prager Wettbewerbs nirgendwo Erwähnung fand, obwohl zuvor so ausführlich über das nationale Auswahlverfahren berichtet worden war. Ich durchquerte nochmals das riesige Gebäude und bestand darauf, dass die Bibliothekarin in der Datenbank nachschaute, ob ich vielleicht etwas übersehen hatte, aber es gab keine weiteren Treffer.

Von dem Prager Wettbewerb fehlte jede Spur. Alle Erinnerungen an Rukis Aufenthalt versiegten im Nebel der Dunkelheit.

Ich strich mit den Fingerspitzen über die Stelle mit dem Kommentar von Hiroyuki Shinozuka. Es war nur eine Fotokopie. Seine Worte klangen ganz und gar nach einem Musterschüler. Sie verströmten keinerlei Duft.

»Hallo, bin ich mit der Japanischen Gesellschaft zur Förderung der Wissenschaften verbunden? ... Ich bräuchte eine Auskunft. Es geht um den Europäischen Mathematikwettbewerb, der vor fünfzehn Jahren in Prag stattfand ... Oh Verzeihung! Ich bin freie Journalistin und schreibe eine Reportage über hochbegabte Jungen und Mädchen. In diesem Zusammenhang würde ich gern über die fünf Schüler berichten, die vor fünfzehn Jahren für die Teilnahme an diesem Wettbewerb auserwählt wurden. Ich interessiere mich vor allem für die Frage, was aus ihnen geworden ist. Ich habe gehört, dass Ihr Verband damals die Vorentscheidungsrunden organisiert hat … Bitte? Sie sind nicht mehr für diese Wettbewerbe zuständig? Ach so … Könnten Sie vielleicht nachschauen, ob es noch alte Unterlagen darüber gibt? Wenn es Ihnen nichts ausmacht, würde ich gern einen Blick darauf werfen … Ja, natürlich. Ich möchte Ihnen auf keinen Fall Unannehmlichkeiten bereiten. Wenn es machbar ist, würde ich gern die Kontaktdaten der Teilnehmer und des Organisationsbüros in Erfahrung bringen. Und natürlich hätte ich auch gerne das Endergebnis des Wettbewerbs gewusst … Ja, ich kann warten. Lassen Sie sich ruhig Zeit. Ich bin Ihnen außerordentlich dankbar für die freundliche Unterstützung. Sie würden mir sehr weiterhelfen, denn es gibt sonst keinerlei Unterlagen darüber. Ich melde mich dann auf jeden Fall morgen wieder …«

Am nächsten Tag hatte ein Mitarbeiter der Gesellschaft die alten Dokumente herausgesucht. Ich notierte hastig alle Informationen, die mir die Sekretärin am Telefon durchgab.

Fumiko Sugimoto war Schülerin an einer Oberschule in Sendai gewesen. In der Gesellschaft gab es niemanden mehr, der sich an diese Zeit erinnern konnte, und der Vizepräsident, der sie damals nach Prag begleitet hatte, war verstorben. Der Wettbewerb wurde von der europäischen Niederlassung der Stiftung für Mathematikwettbewerbe organisiert. Von den vierundzwanzig teilnehmenden Ländern hatte Japan den zweiundzwanzigsten Platz belegt. Das beste Ergebnis war die Bronzemedaille von Fumiko Sugimoto. Hiroyuki hatte mitten im Wettbewerb aufgegeben.

10

Jeniak und ich verließen das Kloster und gingen die abschüssige Straße, die »Hungermauer« genannt wurde, zurück zum Auto.

»Ich möchte, dass du mich als Nächstes hierhin fährst. Ich habe die genaue Adresse. Die Institution heißt ›Europäische Niederlassung der Stiftung für Mathematikwettbewerbe‹. Kennst du die?«

Ich faltete den Zettel, den ich aus Japan mitgenommen hatte, auseinander. Nach meinen kläglichen Versuchen, mich auf Englisch oder mithilfe eines tschechischen Sprachführers zu verständigen, hatte ich beschlossen, nur noch Ausdrücke zu verwenden, die ich selbst verstand.

»*Ano ... ano ... rozumiiu ...*«

Ich konnte immer noch kein Wort von dem verstehen, was Jeniak sagte, doch nach einem kurzen Blick auf meinen Zettel nickte er und sah mich mit einer Miene an, die mir zu verstehen gab, ich solle mir keine Sorgen machen.

Als ich mich umwandte, konnte ich das Kloster noch sehen. Das rotbraune Dach und die regelmäßigen Fensterreihen waren trotz der belaubten Bäume zu erkennen. Wo hatte sich noch mal die Bibliothek befunden? Ich konnte nicht mehr mit Sicherheit sagen, welche Fenster zu ihr gehörten. Die beiden Türme erstrahlten im Sonnenlicht.

Über eine Brücke kehrten wir zur Ostseite der Stadt zurück, aber sobald wir uns vom Fluss entfernten, verlor ich die Orientierung. Jeniak manövrierte den Wagen routiniert durch die engen Gassen. Jedes Mal, wenn er um eine Ecke bog, sah man weniger Touristen und es wurde immer stiller.

Vor einer windschiefen Herberge lag ein betrunkener Mann. Gesang drang aus der Krypta einer Kapelle. Eine alte Frau saß an einem Dachfenster und strickte. An einem Torpfosten lungerte eine ausgemergelte Katze herum und starrte uns unverwandt an.

Wir gelangten schließlich zu einer Steinmauer, die mit Kletterrosen überwuchert war. Dahinter standen Bäume, die einem die Sicht ins Innere nahmen. Vermutlich war es ein Park. Einige Knospen fielen zu Boden, als die Scheiben des Lieferwagens die Rosenzweige streiften.

Das Gebäude der »Europäischen Niederlassung der Stiftung für Mathematikwettbewerbe« befand sich an einer Straßenecke am Ende der Rosenmauer. Es war ein imposantes dreistöckiges Gebäude, auf dem überall Löwenköpfe prangten, an der Fassade, über der Eingangspforte und auf den Balkonbrüstungen. Die prächtigen Verzierungen konnten allerdings nicht über den desolaten Zustand des Hauses hinwegtäuschen. Manche Fensterläden hingen aus den Angeln, die Türklingel war herausgerissen worden, und aus dem Loch hingen lose Drähte, die Fassade war mit Graffiti beschmiert.

Aber das hielt uns nicht davon ab einzutreten. Drinnen war es stockdunkel. Wir mussten vorsichtig sein, um nirgendwo anzustoßen. Ein kalter Luftzug wehte von unten herauf. Ich hörte Jeniaks regelmäßige Atemzüge.

Der lange Korridor war zu beiden Seiten von Türen gesäumt, aber es gab keinerlei Lebenszeichen, nur stille Dunkelheit.

»*Daaveite sui pozoru!*«, rief Jeniak.

Mein Haar berührte seine Lederjacke.

Obwohl Jeniak keine Ahnung hatte, weshalb wir hier waren und was es mit diesem Ort auf sich hatte, schien er keinerlei Angst zu haben. Fast so, als wäre es das Wichtigste für ihn, mir zur Seite zu stehen.

Jeniak öffnete eine der Türen. Es war ein geräumiges Zimmer mit hoher Decke. Der Raum war leer bis auf einen verrußten Kamin, einen zerbrochenen Stuhl und einen Telefonapparat mit durchtrenntem Kabel. Bei jedem Schritt wirbelte Staub auf.

Alle Räume waren in demselben Zustand. Verwaist, verwahrlost, vergessen. Lediglich eine Handvoll Mathematikbücher, die verstreut auf dem Boden lagen, zeugten davon, dass sich hier einst die Niederlassung der Stiftung befunden hatte.

Vom dritten Stock aus konnte man das Grundstück jenseits der Mauer erkennen, die mit Kletterrosen überwuchert war. Es handelte sich um einen Friedhof. Vor den moosüberzogenen Grabmälern wiegten sich Blumen im Wind.

»Das reicht. Lass uns gehen«, entschied ich, »hier finden wir nichts.«

Jeniak sah mich an und sagte etwas, woraufhin er sanft

meine Schulter berührte, als wollte er mir Mut machen. Er gab mir zu verstehen, dass da noch ein Zimmer sei.

Als wir den letzten Raum betraten, zeigte sich, dass es richtig gewesen war, zu insistieren. Hier sah es anders aus als in den Zimmern zuvor. Der Raum war vollgestopft mit ausrangierten Pokalen.

Handelte es sich dabei um Trophäen, die von der Stiftung verliehen wurden? Sie waren alle unterschiedlich, bedeckten fast den ganzen Boden und türmten sich vor dem Fenster, wobei sie einen absolut symmetrischen Kegel bildeten.

Sie befanden sich offenbar schon lange hier in diesem Zimmer, sodass sie wie eine untrennbare, kompakte Masse wirkten. Bei manchen waren die Löwenornamente verbogen, andere hatten keinen Sockel mehr oder waren vom Gewicht der darüberliegenden Pokale eingedrückt worden. Keine einzige der Trophäen erinnerte an ihren einstigen Zweck, den strahlenden Sieger zu ehren.

Die Gebilde in diesem Haufen hatten nichts gemein mit den wohlgeordneten, makellos polierten Pokalen, die Rukis Mutter so am Herzen lagen. Es sah aus wie ein kolossales Grabmal.

Ich seufzte. Jeniak ging auf den Haufen zu und versuchte, die eingravierten Buchstaben auf dem einen oder anderen Sockel zu entziffern. In diesem Moment hörten wir von irgendwoher ein leises Räuspern. Wir blickten uns erschrocken an. Jeniak rief etwas in die Richtung, aus der das Geräusch zu kommen schien. Seine Stimme hallte scheppernd von den Pokalen zurück durch den Raum.

Hinter dem Haufen kauerte ein Mann, in eine zerschlissene Decke gehüllt, auf einer ausgerollten Matte neben der sonnigen Fensterbank, das Gesicht zwischen den Knien vergraben. Seine staubigen Haare waren verfilzt, Haut und Nägel schwarz vor Dreck. Neben seinen Füßen standen eine Kochplatte, ein Topf ohne Stiel, eine Lampe und weitere Utensilien für den täglichen Gebrauch. In dem Topf klebte ein verschimmelter Rest Suppe. Ich griff nach Jeniaks Arm, nicht etwa aus Angst vor dem Mann, sondern weil ich mir kurz einbildete, es könnte Ruki sein. Vielleicht hatte er den Pokal des Europäischen Mathematikwettbewerbs, auf dem sein Name eingraviert war, abholen wollen und war hier gestrandet. Nachdem er mich verlassen hatte, ohne sich zu verabschieden.

Jeniak stellte den Mann zur Rede. Wenn er Tschechisch sprach, wirkte er viel erwachsener. Seine Worte klangen entschlossen und kühl, aber ich hörte auch eine Spur Entrüstung heraus. Auf all die Fragen antwortete der Mann lediglich mit einem Stöhnen, während er ängstlich aus seiner Decke hervorlugte.

»Es hat keinen Zweck«, sagte ich.

»*Ano, rozumiimu …*«

Wir schlossen behutsam die Tür, um nicht weiter den Schlaf der ausrangierten Trophäen zu stören.

Nachdem wir in die Altstadt zurückgekehrt waren, nahmen wir ein spätes Mittagessen ein.

Obwohl wir nach einem halben Tag Herumlaufen

nichts erreicht hatten, war ich nicht sonderlich enttäuscht. Auch beharrte ich nicht mehr darauf, einen Führer zu bekommen, der Japanisch sprach.

Vielmehr hatte ich das Gefühl, dass Jeniak inzwischen unentbehrlich für mich war. Er gab mir Freiraum und die nötige Stille. Genau wie Ruki in der Parfümerie.

Mit gekrümmtem Rücken saß er mir gegenüber und aß gebackenen Blumenkohl und Mehlknödel, wobei er konzentriert auf seinen Teller schaute. Wenn er nach der Serviette oder dem Wasserglas griff und sich unsere Blicke trafen, schaute er schüchtern nach unten und steckte sich einen noch größeren Bissen in den Mund. Das einzige Geräusch am Tisch war das Klirren des Bestecks.

Auf dem Rückweg zum Hotel gingen wir noch einmal in den Klostergarten, um den Sonnenuntergang zu sehen. Aber die Sonne stand noch über dem Horizont und auch der Himmel war unverändert blau. Nur die Farben der Stadt wurden allmählich blasser.

»Es ist, als wäre die Zeit stehen geblieben«, sagte ich und lehnte mich an den Zaun.

Jeniak reagierte nicht auf meine Worte. Es gab kein Nicken und auch kein Kopfschütteln, er steckte einfach nur die Hände in die Taschen seines Blousons. Die Autoschlüssel klimperten darin.

»Es ist schon spät. Auf wie viele Stunden hatten wir uns eigentlich geeinigt?«, fragte ich.

»*Nenii zatchi* …«, erwiderte er.

Im Kloster herrschte absolute Stille, genauso wie am Morgen, als wir hierherkamen. Auch im Garten ließ sich keine Menschenseele blicken. Der Lärm der Stadt war weit weg, sogar die Vögel hatten aufgehört zu zwitschern.

Wo waren eigentlich das Mädchen mit der weißen Haarschleife und der groß gewachsene Mönch geblieben?

Ich blickte zurück zum Hang an der »Hungermauer«, aber dort lagen nur die langen Schatten der Türme.

»Wohin mag der Weg dort wohl führen? Ob wir von dort aus zum Parkplatz kommen? Probieren wir es aus.«

Direkt an der Bibliothek, wo auf der einen Seite der Zaun endete, war ein mit Pflanzen überwucherter kleiner Pfad zu erkennen. Wir schlugen diesen Weg ein.

Die Flecken des Sonnenlichts, das durch das Laub der Bäume sickerte, tanzten vor unseren Füßen herum. Dicht hinter mir hörte ich Jeniaks Autoschlüssel. Plötzlich weitete sich der Pfad und wir gelangten auf eine kleine, mit Klee bewachsene Lichtung, in deren Mitte ein Gewächshaus stand.

Es war das genaue Gegenteil von dem hinter Rukis Elternhaus. Nicht sonderlich groß, aber vollgestopft mit Grünpflanzen, die Sprinkleranlage lief geräuschlos, und die gestaute Hitze im Innern benetzte die Scheiben mit Kondenswasser. Vermutlich war Rukis Treibhaus früher einmal in genau diesem Zustand gewesen.

Die Tür war nicht verschlossen und ließ sich mit einer leichten Berührung aufstoßen. Die feuchte Luft, die mir entgegenschlug, war so massiv, dass ich husten musste.

»Jeniak, ich würde mich gerne hier umschauen.«

Als ich mich zu ihm drehte, war er verschwunden. Er, der mich die ganze Zeit über zuverlässig begleitet hatte, war plötzlich nicht mehr da. Ich hörte kein Schlüsselklirren, sah keine Fußspuren.

»Jeniak! Jeniak!«

Meine Stimme trug jedoch nicht weit, da sie von den Bäumen verschluckt wurde.

Ich hatte das Gefühl, einen nicht wiedergutzumachenden Fehler begangen zu haben, auch wenn mir nicht klar war, worin dieser bestand. Allein stand ich vor dem Gewächshaus. Mir war, als hätte sich unbemerkt der Wind gedreht.

Und dennoch war ich nicht im Geringsten beunruhigt. Denn aus dem Inneren drang ein Duft zu mir. Es war der »Quell der Erinnerung«.

Ohne Zögern betrat ich das Gewächshaus.

Orchideen, Lilien, Jasmin, Kakteen, Lotus, Gummibäume, Zwergkokospalmen, Bananenstauden … hier wuchsen alle möglichen Pflanzen in üppiger Pracht. Die vollen Blüten und das saftige Grün der Blätter zeugten von sorgsamer Pflege. In einem Regal in der Ecke stand alles, was man für die Gartenarbeit braucht: Düngemittel, Pestizide, aber auch Gerätschaften wie Gießkannen und Gartenscheren. Der Spaten war noch nass, als hätte ihn gerade jemand von Erde gereinigt. Ein weißer Schmetterling verschwand im dichten Grün. Als ich hochblickte, wurde ich von der Abendsonne geblendet, die durch die Glasscheiben fiel.

Die Luft roch nach Erde, Blättern und Blüten. Aber das Parfüm war da. Unter allen anderen lag dieser eine, unverkennbare Duft, in den ich mich hätte versenken können. Es bestand kein Zweifel.

Als ich ihm folgte, gelangte ich ans Ende des Treibhauses. Hier befand sich der mit Farn überwucherte Eingang zu einer Höhle. Im Inneren hingen Schlingpflanzen von der Decke herab und Wasser lief aus Felsspalten.

Die Höhle war tief. Ich folgte dem Gang, ohne das Ende zu sehen. Allein der Duft führte mich unaufhörlich weiter.

Der Boden hätte steinig und uneben sein müssen, aber unter meinen Sohlen spürte ich etwas Weiches, auf dem es sich angenehm lief. Wuchs hier ein besonderes Moos? Als ich den Untergrund in Augenschein nahm, konnte ich allerdings nichts entdecken. Gelegentlich fielen Wassertropfen auf mein Haar und in meinen Nacken.

Ich wandte mich noch einmal um, aber nicht, um mir den Rückweg zu merken, sondern um zu sehen, wie weit ich vorgedrungen war. Das vom Sonnenlicht erfüllte Gewächshaus war nun ein ferner Ort, der außer Reichweite lag.

»Herzlich willkommen«, sagte eine Stimme.

Ich blieb abrupt stehen und wusste nicht, was ich erwidern sollte.

»Wenn Sie möchten, können Sie sich gerne setzen.«

Der Mann schob mir einen Holzstuhl hin und blickte mich verstohlen an.

»Ich will Sie keinesfalls drängen.«

Wir befanden uns in einer kleinen Grotte. Der schwache Lichtschein einer von der Decke herabhängenden Petroleumlampe erhellte kaum die Felswände, sodass ich zunächst nicht erkennen konnte, ob die Höhle noch tiefer reichte.

Nur eins war sicher, der Duft kam aus diesem Gewölbe.

»Wassertropfen, die aus Felsspalten fallen. Kalte, feuchte Luft in einer Grotte …«, murmelte ich.

Der Mann reagierte weder argwöhnisch noch neugierig. Reglos lauschte er meinen Worten. Sie waren mir entschlüpft, ohne dass ich sie aussprechen wollte. Als hätte ich den Refrain eines Lieds gesungen oder den Vers eines Gedichtes rezitiert. Es waren jene Worte, die Hiroyuki auf der Diskette hinterlassen hatte.

»Verzeihen Sie, ich habe mich wohl verlaufen«, sagte ich und nahm auf dem mir angebotenen Stuhl Platz.

»Sie brauchen sich nicht zu entschuldigen.«

Es war ein bequemer Stuhl, der mich sanft umfing. Trotz des unebenen Felsbodens wackelte er kein bisschen, sondern stand ganz stabil.

»Die Tür zum Gewächshaus stand offen. Deshalb habe ich mir erlaubt, einfach hineinzugehen. Wo kann ich den Eintritt zahlen?«

Jedes Wort, das ich von mir gab, selbst der geringfügigste Atemzug, hallte laut von den Felswänden wider und brachte mein Trommelfell stärker in Schwingung als jedes andere Geräusch in der Außenwelt. Dadurch war ich gezwungen, behutsam und langsam zu sprechen.

»Eintrittsgeld? Sie sind der erste Besucher, der sich darüber Gedanken macht«, sagte der Mann amüsiert. »Machen Sie sich deswegen keine Sorgen.«

Er hob sachte die linke Hand und hielt sie mir hin, um sie sofort wieder zurückzuziehen. Ich nahm die simple Geste nur aus dem Augenwinkel wahr, aber sie hinterließ einen unauslöschlichen Eindruck in meinem Gedächtnis, der nie mehr verblassen würde. Nicht nur die Geräusche, auch die Bewegungen des Mannes erzeugten ein mehrschichtiges Echo, das eine besondere Aura kreierte. Und jedes Mal, wenn er sich regte, wurde der Duft von »Quell der Erinnerung« intensiver.

»Wie kommt es, dass wir uns überhaupt verständigen können?«, murmelte ich mehr zu mir selbst.

»Welche Sprache wir sprechen, ist nicht von Bedeutung. Es genügt, dass wir beide miteinander reden.«

Der Mann strich sich die Ärmel glatt.

Zwischen uns befand sich ein quadratischer Tisch, auf dem ein Teeservice für zwei Personen stand. Er war schmucklos und ziemlich zerkratzt. An drei Seiten waren Regale direkt in das Felsgestein geschlagen. Darin standen kleine Gefäße, alle identisch in Form und Größe, wie an einem Lineal aufgereiht. Wegen des schummerigen Lichts konnte ich nicht sehen, wie viele es waren. Ich hatte den Eindruck, die Regale könnten sich noch unendlich weit erstrecken, aber genauso abrupt enden.

»Ich kenne einen ähnlichen Ort wie diesen«, sagte ich. »Eine Parfümerie. Ein Labor, in dem Düfte hergestellt werden. Auch dort gibt es Regale, vollgestellt mit Flakons. Nicht einer davon steht schief, kein Verschluss sitzt lose und kein Etikett ist verdeckt. Sie sind perfekt angeordnet, ohne die geringste Abweichung. Der leichte Luftzug und die kühle Temperatur, aber auch die absolute Stille, alles ist wie hier. Auch dort muss man flüstern. Wenn man in der Parfümerie laut spricht, bewegt sich die Nadel der Waage.«

»Aha …« Der Mann nickte. »Schweigen ist das Wichtigste. Wenn man einen Duft erkennen will, verliert man sich im unermesslichen Reich der Vergangenheit, die wir in uns tragen. Dort gibt es keine Geräusche. Die Vergangenheit ist genauso lautlos wie ein Traum. Unser einziger Wegweiser ist das Gedächtnis.«

Ich wurde das ungute Gefühl nicht los, einen Fehler zu begehen. Dieses Gefühl hatte mich schon am Eingang des Gewächshauses beschlichen. Irgendetwas stimmte hier nicht.

Wieso erzählte ich einem Unbekannten von der Parfümerie? Und wieso zeigte dieser Unbekannte darüber keinerlei Befremden? Wo befand ich mich überhaupt?

Das Seltsamste jedoch war, dass ich keinerlei Impuls verspürt hatte, den Fehler zu vermeiden. Es hätte genügt, irgendwo in meinem Bewusstsein einen Schalter umzulegen, um alles wieder ins Lot zu bringen, aber ich stellte keine Fragen, sondern sagte frei heraus, was mir in den Sinn kam.

Der Mann beruhigte mich: »Sie sind in Sicherheit. Hier gibt es keine störenden Geräusche. Diese Höhle liegt tief im Felsen. Wie wäre es mit einer Tasse Tee? Es ist gerade die rechte Zeit dafür.«

»Ja, gern.«

Auch das Geschirr war ziemlich ramponiert. Die Tülle der Kanne war abgebrochen und die Tassen innen von Teeablagerungen verfärbt. Der Mann schenkte mir ein und schob die Tasse zusammen mit einem Löffel und der Zuckerdose zu mir herüber.

Es stimmte, was er sagte. Das Eingießen des Tees, das Klirren des Löffels, das Schleifen der Zuckerdose über den Tisch – keines dieser Geräusche war klar zu vernehmen.

Aber es war nicht so, dass ich plötzlich taub geworden war, weil meine Trommelfelle geplatzt sind. Die Luft vibrierte, aber sobald sie auf die Felswand traf, verwandelte sich der Schall in ein anderes Phänomen, das nicht akustischer Natur war.

»Hmm … das tut gut! Ich war ein wenig erschöpft. In der Bibliothek habe ich den Artikel, den ich gesucht habe, nicht finden können. In der Niederlassung der Stiftung, die Mathematikwettbewerbe organisiert, hat sich ein Obdachloser einquartiert. Und der Tag ging einfach nicht zur Neige, als ich mir den Sonnenuntergang anschauen wollte.«

In Wahrheit schmeckte mir der Tee nicht. Nie zuvor hatte ich so etwas getrunken. Er hatte überhaupt keinen Geschmack, sondern war einfach nur warm. Es war jedoch eine Wärme, die mich wie in einen Schleier hüllte. Es war ein wohltuendes Gefühl, angenehmer als jeder gute Geschmack.

»Sie können sich gerne nachschenken.«

»Danke.«

Von der Felsendecke fiel ein Wassertropfen in meinen Tee, aber ich trank weiter, ohne mich darum zu kümmern. Der Mann legte die Hände auf den Tisch und wartete geduldig, bis ich mich aufgewärmt hatte. Er saß entspannt da und blinzelte wie in Zeitlupe, wobei er ab und zu den Blick auf seine verschränkten Finger senkte.

Ich schaute ihn mir genauer an. Wie soll ich sagen? Ich versuchte, wie sonst auch, wenn ich jemandem zum ersten Mal begegne, ihn anhand von Merkmalen wie Frisur, Gesichtszüge und Kleidung zu erfassen. Aber das funktionierte nicht. Natürlich hatte er Haare, trug Kleidung und sein Gesicht war direkt vor mir. Aber es gelang mir nicht, das alles zu einer konkreten Form zusammenzubringen. Alles verschwamm im Dämmerlicht, seine Gesichtszüge, seine Silhouette, seine Kleidung, die den gleichen Farbton hatte wie die Felswände. Der Mann schien von einer Dunkelheit umhüllt, die vom Himmel gefallen war. Man konnte kaum sagen, ob er jung oder alt war, groß oder klein. Was ihn betraf, waren solche Unterscheidungen unerheblich. Es waren nicht Merkmale, die ihn ausmachten, sondern seine Präsenz.

»Befindet sich die Bibliothek eigentlich direkt über uns?«, fragte ich mit Blick auf die Petroleumlampe an der Decke.

»Das weiß ich nicht. Ich habe nie darüber nachgedacht, was sich außerhalb der Höhle befindet.«

Er schenkte mir Tee nach.

»Wenn ich eine Bibliothek betrete, wo immer sich diese auch befindet, drängt sich mir stets der gleiche Gedanke auf. Ich wundere mich, dass so unglaublich viele Dinge schriftlich festgehalten werden.«

»Offenbar ist die Welt komplexer, als man denkt.«

»Ich selbst kann immer nur einige wenige Seiten überfliegen …«

Plötzlich bewegte sich etwas hinter mir. Erschrocken drehte ich mich um und verschüttete dabei meinen Tee.

Es waren Pfauen.

Ich sagte das Wort »Pfauen« in Gedanken zu mir selbst, wie um mich davon zu überzeugen, dass ich mich nicht täuschte.

Es waren fünf an der Zahl. Langsam schritten sie aus der Dunkelheit, wobei ihre dünnen Krallen über den steinigen Boden kratzten. Unbeeindruckt von meiner Anwesenheit stolzierten sie auf und ab, reckten gelegentlich ihre Hälse und wiegten ihre Federkronen. Bald darauf ließen sie sich vor dem Regal rechts von mir nieder, wo sie Wasser aus den Vertiefungen der Felswand tranken, das sich dort angesammelt hatte. Ihre Federn raschelten unentwegt.

»Es sind die Pfauen.«

Es klang so zärtlich, wie der Mann dies sagte, dass ich mich sofort wieder beruhigte.

Inzwischen war auch der verschüttete Tee getrocknet. Der Duft, der mich hierhergeführt hatte, ging von den Pfauen aus.

»Ich bin der Hüter der Pfauen.«

»Ihr Hüter?«

»Ja. Es ist meine Aufgabe, sie zu versorgen und zu bewachen.«

Verstohlen griff ich in meine Handtasche, um nach dem Flakon zu suchen, den Hiroyuki mir geschenkt hatte. Das im Verschluss eingravierte Pfauenmotiv fühlte sich angenehm an.

»Es sind wunderschöne Vögel.«

»Oh, danke sehr.«

Der Mann, der sich als Hüter der Pfauen vorgestellt hatte, schlug mit den Ärmelschößen seines dunklen Gewands auf und ab und schnippte zwei Mal mit den Fingern.

Die Vögel hörten auf zu trinken und scharten sich zusammen. Dann verschwanden sie in der Tiefe der Höhle.

Ich trank den restlichen Tee aus meiner Tasse.

Eine Zeit lang herrschte Schweigen. Wir verharrten reglos und lauschten der Stille. Die Flamme in der Petroleumlampe flackerte, obwohl es absolut windstill war.

»Darf ich morgen wiederkommen, um die Pfauen zu sehen?«

»Aber sicher doch. Ich erwarte Sie.«

Ich glaubte, noch das Rascheln der Federn zu hören.

Als ich aus dem Gewächshaus trat, war es bereits dunkel. Ich ging zurück zum Klostergarten und lief von dort an der »Hungermauer« entlang zum Parkplatz. Die Kirchenglocken läuteten, und ich fragte mich, wie spät es wohl sei.

Jeniak hockte auf den Stufen des Springbrunnens. So wie er zusammengekauert dasaß, die Arme um seine Knie geschlungen, machte er einen hilflosen Eindruck. Vorhin hatte er mich noch furchtlos durch das verlassene Gebäude der Stiftung begleitet, aber nun, als ich seine Silhouette von Weitem in der Dämmerung erblickte, wirkte er wieder wie ein unsicherer Teenager.

»Jeniak!«

Ich winkte ihm zu. Meine Stimme stockte, ich war völlig außer Atem. Aber seinen Namen konnte ich nun fehlerfrei aussprechen.

Jeniak drehte sich um und strahlte über das ganze Gesicht, als er mich entdeckte. Auch er winkte freudig, als wäre er erleichtert, endlich jenen Menschen wiederzusehen, den er am meisten vermisst hatte. Und das, obwohl wir uns erst am Vortag kennengelernt hatten und nicht dieselbe Sprache sprachen.

11

Ich schob die Kassette in den Videorekorder und zögerte einen Moment, bevor ich auf Start drückte. Den Ton stellte ich sofort leiser, um die Mutter, die sich nach dem Mittagessen in ihr Zimmer zurückgezogen hatte, nicht zu stören.

Wie üblich hatte es Sandwiches gegeben. Diesmal mit Tomaten statt Salat und mit Mayonnaise statt Butter. Die Mutter hatte alles restlos aufgegessen, sogar ein Stück von mir, das ich nicht geschafft hatte.

Es war ein altes Video. Die Kassette musste schon oft abgespielt worden sein, denn das Bild flimmerte und der Ton war nur noch ein dumpfes Knistern. Ich erhob mich vom Sofa und setzte mich vor den Bildschirm.

Als Vorspann liefen einige Werbespots. Eiscreme, Mineralölunternehmen, Lebensversicherung … Dann traten ein korpulenter Mann mit schwarz gerahmter Brille und eine junge Assistentin im Minirock auf, die im Chor riefen: »Unsere kleinen Genies – eine fantastische Show!«

Nach einer Fanfare ertönte schmalzige Musik, woraufhin das Publikum im Studio applaudierte. Ein Sänger, ein Komiker, ein Manga-Zeichner, ein Schriftsteller – nacheinander erschienen die Mitglieder der Jury. Nur Hiroyuki war noch nicht im Bild.

Die Videokassette war in einer Schublade der Kommode. »Hiroyukis Fernsehauftritt, Sender TSH, 4. Mai 1976« war mit ordentlicher Schreibschrift auf dem Etikett vermerkt. Mir war klar, wie kostbar dieses Fundstück war. Ich hatte die Kassette heimlich genommen und unter meinem Pullover versteckt. Akiras Mutter hätte es bestimmt nicht geduldet, wenn ich sie ausgeliehen hätte, denn sie hasste es ja, wenn man Hiroyukis Andenken berührte.

Den Anfang machte ein sechsjähriges Mädchen, das Volkslieder vortrug. Immer wenn ein Zuschauer einen Dartpfeil auf die Landkarte Japans warf, sang sie ein Lied aus der Region, wo er stecken geblieben war. Ihr Kimono war offenkundig zu groß für sie und hatte viele unansehnliche Ausbeulungen. Mitten in ihrer Darbietung fiel ihr Haarreifen herunter, als sie den Kopf schüttelte.

Das zweite Kind ging noch in den Kindergarten und konnte hervorragende Porträts malen. Es folgten ein Brüderpaar auf Einrädern und eine achtjährige Violinistin, die mit verbundenen Augen eine Solo-Partita von Bach spielte.

Die beiden Moderatoren bekamen sich kaum ein und bekundeten nach jedem Auftritt ihr Erstaunen. »Das ist unfassbar!«, war die typische Reaktion des Mannes, während er sich an die Brille fasste. Seine Assistentin beugte sich dann tief hinunter, um die kleinen Stars zu interviewen, sodass sie fast ihren Slip unter dem Minirock entblößte. Das Knistern war permanent zu hören, und immer wieder flimmerten zwei schwarz-weiße Linien über den Bildschirm.

»Und nun der Auftritt unseres fünften Studiogastes«, verkündete die Assistentin mit einem aufgesetzten Lächeln. Als sie die Hand hob, trat Hiroyuki von links ins Bild.

Er trug etwas zu lange Shorts mit tadelloser Bügelfalte, dazu ein weißes Hemd mit einer Strickweste darüber und ein Paar nagelneue Schuhe. Es bestand kein Zweifel. Es war unverkennbar Hiroyuki als elfjähriger Junge.

Mit gesenktem Kopf schritt er auf die Mitte des Podiums zu. Auch als er frontal vor der Kamera stand, blickte er nicht auf. Er verschränkte die Hände hinter dem Rücken. Aber nicht aus Nervosität. Offenbar wusste er einfach nicht, wohin damit. Sein Haar war akkurat gekämmt, und das H als Initial seines Vornamens, das auf seiner Brust prangte, hatte wahrscheinlich seine Mutter auf die Weste genäht.

»Wie heißt du? In welche Klasse gehst du? Wer begleitet dich heute?«

Die Assistentin bombardierte ihn mit Fragen. Hiroyuki antwortete so leise, dass man ihn kaum verstehen konnte. Als würde sich bestimmt niemand dafür interessieren. Die Assistentin hielt ihr Ohr ganz dicht an seinen Mund, sodass ihr Slip wieder ins Blickfeld geriet.

»Hast du denn ordentlich zu Mittag gegessen?«, erkundigte sich nun der Moderator und strich sich zum Spaß über den Bauch, was ihm Lacher aus dem Publikum einbrachte. Hiroyuki verzog keine Miene und fixierte weiterhin den Saum seiner Weste. Seine Hände waren rundlich und die Knie seiner dünnen Beine ragten knochig hervor. Die Schultern verrieten bereits die Kraft eines Heranwachsenden, sein Hals jedoch wirkte schwach und zerbrechlich. Leider war die Nase, der wichtigste Teil seines Körpers, nicht zu sehen, da er den Kopf gesenkt hielt. Bald schon

149

würde sie tausend verschiedene Gerüche unterscheiden können. Nur wusste das zu diesem Zeitpunkt noch niemand. Die Moderatoren, die Jury und das Publikum schauten amüsiert dem schüchtern wirkenden Jungen zu.

Irgendwann wurden seine Beine so geschmeidig und muskulös, dass er mit eleganten Schritten an Parfümregalen entlangschlenderte, auf der Suche nach dem gewünschten Duft. Seine Finger wurden länger und öffneten Flakons in einer einzigen anmutigen Bewegung. Und sie streichelten meine Brüste.

Nun wurden die Aufgaben gestellt:

Bei einem Wettbewerb kann man eine gewisse Menge Schokolade gewinnen. Für den Sieger gibt es zehn Kilogramm, vom zweiten bis zum vorletzten Platz erhält jeder Teilnehmer die Hälfte der Schokolade des Vorplatzierten. Der Letztplatzierte erhält die gleiche Menge Schokolade wie der Vorletzte.

Frage 1: Wenn es sechs Gewinner gibt, wie viel Kilogramm Schokolade muss man insgesamt bereitstellen?

Frage 2: Wenn es hundert Gewinner gibt, wie viel Kilogramm Schokolade muss man insgesamt bereitstellen?

Auch die Mitglieder der Jury versuchten, die Aufgabe zu lösen. Nur der Komiker lehnte ab, indem er vorgab, nicht einmal die Schriftzeichen lesen zu können, und warf gespielt entnervt seinen Stift weg. Die Menge johlte abermals.

Hiroyuki setzte sich an einen imposanten Schreibtisch, den man extra für ihn bereitgestellt hat, und schaute konzentriert auf das Blatt Papier vor ihm. Mit zusammengekniffenen Lippen, ohne ein einziges Mal zu blinzeln. Der Bleistift lag noch neben dem Blatt. Er hatte den gleichen Gesichtsausdruck wie damals, wenn er in seinem Labor an einem Duftstreifen roch.

Die Assistentin sah besorgt aus, offenbar fragte sie sich, ob die Aufgabe nicht zu schwierig für den Jungen sei. Aber Hiroyuki hatte nicht lange nachdenken müssen. Eingetaucht in das Zahlenmeer seines Bewusstseins, wartete er lediglich den Moment ab, bis das Getöse um ihn herum verebbte.

»Ich habe die Lösung!«

Mit einem Seufzer schritt er zur Tafel und begann mit seiner Erläuterung: »Man muss es nicht ausrechnen. Es ist einfacher zu verstehen, wenn man es in einem Quadrat darstellt. So in etwa …«

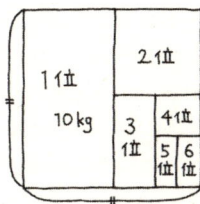

Er zeichnete ein Viereck an die Tafel, das so klein war, dass man es kaum erkennen konnte, weil seine Hand es verdeckte. Dabei war auf der Tafel genügend Platz vorhanden. Dann malte er Linien hinein, schnurgerade, wie mit einem Lineal gezogen, um das Quadrat in sechs Felder zu unterteilen.

»Die Lösung lautet: 20 Kilogramm. Dabei spielt es keine Rolle, ob sechs oder hundert Teilnehmer einen Preis erhalten, weil der Gewinner stets zehn Kilogramm Schokolade bekommt und der Rest einen Teil der anderen zehn Kilogramm.«

Begeisterte Rufe ertönen, gefolgt von lautem Applaus. Die Kamera schwenkt auf das Publikum. Mitten in der Menge steht Hiroyukis Mutter. Alle um sie herum klatschen einträchtig, nur sie sticht heraus. Vornübergebeugt, applaudiert sie frenetisch, den Blick auf ihren Sohn gerichtet, voller Freude und Stolz. Sie wirkt fülliger als heute und trägt ihr Haar kurz. Keine falschen Wimpern, kein weißer Puder.

Hiroyuki wich einen Schritt zurück und zog den Kopf ein. Offenbar dachte er, je kleiner er sich machte, umso eher hörte der Beifall auf. So war es wohl immer gewesen. Sobald er die richtige Antwort gab, hatte er das Gefühl, sich entschuldigen zu müssen.

Den Juroren hatte es die Sprache verschlagen. Der Moderator reichte Hiroyuki noch einmal das Mikrofon. Der rang sichtlich nach Worten. Eigentlich musste er nichts mehr hinzufügen, er hatte ja die richtige Antwort gegeben, und dennoch bemühte er sich, noch etwas zu sagen. In dem Moment, als ich die Lautstärke höherdrehen wollte, um ihn besser verstehen zu können, erschienen zwei schwarz-weiße Linien. Es gab eine Bild- und Tonstörung, Hiroyuki wurde in Stücke geschnitten. Ich konnte noch so angestrengt lauschen, seine Stimme erreichte mich nicht mehr.

»Es tut mir leid, was neulich passiert ist«, sagte Akira und setzte sich auf die Kante des Boots, das man an den Strand gezogen hatte.

»Du meinst das mit deiner Mutter?«, fragte ich und nahm neben ihm Platz.

»Ja.« Akira nickte.

»Ich nehme es ihr nicht übel. Mach dir keine Gedanken deswegen.«

»Ab und zu kriegt sie solche Anfälle. Dann ist sie unkontrollierbar. Es hat nichts damit zu tun, dass sie dich nicht mag, weißt du?«

»Ich habe schon verstanden. Reden wir nicht mehr drüber!«

Obwohl die Badesaison vorbei war, tummelten sich noch etliche Menschen am Strand. Ein älterer Herr ging mit seinem Hund spazieren, ein paar Kinder spielten laut schreiend Frisbee, ein Pärchen hockte verliebt auf den Wellenbrechern. Alle Geräusche gingen im Tosen der Wellen unter.

Beim Bootsverleih lagerten Stapel von Holzbrettern, aus denen wahrscheinlich irgendwann ein Strandhaus gebaut werden sollte. Die Speisekarte, die draußen am Fenster des Restaurants klebte, war von der Witterung ausgebleicht. Obwohl es bereits recht kühl war, pflügten ein paar Windsurfer durch die Brandung.

»Ich möchte nicht, dass du mit irgendetwas haderst, das mit Ruki zu tun hat, sei es das Eislaufen, die Pokale oder meine Mutter …«

Eine kleine Insel lag in der Mitte der Bucht. Dahinter

stieg leichter Nebel auf. Ein riesiges Frachtschiff zog kaum sichtbar am Horizont entlang.

»Oder mit mir …«

Er stocherte mit den Füßen im Sand herum, was allerlei Dinge wie Muscheln, verdorrten Seetang, Zweige und tote Insekten zum Vorschein brachte.

»Mach dir deswegen keine Sorgen.«

Ich bückte mich und schüttelte den Sand aus seinen Turnschuhen.

»Danke.«

Die Sonne war fast untergegangen, glitzerte aber noch auf den Wellen. Der Hund jagte über den glatt gespülten Sand. Am Felsen auf der kleinen Insel nisteten Möwen.

»Hast du das Modellhaus fertiggestellt?«, fragte ich.

»Nein, das dauert noch. Gestern Abend habe ich das Wohnzimmer geschafft.«

»Und wenn es fertig ist, schenkst du es dann deiner Freundin?«

»Hm, das würde ihr keine Freude bereiten. Ich werde es wahrscheinlich als Dekoration in mein Zimmer stellen. Da kann ich es mir dann anschauen, sooft ich will. Das Kaminfeuer wird nicht erlöschen, der Kuchen nicht verderben, und das Baby wird für immer ein Baby bleiben.«

Wir schlenderten nebeneinander ein Stück weit den Strand entlang. Die Wärme von Akiras Körper zu spüren, ohne dabei sein Gesicht zu sehen, weckte Erinnerungen an Hiroyuki.

Wie kann es sein, dass ein Mensch, der einem so nah ist, urplötzlich verschwindet, ohne sich noch einmal umzudrehen? Nie mehr würde ich ihn finden, ganz gleich, wo ich nach ihm suchte.

Er ging fort, so wie es für ihn richtig war. Seine Fußspuren im Sand hinterlassend. Es war unfassbar, dass von dem, was ihn ausmachte, nichts mehr existierte ... und es nichts gab, um diese Lücke zu füllen. Es war schrecklich.

Vor lauter Verzweiflung streckte ich die Hand aus, hielt jedoch sofort erschrocken inne. Es war nicht Ruki, der neben mir ging. Es war Akira.

»Wie lange ist mein Bruder nun schon tot?«

»Zweiundsechzig Tage.«

»Das weißt du so genau?«

»Ja. Seit diesem Tag ist nichts mehr so, wie es war.«

»Es wird eine Zeit kommen, wo du die Tage nicht mehr zählen kannst ...«

»Ja, Zahlen sind leider unendlich.«

»Wir sind einfach nicht so gut in Mathematik wie Ruki. Irgendwann wird es zu kompliziert, dann kommt man zu keiner Lösung mehr.«

Langsam setzte die Flut ein. Gleich würde das Frachtschiff hinter der Landzunge verschwinden. Auch die Segel der Windsurfer waren nicht mehr zu sehen. Unsere Schuhe waren voller Sand, aber wir liefen unverdrossen weiter.

»Einmal sind Ruki und ich von zu Hause ausgerissen und auch hier am Strand entlanggelaufen. Er war damals acht, ich vier. Es war die Zeit, als er anfing, an diesen Mathematikwettbewerben teilzunehmen.«

»Und was war der Grund?«

Das Wasser erreichte mittlerweile unsere Füße. Ich

drehte mich um und sah unsere Fußspuren, die uns im Sand folgten.

»Ich hatte Vaters Stethoskop kaputt gemacht. Ich hatte heimlich in seinem Büro herumgestöbert, obwohl das strikt verboten war. Ruki hatte sich immer daran gehalten, aber mich scherte das nicht. Ich hatte nicht bemerkt, dass unter einem schweren Wörterbuch das Stethoskop lag. Als ich mich auf den dicken Wälzer stellte, zerbrach das Bruststück. Ich habe es so wieder zusammengefügt, dass es nicht sofort auffiel, und niemandem davon erzählt. Damit es so aussah, als wäre es von selbst kaputtgegangen.«

»Und hat euer Vater es gemerkt?«

»Ja, er war sehr wütend und hat geflucht. Er wollte wissen, wer das gewesen sei. Er bedauerte nicht, dass das Gerät kaputt war, ihm war nur wichtig, zu wissen, wer dafür verantwortlich war. Ruki hat dann gesagt, es sei seine Schuld gewesen. Mit gesenktem Kopf und ruhiger Stimme hat er ohne Umschweife die Tat zugegeben. Er schilderte den Vorfall so genau, dass ich glaubte, er hätte mir nachspioniert. Obwohl er zu der Zeit gar nicht zu Hause war, sondern in der Schule. Bis ins kleinste Detail beschrieb er die Stelle, wo das Buch gelegen hatte, wie er sich daraufgestellt hatte, sogar das Geräusch, mit dem das Bruststück zerbrochen war. Ich war so perplex, als Ruki sich bei meinem Vater entschuldigte, dass ich gar nicht auf die Idee kam, die Wahrheit zu sagen.«

»Er wollte dich einfach in Schutz nehmen, oder?«

»Nein, darum ging es nicht. Es ist schwer zu erklären, aber es war keine kalkulierte Handlung, wie eine Schuld auf sich zu nehmen oder eine Sache friedlich zu regeln. Das Ganze hatte sich eher spontan ergeben. Sein Verhalten war vollkommen natürlich, als würde er ein mathematisches Problem lösen. Am Ende hatte selbst ich den Eindruck, in Wirklichkeit wäre er der Schuldige. Mein Vater schimpfte zwar, dass er ohne Stethoskop keine Visite machen könne, ließ es dabei jedoch bewenden, ohne Ruki zu bestrafen. Er war wohl auch ziemlich überrascht, dass nicht ich der Schuldige war, sondern mein Bruder. Er hat sich dann im Gewächshaus verkrochen, um sich um seine Orchideen zu kümmern. So lief das immer ab, wenn er sich über etwas ärgerte.«

»Aber warum seid ihr dann von zu Hause weggelaufen?«

»Ich habe keine Ahnung. Ruki meinte, er wolle weg, und ich bin ihm hinterhergelaufen. Ich stand ja in seiner Schuld. Vor allem war ich neugierig, warum er gelogen hatte.«

»Und wo wollte er hin?«

»Das weiß ich nicht. Wir sind einfach losgegangen. Immer an der Küste entlang. Es war Spätsommer, wie jetzt, und in etwa die gleiche Tageszeit. Ruki hat kein Wort gesprochen. Aber er war nicht verärgert. Ohne anzuhalten oder sich umzuschauen, ging er einfach geradeaus, den Blick stur nach vorn gerichtet. Immer weiter und weiter. Ich dachte, irgendwann würden wir an einen Ort kommen, wo wir noch nie waren. Aber ich schaffte es nicht, ihn zu fragen, weshalb er für mich gelogen hatte, sondern hechelte ihm einfach nur hinterher. Ich hatte Angst, dass er mich abhängen würde, wenn ich ihm unnötige Fragen stellte. Niemals hätte ich mich getraut, allein weiterzugehen. Außerdem glaubte ich mittlerweile, dass tatsächlich er das Stethoskop zerbrochen hatte.«

»Und wo seid ihr dann gelandet?«

Ich blickte zu Akira. Sein Haar war gewachsen und verdeckte fast sein Gesicht. Am nebligen Horizont ging langsam die Sonne unter.

»In der Dunkelheit. Einer kalten Dunkelheit, wo man nichts mehr erkennen kann. Es herrschte totale Windstille. Eine Frau, der wir begegneten, wunderte sich, dass Kinder nachts allein unterwegs waren, und brachte uns zur nächsten Polizeiwache. Das war's dann.«

Akira steckte beide Hände in die Hosentaschen. Mit den nach vorn geschobenen Schultern sah er aus wie sein Bruder in dem Video.

Ich sagte mir, dass ich endlich aufhören müsse, die beiden zu vergleichen. Es ist doch ganz normal, dass Brüder sich ähnlich sind. Mit den Fingern fuhr ich durch mein vom Wind zerzaustes Haar.

Wir kamen an mehreren Pensionen vorbei, auch an Ferienhäusern mit geschlossenen Fensterläden, und passierten eine Anlegestelle für Fischerboote. Der Strand beschrieb einen sanften Bogen und endete an einer Felsenklippe. Die Wellen schwappten dicht an uns heran. Der Bootsverleih war in der Ferne nicht mehr zu erkennen, so weit waren wir bereits gelaufen.

»Habt ihr es bis hierhin geschafft?«

»Ja. Ruki hat mich an die Hand genommen und die Felsen hochbugsiert. Er schreckte vor nichts zurück. Deshalb konnte er auch so spektakuläre Sprünge und Pirouetten auf dem Eis machen. Und wagemutig in die komplizierte Welt der Zahlen eintauchen. Allein konnte ich diese Klippen nicht erklimmen.«

Die Gischt spritzte hoch auf, als die Wellen gegen die Felsen schlugen. Doch keiner von uns wich zurück. Akiras nasse Hosenbeine waren dunkel.

»Lass uns umkehren«, sagte er.

»Kannst du mir nicht helfen, auf die andere Seite zu kommen?«

»Das macht keinen Sinn. Selbst wenn wir da raufklettern würden, kämen wir nicht weit. Ich weiß es, weil Ruki und ich es damals probiert haben. Komm …«

Akira hob die Hand, um mich sanft zurückzuhalten. In diesem Moment rutschten ein paar Dinge aus seiner Hosentasche und fielen in den Sand.

Es waren Gegenstände für das Modellhaus – ein Schminktisch, eine Bratpfanne und ein Treppengeländer. Ich sammelte sie schnell auf, bevor die Wellen sie forttrugen.

»Danke!«

Jedes Mal, wenn ich etwas für ihn tat, bedankte er sich ausgesprochen höflich dafür. Und doch klang er irgendwie traurig. Als wollte er sich bei seinem Bruder dafür entschuldigen, dass er seiner Freundin zur Last fiel.

»Ich werde nach Prag fliegen«, sagte ich.

»Was?«

»Ich werde mich mit einer gewissen Sugimoto-san treffen, die damals an dem gleichen Mathematik-Wettbewerb teilgenommen hat. Und danach reise ich nach Prag.«

Er sagte nichts. Vorsichtig nahm er den Schminktisch, die Bratpfanne und das Treppengeländer und verstaute sie in seiner Hosentasche.

Ich hörte das Klirren von Geschirr, als der Tisch gedeckt wurde.

»Nein, so nicht. Du sitzt rechts neben mir und Ryoko dort drüben.«

Die Mutter gab mit heiterer Stimme Anweisungen, offenbar war sie ausnahmsweise gut gelaunt.

»Meinetwegen, aber findest du nicht, dass der Abstand zu groß ist?«

Akira gab sich hörbar Mühe, es ihr recht zu machen, während er wie üblich die Mahlzeit zubereitete. In der Küche duftete es nach gebratenem Fleisch.

Ich saß auf der Bank unter der Markise und wartete darauf, dass das Essen fertig war. Die Sonne war längst untergegangen. Hoch oben am Himmel stand der Mond, und alle Laternen waren eingeschaltet. In der Dunkelheit waren die Steinputten im Garten nur noch schemenhaft zu sehen. Gelegentlich raschelte das Laub über mir und die herabhängenden Ranken schaukelten sanft hin und her, wenn der Wind hindurchstrich.

»Wenn du da sitzen bleibst, fallen die Raupen über dich her«, rief Akira aus dem Fenster.

»Das ist nicht schlimm.«

»Wir haben dieses Jahr noch nicht gesprüht. Wenn sie deine Haut berühren, brennt es fürchterlich.«

Die Mutter faltete die Servietten und legte Messer und Gabeln zurecht, wobei sie darauf achtete, dass alle Abstände genau eingehalten wurden und es nicht die geringste Abweichung gab.

Das Mondlicht fiel auf die Scheiben des Gewächshauses. Ganz gleich, ob es Tag war oder Nacht, die Stille, die an diesem Ort herrschte, blieb unverändert.

Akira hatte recht. Etliche Raupen lagen verstreut am Boden. Mit ihrer schönen gelbgrünen Farbe hoben sie sich deutlich von den Ziegelsteinen ab. Einige von ihnen krochen eilig weiter, um sich in Sicherheit zu bringen, andere klebten zerquetscht in ihrem eigenen Sekret.

»Danke fürs Warten. Das Essen ist fertig.«

Akira und seine Mutter traten auf die Terrasse.

»Fräulein Ryoko, darf ich Sie zu Tisch bitten?«

Endlich hatte sie sich meinen Namen gemerkt.

»Wieso steht das Gewächshaus eigentlich leer?«, murmelte ich, ohne einen der beiden direkt anzusprechen.

»Es war der Lieblingsort meines Mannes. Er hat sich dort liebevoll um Tausende von Pflanzen gekümmert. Aber sie mochten noch so exotisch sein, keiner machte ihm ein Kompliment. In unserer Familie hatte niemand Interesse daran. Nach seinem Tod war dann im Nu alles verwelkt.«

Ich erlebte zum ersten Mal, dass sie in zusammenhängenden Sätzen sprach. Akira hatte erwähnt, dass ihre Medikamente umgestellt worden waren. Vermutlich war das der Grund.

Sie trug eine Schürze und hielt sich aufrechter als sonst. Auch ihr Blick wirkte klarer. Unverändert war jedoch ihr dickes Make-up. Der Lidschatten changierte heute von Smaragdgrün über Türkis zu Ocker.

»Ich war derjenige, der das Gewächshaus leer geräumt und alles entsorgt hat«, sagte Akira.

»Pflanzen verwesen ja so schnell. Wie Kadaver«, seufzte die Mutter.

Dabei trat sie mit dem Fuß auf die Raupen und zerquetschte sie.

»Ich finde ein leeres Gewächshaus würdevoller für das Andenken meines Vaters als eines, das verwüstet ist.«

»Ich weiß noch, wie Ruki sich einmal dort verkrochen hat«, sagte die Mutter, während sie die Sohlen ihrer Sandalen an der Terrassenkante sauber rieb.

»Stimmt. Es war kurz nach eurer Rückkehr aus Prag.«

»Als ich eines Morgens aufwachte, fiel mir auf, dass er nicht mehr da war. Wir fanden ihn schließlich im Gewächshaus, wo er sich verbarrikadiert hatte.«

»Ja genau. Die Tür hatte er von innen mit einem Draht zugesperrt, sodass man nicht mehr hineinkam.«

»Er hatte sich geschickt durch einen schmalen Spalt in eine Ecke gezwängt, wo Orchideentöpfe, Mangobäume und Kompostsäcke standen. Ich hätte es nicht für möglich gehalten, dass sich ein so großer Junge dort verstecken kann. Er hockte da, mit einer Hand hielt er sich am Stamm eines Mangobaums fest, die andere hatte er unter seinen Po geklemmt. Sein Gesicht war nicht zu sehen, da er es zwischen seine Schenkel gelegt hatte. Es war, als hätte er

Unfug gemacht und wäre dabei aus Versehen stecken geblieben. Zuerst dachte ich, die Sache sei ihm so peinlich, dass er nicht ertappt werden wollte ...«

Die Mutter redete ohne Punkt und Komma. Selbst wenn sie ihrem Gedächtnis auf die Sprünge helfen musste, stockten ihre Worte nicht. Man konnte meinen, sie sähe die Szene genau vor sich.

Gemeinsam betrachteten wir das Gewächshaus. Es wirkte, als füllte das Mondlicht die gesamte Konstruktion aus, in übereinanderliegenden Schichten, und könnte nicht mehr heraus. Wir konnten unseren Blick nicht abwenden. Vielleicht würde ja Hiroyukis Gestalt erscheinen, angelockt von der Stimme seiner Mutter.

»Ich habe ihm gesagt, er solle unbesorgt sein, niemand werde ihn auslachen. Er habe sich doch nur einen kleinen Streich erlaubt. Aber Ruki hat sich nicht gerührt. Langsam begann ich mir Sorgen zu machen. Er schien nicht mehr zu atmen. Das war kein Scherz mehr oder ein Streich. Ich hatte Angst, dass sein Körper für immer deformiert sein würde, wenn er weiter in dieser Position verharrte, weil bestimmte Teile nicht mehr mit Blut versorgt werden.«

»Mein Vater und ich haben an der Tür gerüttelt, um den Draht zu lösen, während meine Mutter mit tränenerstickter Stimme auf ihn eingeredet hat. Es war ein furchtbares Durcheinander, so früh am Morgen. Im Nachhinein haben wir aber darüber gelacht.«

Akira lehnte sich gegen eine Säule der Pergola und strich sich das Haar aus dem Gesicht. Es roch immer noch nach Meer.

»Wie kannst du sagen, dass wir darüber gelacht haben? Ruki und ich haben die Sache sehr ernst genommen. Ich habe ihn angefleht, dort rauszukommen.«

»Was war der Grund für sein Verhalten?«, fragte ich.

»Es war seine Art, zum Ausdruck zu bringen, dass er nicht mehr zur Schule gehen wollte«, erklärte Akira.

»Genau. Er hat nicht darüber geredet, sondern sich einfach eingeschlossen, damit er nicht zur Schule muss. Ich habe vorgeschlagen, die Scheiben einzuschlagen, damit wir ihn dort rausholen konnten. Eine andere Möglichkeit gab es ja nicht. Aber mein Mann war strikt dagegen, weil er fürchtete, dass dann seine Orchideen eingehen könnten.«

Der Timer am Herd klingelte. Das Fleisch sollte jetzt gar sein. Auf dem Tisch standen bereits eine Flasche Rotwein und die Vorspeisen.

»Lasst uns reingehen und essen«, sagte Akira.

»Irgendwann hat Hiroyuki den Kopf gehoben, alle Orchideenblüten in Reichweite abgerissen und sie sich in den Mund gesteckt. Es sah aus, als würden sie ihm schmecken, so genussvoll hat er alle aufgegessen.«

Während sie sprach, blickte die Mutter zu Boden und zertrat eine weitere Raupe.

12

Am nächsten Tag wollte ich die Höhle noch einmal aufsuchen, bevor Jeniak mich abholte. Ich fuhr allein mit der Straßenbahn zum Kloster Strahov. Im Garten dort nahm ich den gleichen Weg wie am Vortag, um zu der Stelle zu gelangen. Die mit Klee bewachsene Lichtung konnte ich aber nicht finden, auch nach längerem Suchen. Vielleicht hatte ich sie übersehen? Ich kehrte um und ging denselben Pfad zurück, sogar noch ein wenig weiter, aber ich hatte kein Glück. Ich hörte nur Vogelgezwitscher. Ein Gewächshaus war weit und breit nicht zu sehen.

Vor allem war der Duft von »Quell der Erinnerung« verschwunden. Sosehr ich auch meine Sinne schärfte und mit geschlossenen Augen im Wald herumlief, ich konnte ihn nirgends wahrnehmen.

Plötzlich erklang das Glockenspiel im Turm der Loreto-Kirche. Es war das Wallfahrtslied. Sein Nachhall umfing den Hügel, woraufhin die Vögel auf- und davonflogen. Ich hatte Angst, mich zu verlaufen, wenn ich hier noch weiter umherirrte, und beschloss, das Klostergelände zu verlassen.

Auf der Rückfahrt mit der Straßenbahn stieg ich bereits an der Karlsbrücke aus und ging den Rest des Weges zu Fuß.

Von der Moldau stieg Morgennebel auf. So früh waren kaum Touristen und Souvenirverkäufer unterwegs. Ein paar Ruderboote dümpelten auf dem Fluss. Ich erblickte einen Mann, der eine Angel auswarf. Auf jedem der Pfähle am Kai hockte ein Wasservogel.

Ich hatte letzte Nacht schlecht geschlafen. Auch die Flasche Wein aus der Minibar, die ich komplett ausgetrunken hatte, hatte nicht die gewünschte Wirkung gehabt. Um mich zu beschäftigen, hatte ich meine wenigen, aus Japan mitgebrachten Notizen noch einmal überprüft.

Die Adresse der Stiftung für mathematische Wettbewerbe. Fehlanzeige. Die Broschüre der Villa Bertramka, dem Austragungsort der Veranstaltungen. Die wollte ich morgen oder übermorgen aufsuchen. Die Aufzeichnung des Gesprächs mit Fumiko Sugimoto, die ich vor meiner Anreise in Sendai besucht hatte. Und die Notizen zur Beschreibung von Düften, die Hiroyuki auf der Diskette hinterlassen hatte.

Zum Lesen hatte ich mich auf die Bettkante gesetzt und die Notizen, die ich inzwischen auswendig kannte, unter den Lichtkegel der kleinen Nachttischlampe gehalten.

Wassertropfen, die aus Felsspalten fallen.

Kalte, feuchte Luft in einer Grotte.

Ein verschlossenes Archiv. Staubpartikel im Licht.

Ein über Nacht zugefrorener See im Morgengrauen.

Der sanfte Schwung einer Haarsträhne.

Verblichener, aber noch weicher Samt.

Die Pflastersteine der Brücke waren schwarz und blank gewetzt. Auch Hiroyuki war bestimmt über einige von ihnen gelaufen. Seit meiner Ankunft in Prag hatte ich solche Gedanken. Bestimmt hatte er diesen oder jenen Türknauf berührt. Vielleicht hat er in diesem Café auf der Terrasse gesessen und die Tauben beobachtet. Und dabei das Quietschen der bremsenden Straßenbahnen gehört.

Ich überquerte dieselbe Brücke, die Hiroyuki, den ich nun verloren hatte, als Sechzehnjähriger passierte. Ein alter Mann in einem dicken Mantel ging mit einer zerknitterten Papiertüte an mir vorbei. Über das Brückengeländer gebeugt, fütterte eine Frau mittleren Alters die Wasservögel mit Brotkrumen. Vielleicht hatte sie ein Nierenleiden, denn der Spann ihrer geschwollenen Füße quoll aus den Hackenschuhen heraus. Niemand verschwendete einen Gedanken an jene Personen, die einst diese Brücke überquerten. Jeder ging geschäftig seines Weges.

Der Brückenturm, der zum Altstädter Ring führt, strahlte in der Morgensonne. Ich hob den Blick und sah erschrocken, dass jemand aus einem der Turmfenster auf mich herunterschaute. Doch als ich noch einmal nach oben blickte, war niemand mehr zu sehen.

Ich glaubte zunächst, Hiroyuki gesehen zu haben. Aber vermutlich hatte die blendende Morgensonne mir einen Streich gespielt. Die Einzigen, die auf mich herabschauten, waren die Heiligenstatuen auf der Brücke.

»Hier blühen auch Orchideen, nicht wahr?«

Der Mann nickte.

»Wissen Sie, was für einen Geschmack die Blüten haben?«, fragte ich.

»Hm …«

Sein Blick schweifte durch das Dämmerlicht der Höhle, während er überlegte. Er hatte die Angewohnheit, immer erst gründlich nachzudenken, bevor er eine Frage, egal welcher Art, beantwortete. Zuerst hatte ich dies missverstanden und geglaubt, ich würde ihm mit meinen neugierigen Fragen auf die Nerven gehen, aber nun war ich damit vertraut. Es dauerte eben, bis die Worte des Pfauenhüters aus der Tiefe der Höhle, wo kein Licht hingelangte, ihren Weg fanden.

»Sie können einen leicht bitteren Geschmack haben, vielleicht auch gar keinen, aber er dürfte keinesfalls unangenehm sein.«

»Warum?«

»Weil es schöne Blumen sind. Sie fügen den Menschen keinen Schaden zu.«

»Das klingt beruhigend.«

Wir saßen uns am Tisch gegenüber und tranken Tee. Alles war wie im Vortag, die Erscheinung des Mannes, die Beschaffenheit der feuchten Höhlenwände, das warme Getränk. Alles war so identisch, dass ich glaubte, ich säße seit gestern hier.

Inzwischen hatten sich unbemerkt etliche Pfauen um uns versammelt. Einige hielten sich noch im Halbdunkel verborgen, andere reckten ihre Hälse unter den Tisch. Vielleicht lag es am schwachen Licht der Petroleumlampe, dass ihre Bäuche bis zum Schlund hinauf in einem tiefen Blau leuchteten, dessen Anblick mir unheimlich war. Ich überlegte, ob es genau diese Farbe war, die den Duft von »Quell der Erinnerung« verströmte.

»Es ist seltsam«, sagte ich.

Der Mann faltete die Hände im Schoß und wartete darauf, dass ich fortfuhr.

»Heute Morgen habe ich den Weg durch den Klostergarten genommen, um Sie zu besuchen, aber ich habe mich verlaufen. Ich war sicher, dass ich den Eingang zur Grotte wiederfinden würde. Aber ich bin nur mithilfe von Jeniak hierher gelangt.«

»Das freut mich.«

»Gibt es mehrere Wege, die hinunter in den Wald führen?«

»Ich weiß es nicht. Ich verlasse die Höhle nur, um die Pfauen ins Gewächshaus zu geleiten.«

Ich hatte Jeniak auf dem Stadtplan, den ich von der Hotelangestellten bekommen hatte, die Stelle gezeigt, wo ich die Höhle vermutete, und ihm mit Händen und Füßen erklärt, dass ich dort hinwollte. Jeniak hatte verstanden und mich direkt auf den richtigen Weg geführt. Mit einem freundlichen Kopfnicken hatte er mir zu verstehen gegeben, dass ich mir alle Zeit der Welt nehmen könne, er würde am Parkplatz auf mich warten. Ich ermunterte ihn, mich zu begleiten, aber er lehnte höflich ab.

Am Anfang des Weges hatte ich endlich den Duft wahrgenommen. Es gab keinen Zweifel. Als ich mich umwandte, war Jeniak bereits verschwunden.

»Welche Arbeiten verrichten Sie eigentlich als Hüter der Pfauen?«

Letzte Nacht im Hotelzimmer hatte ich nicht einschlafen können, weil mir so viele Fragen im Kopf herumschwirrten, über die Höhle, die Pfauen und ihren Wächter, aber nun, als ich vor ihm saß, wusste ich nicht mehr, was ich so dringend wissen wollte. Als ich ihm dennoch einige Fragen stellte, merkte ich, dass ich an den Antworten gar nicht interessiert war. Ich wollte einfach nur so lange wie möglich den Duft genießen.

»Es ist keine schwierige Aufgabe. Ich füttere und tränke sie, ich pflege ihr Gefieder, helfe ihnen beim Brüten. Arbeiten dieser Art.«

Es war das erste Mal, dass ich Pfauen aus der Nähe zu Gesicht bekam. Ihre dünnen Beine wirkten ungelenk, aber dank ihrer starken Krallen fanden sie auf dem unebenen Felsboden ordentlich Halt. Im Vergleich zum Federkleid der Männchen wirkte das der Weibchen fast langweilig, aber auch sie trugen eine prächtige Federkrone auf dem Scheitel. Ihre Augen waren wachsam, und die blauen Hälse zuckten im gleichen Rhythmus. Die sich überlappenden Schwanzfedern streiften zuweilen die Felswände, und manchmal hingen einige triefend nass zu Boden.

Während ich die Pfauen beobachtete, wurde der Duft immer intensiver, sodass ich mehrmals ängstlich in meine Tasche griff, um zu prüfen, ob sich vielleicht der Deckel des Flakons gelöst hatte. Er war jedoch fest verschlossen.

Einer der Vögel stieß einen durchdringenden Schrei aus. Der Blick, den der Hüter ihm daraufhin zuwarf, war keineswegs vorwurfsvoll. Der Pfau war sofort still.

»Was fressen sie?«

»Sie ernähren sich überwiegend von Nüssen, Früchten und Beeren. Davon gibt es hier im Treibhaus genug.«

»Breiten sie auch hier ihr Gefieder aus?«

»Natürlich.«

»Das würde ich so gerne sehen.«

»Leider währt das nie lange. Zuerst schlagen sie voller Stolz ein Rad, und dann, wenn sie an sich herunterschauen und ihre Füße erblicken, sind sie über deren Hässlichkeit so erschrocken, dass sie ihren Schwanzfächer gleich wieder schließen.«

Tatsächlich sahen ihre Beine aus wie dürre Zweige, viel zu schwach, um das prachtvolle Federkleid zu tragen.

»Jemand hat mir erzählt, dass der Pfau ein Bote des Gottes der Erinnerung sei.«

»Ja, das ist wahr.«

Der Wächter strich einem der Vögel, der sich zu ihm gesellt hatte, über den Hals. Bei jeder seiner Bewegungen wogte sein schwarzes Gewand und ließ die Dunkelheit erzittern. Auf diesen Wogen schwebten auch Duftkristalle durch den Raum.

Im Schein der Lampe schimmerten die Gefäße in den Regalen milchig weiß. Sie wirkten so samtig weich, dass ich am liebsten eines mit meinen Händen umschlossen hätte.

»Ich habe Ihnen doch von der Parfümerie erzählt.«

Der Wächter nickte.

Oder ... vielleicht kam es mir nur so vor, als hätte er genickt. Die Silhouette des Mannes verschwamm langsam in der Dunkelheit, sodass meine Augen keine Anhaltspunkte mehr fanden. Ich durfte meiner Wahrnehmung nicht trauen.

»Ruki war in der Lage, diesen Duft der Erinnerung zu kreieren, den die Pfauen besitzen.«

Nachts, wenn Reiko nicht da war, hatten wir uns manchmal in die Parfümerie geschlichen, um Düfte zu erraten. Wenn die Lichter im Labor ausgeschaltet waren, erhellte nur noch die Glühbirne über dem Schreibtisch den Raum – und ein Streifen des Mondlichts, das von der Veranda hereinfiel.

»Beginnen wir damit.«

Ruki griff sich eins der Fläschchen und entnahm ihm mit der Pipette einen Tropfen.

»Nun, erkennst du es?«

Ruki trug immer einen weißen Kittel bei sich. Er stand ihm ausgezeichnet. Durch das häufige Waschen, um unangenehme Gerüche zu beseitigen, war der Stoff zwar schon reichlich verschlissen, aber das betonte nur seine würdevolle Erscheinung.

Ich hielt meine Nase an die Pipette. Obwohl ich jedes Mal versuchte, Ruki zu imitieren, gelang es mir nicht, den zarten Steifen Papier so elegant in der Hand zu halten wie er. Entweder griff ich zu weit über den Rand, oder ich zerknitterte ihn. Seine zehn Finger hingegen waren stets in der Lage, jedes Instrument, das mit Parfüms zu tun hatte, auf korrekte Art und Weise zu handhaben.

»Gib mir einen Hinweis, bitte!«

»Jetzt schon? Versuch es doch erst mal allein.«

Ich überlegte, ganz auf den Duft in meiner Nase konzentriert. Aber eigentlich war mir mehr daran gelegen, einen Blick auf Rukis Miene zu erhaschen, wie er mich gespannt ansah.

»Datteln?«

»Falsch. Aber in einem Punkt hast du recht: Es ist ein natürliches Aroma.«

»Moos?«

»Wieder falsch. Es ist die vierte Duftnote, die ich dir letzte Woche präsentiert habe.«

»Als ob ich mir das merken könnte!«

Ruki lächelte verschmitzt. Er wollte nicht gleich mit der richtigen Antwort rausrücken.

Im Labor, wo alle nötigen Gerätschaften funktionell und platzsparend angeordnet waren, war nur wenig Raum für uns beide. Zuweilen stießen wir aneinander, aber das tat unserem Vergnügen keinen Abbruch. Mehr als jedes andere Geräusch hörten wir den Atem des anderen. So dicht beieinander, war es noch intimer, als wenn wir uns im Bett umarmten.

»Nicht einfach nur raten. Man muss sein Gedächtnis anstrengen, um sich auf einen Duft zu besinnen, den man schon einmal wahrgenommen hat.«

»Es ist doch unmöglich, sich an etwas zu erinnern, was man komplett vergessen hat. Warte! Jetzt hab ich's ... Es ist Harz, nicht wahr?«

»Falsch! Es ist Moschus.«

Am Ende gab Ruki dann doch nach und nannte die richtige Antwort. Ich mochte seinen zögerlichen Gesichtsausdruck, wenn er nichts verraten wollte.

»Was ist das noch mal?«

»Das ist ein Sekret aus der Bauchdrüse von männlichen Moschustieren. Es ist sehr kostspielig. Also kein Wort zu Reiko.«

Ich hätte mir nie vorstellen können, dass Ruki sich zurückhielt, wenn er die korrekte Antwort kannte. So wie er früher in allen Wettbewerben immer die richtige Lösung parat hatte. Nun aber gab ich ihm absichtlich falsche Antworten und ließ ihn zappeln, weil ich seine verzweifelte Miene so mochte.

»Hier ist die zweite Probe.«

Nachdem er den Moschus-Duftstreifen in den Behälter zurückgesteckt hatte, gingen wir zum nächsten über.

»Grüner Tee?«

»Nein, Sandelholz. Weiter …«

»Koriander, glaube ich …«

»Stechapfel. Genauer: Teufelstrompete. Und das hier?«

»Das weiß ich jetzt aber: Bergamotte.«

»Total daneben. Das wird ja immer schlimmer. Es handelt sich um Amber.«

Wir kicherten. Eigentlich gab es keinen Grund zur Zurückhaltung, da wir unter uns waren, trotzdem senkten wir, Wange an Wange, unsere Stimmen. Überall um uns herum standen Parfümflakons. Die Flakons, jeder so klein, dass man ihn in einer Hand verbergen konnte, bestanden aus braunem, lichtundurchlässigem Glas und waren mit einem Etikett versehen, auf dem Name und Datum des Extrakts vermerkt waren. Sie hatten einen sanft abfallenden Flaschenhals und einen runden Schraubverschluss in Form eines Pilzes.

Sämtliche Wandregale waren voll. In gleichmäßigen Abständen standen die Flakons brav nebeneinander, keiner hatte ein schief aufgeklebtes Etikett oder rührte sich vom Fleck, den Ruki ihm zugewiesen hatte. So konnte er mit einem Griff den gewünschten Flakon aus dem Regal nehmen. Er hielt ihn in der linken Hand, während er mit der rechten den Verschluss abschraubte. Das leichte Knirschen des Glases erweckte den Eindruck, seine Finger selbst würden das Geräusch erzeugen. Er entnahm dem dafür vorgesehenen Behälter einen Duftstreifen, auf den er mit der Pipette einen Tropfen Parfüm träufelte. Danach verschloss er den Flakon wieder, damit der Duft nicht verflog.

Rukis hin- und herfächelnde Hand scheint Ornamente in die Luft zu malen. Nie begeht er einen Fehler. Die ins Regal zurückgestellten Flakons nehmen augenblicklich ihre ursprüngliche Position ein. Und der Duftstreifen verwandelt sich in ein Parfüm, das er tief inhaliert. Er dreht den Streifen auf die Seite, hält ihn dicht an seine Nase, dann etwas weiter weg, um die Essenz des Duftes zu erfassen.

Das Licht der Glühbirne fiel nur schwach auf die Flakons. Ruki war von einem bräunlichen Schimmer umhüllt, der die Luft zum Abkühlen brachte und die Konturen seiner Nase noch verführerischer erscheinen ließ. Die Flakons waren schön und verlässlich.

»Was hast du?«

»Nichts. Ich habe dich nur angeschaut.«

»Hier, deine letzte Chance.«

»Ha, ich weiß es. Castoreum.«

Diesmal hatte ich richtig geraten. Nicht ahnend, dass es längst zu spät war.

»Morgen wird es sicher regnen.«

»Wieso?«

»Ich kann es riechen.«

Wir haben uns auf dem Boden des Labors geliebt. Ganz leise, um die Flakons nicht zu stören.

Ein Pfau schrie.

Ich drehte mich abrupt um, konnte jedoch nicht erkennen, welcher von ihnen es war. Der Mann saß unverändert mir gegenüber am Tisch.

»Bin ich die ganze Zeit über hier gewesen?«

Ich wusste, es war eine seltsame Frage.

»Ja.«

Der Pfauenhüter schenkte mir Tee nach. Das Geräusch beim Eingießen hörte sich an, als wollte er mir sagen, ich solle unbesorgt sein.

»Merkwürdig, ich habe gerade an einem Duftstreifen mit Castoreum gerochen. Ruki hat mich sanft in den Arm genommen, um mich auf den Boden zu legen. Auf dem Schreibtisch standen viele Dinge: eine elektronische Waage, Becher mit Glasrührstäben, der destillierte Alkohol. Noch immer spüre ich das Papier des Duftstreifens an meinen Fingerkuppen …«

Ich streckte ihm meine Hand entgegen, öffnete und schloss sie wieder.

»Alles ist gut! Sie werden sich schnell daran gewöhnen.«

»Oje, du bist es sicher leid, auf mich zu warten.«

Jeniak band sich die Turnschuhe zu.

»Aber du musstest einfach mitkommen. Es ist zu schwierig, diesen Ort genau zu beschreiben.«

Er legte mir zur Beruhigung eine Hand auf die Schulter.

»Wie lange war ich eigentlich weg? Es kommt mir vor wie eine Ewigkeit. Aber ich habe dich nicht vergessen. Hast du dich gelangweilt?«

Jeniak zeigte auf den schwarzen Koffer, der an den Stufen des Brunnens lehnte.

»*Akoraato, Akoraato*«, sagte er mehrmals.

Es war der Koffer, der sonst hinten im Lieferwagen lag. Jetzt sah ich, dass es ein Instrumentenkoffer war. Jeniak öffnete den Verschluss und hob den Deckel hoch.

»Was, ein Violoncello? Es ist doch eins, oder? Ein Violoncello?«

Ich war so verblüfft, dass ich mich wiederholte, denn mir fiel die Zeile in Hiroyukis Lebenslauf ein, mit dem er sich in der Parfümerie beworben hatte. Besondere Fähigkeiten: Musizieren mit Streichinstrumenten. In der Grundschule Cellist im Kinderorchester.

Anstatt zu antworten, nahm er den Bogen zur Hand und griff zärtlich nach dem Hals des Instruments. Diese Geste verriet, wie sehr er es liebte. Obwohl ich keine Expertin war, erkannte ich sofort, dass es kein hochwertiges Cello sein konnte. Es war zerschrammt, an mehreren Stellen war der Lack abgesprungen, und der Steg war leicht verzogen.

Jeniak legte die Fingerkuppen der linken Hand auf die Saiten und strich mit dem Bogen darüber. Ein voller, ausdrucksstarker Ton erklang, womit ich nicht gerechnet hatte. Doch keiner der Passanten drehte sich zu uns um.

Was war das für eine Melodie? Ich hatte sie schon einmal gehört. Mit jedem Ton änderte sich seine Fingerstellung: mal krümmten sie sich, mal spreizten sie sich oder erzitterten, um ein Vibrato zu erzeugen. Das Timbre war so zart, als käme es aus der Tiefe der Erde, um meine Füße zu umspülen, ohne sich je zu verflüchtigen.

Manchmal hüpfte der Bogen, dann wieder strich er sanft über die Saiten, und eine neue Phrase erklang, bevor die vorangehende verhallt war.

Mit gesenktem Blick schien Jeniak sich allein auf den Klang zu konzentrieren, ohne auf die Positionen seiner Finger zu achten. Das Violoncello war fügsam in seinen Armen. Der Wirbelkasten ruhte an seiner linken Schulter, nie verließen seine Finger die Saiten, und der Korpus lag sanft zwischen Jeniaks Beinen.

»Beethovens Menuett«, flüsterte ich.

Plötzlich hatte ich das Gefühl, dass nicht das Cello, sondern ich selbst in seinen Armen läge. Ich brauchte mich nur zurückzulehnen, den Klängen zu lauschen, und schon verflüchtigten sich all meine Sorgen.

Der Bogen hielt inne, die Saiten verstummten, der letzte Ton des Menuetts verklang. Ich applaudierte. Jeniak wurde ganz rot.

»Vielen Dank!«

»*Nenii zatchi!*«

In meinen Ohren war der Klang seiner Stimme eins geworden mit dem des Cellos.

178

Als Jeniak das Instrument wieder im Koffer verstaute, fiel mir eine weitere Notiz ein, die Hiroyuki hinterlassen hatte: *Verblichener, aber noch weicher Samt.*

Ich streckte die Hand aus, um das geschmeidige Innenfutter zu berühren.

13

»Test ... Test ... 30. April. 15.30 Uhr. Mein Gespräch mit Fumiko Sugimoto, verheiratete Kurita. In der Lounge des Plaza Hotels in Sendai.«

Man hört ein Rascheln, danach eine Zeit lang Stille. Im Hintergrund herrscht ziemlicher Trubel. Unser Kaffee wird serviert. Meine Stimme entfernt sich, als ich die Milch weiterreiche.

»Ich bin davon ausgegangen, dass Sie an einer Universität oder anderen wissenschaftlichen Einrichtung Mathematik lehren. Immerhin wurden Sie ausgewählt, Japan zu repräsentieren, weil Sie mühelos Aufgaben lösen konnten, die selbst Professoren Kopfzerbrechen bereiten.«

»Ach, wissen Sie, diese Wettbewerbe sind wie ein Spiel. Man braucht eine gewisse Kühnheit, um sich nicht von dem ganzen Drumherum einschüchtern zu lassen, und Mut, damit man binnen kurzer Zeit Entscheidungen treffen kann. Das ist viel wichtiger als Expertenwissen. Die Aufgabe eines Mathematikers liegt ja vornehmlich darin, Sachverhalte zu untersuchen, von denen er noch nicht weiß, ob sie wahr sind oder nicht, während bei Wettbewerben für jede Aufgabe bereits eine richtige Lösung bereitsteht.«

»Sie haben also gar nicht Mathematik studiert?«

»Nein, ich habe mich für Architektur entschieden. Und jetzt bin ich Hausfrau und ziehe meine Kinder groß. Er hat ja den Beruf des Parfümeurs gewählt, der auch nichts mit Mathematik zu tun hat, oder?«

(...)

»Können Sie mir versichern, dass diese Aufzeichnung nicht veröffentlicht wird?«

»Selbstverständlich. Ich will nur Vorsorge treffen, falls ich etwas überhöre. Jedes Wort kann ja von Bedeutung sein. Aber wenn es Ihnen nicht behagt, kann ich das Gerät auch ausschalten.«

»Nein, es macht mir nichts aus. Fahren Sie ruhig fort!«

»Danke. Und Sie wussten nicht, was vorgefallen ist?«

»Nein, nicht im Geringsten. Bis ich es von Ihnen erfahren habe.«

»Hatten Sie denn nach Prag noch Kontakt zu ihm?«

»Nein, ich habe Ruki nach dem Wettbewerb nie wieder gesehen. Und auch nichts von ihm gehört. Ich wusste nicht, dass er Parfümeur geworden ist.«

»Sie haben ihn also auch bei seinem Spitznamen genannt.«

»Ja, Ruki passte zu ihm, nicht wahr? Er sah gut aus, strotzte vor Elan und war so intelligent, dass es ihm selbst nicht geheuer war.«

(...)

»Ich fürchte, von mir werden Sie nicht viel erfahren, ich kannte ihn ja kaum. Es war schließlich kaum ein Monat, den wir gemeinsam verbracht haben. Und da haben wir die meiste Zeit Mathematikaufgaben gelöst. Zum ersten Mal bin ich ihm am 8. März 1981 begegnet, als die zweite Qualifikationsrunde für den Europäischen Mathematikwettbewerb stattfand. Ich saß direkt neben ihm und habe ihm Schreibzeug geliehen, da er überhaupt nichts bei sich hatte. So kamen wir ins Gespräch. Ich gab ihm einen Bleistift, ein Lineal und brach meinen Radiergummi in der Mitte durch. Er gab zu, dass er die Schreibsachen absichtlich nicht mitgebracht habe, denn wenn anfangs etwas schiefginge, würde hinterher alles umso reibungsloser verlaufen. Dass man an einem Tag gleich zwei Fehler mache, sei ja unwahrscheinlich. Zuerst dachte ich, er meinte den Test, aber so war es nicht. Was er als ›Fehler‹ bezeichnete, hatte eher eine religiöse Komponente. Man könnte es so formulieren. Er machte jeden Tag absichtlich einen Fehler und betete darum, dass danach alles seinen normalen Gang nahm und er keinen göttlichen Launen ausgeliefert sein werde. Es hatte gar nichts mit der Prüfung zu tun. Als ich in die Endrunde kam, habe ich nach ihm Ausschau gehalten. Ich war zu diesem Zeitpunkt schon sehr besorgt, denn ich hatte mich Hals über Kopf in ihn verliebt. Es ist immer noch verwunderlich, wie schnell das ging. Ein paar Worte, dann diese Bemerkung über seinen ›Fehler‹, und schon war es um mich geschehen. Ich kann gut verstehen, dass Sie mehr über Ruki erfahren möchten, aber das, was mir nach fünfzehn Jahren im Gedächtnis geblieben ist, sind nicht irgendwelche gemeinsamen Erlebnisse, sondern meine Gefühle für ihn. Allein das hat sich wie Patina über meine Erinnerung gelegt. Wenn ich über ihn sprechen will, muss ich diese Spuren nachzeichnen. Am darauffolgenden Tag fragte ich Ruki, welchen Fehler er heute machen wolle, woraufhin er entgegnete, er werde seinen Namen nicht auf dem Prüfungsbogen eintragen. Er wundere sich, weshalb er nicht schon früher auf diese Idee gekommen sei. Es sei doch eine überaus effektive Methode. Dabei lachte er. Ich bekam Angst, weil er dadurch riskierte, disqualifiziert zu werden. Wenn er durchfiel, würde ich ihn nie wiedersehen. Das wollte ich nicht. Aber meine Sorgen waren unbegründet. Er erreichte die höchste Punktzahl der ganzen Vorentscheidung. Seine exzellente Leistung wurde nicht ignoriert, nur weil sein Name fehlte. In seinem mathematischen Universum gab es keine Fehler.«

(...)

»Seine Mutter? Ja, die habe ich kennengelernt. Sie hat uns nach Prag begleitet. Ich hatte das Gefühl, dass sie überaus stolz war auf ihren Sohn. Sie war eine ziemlich auffällige Erscheinung, mit farbenfrohen, eleganten Kleidern und Schuhen mit hohen Absätzen. Mich schien sie nicht besonders zu mögen. Sie dürfte nicht geahnt haben, dass Ruki und ich uns zueinander hingezogen fühlten, denn nach außen hin haben wir uns nichts anmerken lassen. Aber da ich das einzige Mädchen in der fünfköpfigen Delegation war, haben sich die Reporter besonders für mich interessiert, was ihr offenbar gegen den Strich ging. Diesen Eindruck hatte ich jedenfalls. Für den festlichen Empfang am ersten Abend hat seine Mutter mir ein Abendkleid geliehen. Es war sehr hübsch, gelb mit Freesienaufdruck und einem Rüschenrock. Sie war sogar so freundlich, mir das Kleid am Rücken zuzuknöpfen. Als der Empfang vorüber war und ich nach hinten griff, um es auszuziehen, bemerkte ich, dass sie in der Mitte zwei Knöpfe offen gelassen hatte. Vielleicht waren sie auch von selbst aufgesprungen, aber ich war damals überzeugt, dass sie es mit Absicht getan hatte. Ich hielt sie für ausgesprochen niederträchtig. Das war natürlich dumm von mir. Bitte verurteilen Sie mich nicht dafür, ich war eben ein unerfahrener Teenager.

Vor der Reise nach Prag, es war kurz vor den Sommerferien, absolvierten wir ein einwöchiges Trainingslager. Wir logierten in einem Erholungsheim in Karuizawa, das unserem Sponsor, einer Computerfirma, gehörte. Dort haben wir von früh bis spät Mathematikaufgaben gelöst. Morgens um neun gab es einen Test, und danach hielt ein Universitätsdozent einen Vortrag. Am Nachmittag übten wir mit Prüfungen aus früheren Wettbewerben, anschließend gab es Einzelunterricht, und am Abend lernte jeder für sich allein. Wir fünf haben uns auf Anhieb gut verstanden. Ruki stand immer im Mittelpunkt. Er hatte einfach diese Anziehungskraft, egal ob zehn oder hundert Leute im Raum waren. Es mag natürlich an seiner außerordentlichen Begabung gelegen haben, aber er besaß auch dieses gewisse Etwas, das nur Auserwählte haben. Als würde ein himmlisches Licht allein auf ihn herabfallen. Man geriet in seinen Bann, weil man seine Wärme spüren wollte. Was mich immer verblüfft hat, war Rukis devote Haltung, wenn er eine schwierige Aufgabe gelöst hatte. Es geschah weder aus Bescheidenheit noch Zurückhaltung, sondern er hatte regelrecht ein schlechtes Gewissen. Er war überhaupt nicht eingebildet und deshalb bei allen beliebt, bei den anderen Teilnehmern und auch bei den Professoren. Vermutlich war das Selbstvertrauen, das er hätte haben müssen, ganz und gar von seiner Mutter absorbiert worden. Jedes Mal, wenn ich ihn so bekümmert dastehen sah, dachte ich bei mir: Komm schon, zeig, wer du bist. Hör auf, dir die kreideverschmierten Finger an der Hose abzureiben. Die Lösungen, die du gefunden hast, sind so wunderschön … Sie waren wirklich schön, seine Formeln. Es war, als nähmen selbst die banalsten Theoreme oder Symbole eine neue Gestalt an, wenn sie aus seinen Fingern flossen. So wie jeder Anschlag auf dem Klavier zu einer Sonate oder die Bewegungen einer Ballerina zu einem Schwan werden. Für mich machte es keinen Unterschied, ob ich an seiner Seite war oder über seine Formeln nachdachte. Abends, wenn alle anderen lernten, stahlen wir beide uns aus dem Heim und erkundeten die Gegend. Wir aßen Sorbet auf der Terrasse des Mampei-Hotels, schlichen uns in leer stehende Villen, deren Fensterläden geschlossen waren, oder kletterten in ein marodes Boot. Einmal hat er mir sogar dabei geholfen, ein Stück für eine Theateraufführung zu schreiben. Ich musste es während der Sommerferien für einen Autorenwettbewerb fertigstellen, der im Herbst stattfand. Er deklamierte sämtliche Rollen mit verstellter Stimme. Wenn wir unter uns waren, haben wir nie über Mathematik geredet. Aber ich weiß nicht mehr, worüber wir uns sonst unterhalten haben. Ich sehe nur noch sein Gesicht vor mir. Vor einem Gebäude, das schon seit Jahren leer zu stehen schien, offenbar ein alter Tanzpalast, haben wir uns zum ersten Mal geküsst. Wir saßen auf der Terrasse, und Zikadenhüllen knackten unter meinem Po.«

(…)

»Finden Sie als seine Freundin es nicht qualvoll, wenn ich über uns spreche? Zumal Ruki …«

»Nein, überhaupt nicht. Bitte nehmen Sie keine Rücksicht auf mich. Ich möchte alles über seine Vergangenheit erfahren.«

»Das meiste dürften Sie bereits wissen, weil er es Ihnen erzählt hat, oder?«

»Absolut nicht. Ich wusste nicht einmal, dass er so begabt in Mathematik war.«

Man hört, wie ein Kellner uns Kaffee nachschenkt. Das Gelächter einer Frau. Dann eine Durchsage, die jemanden aufruft. Fumiko raschelt mit der Papierserviette.

»Aber …«

Sie beginnt einen Satz, doch hier ist das Band zu Ende.

Ich drehte die Kassette um und drückte erneut auf Play. Auf der anderen Seite der Kassette war die Fortsetzung unseres Gesprächs.

(…)

»Warum haben Sie sich an mich gewandt? Nur, weil ich auch an dem Mathematikwettbewerb teilgenommen habe?«

»Ich habe einen alten Zeitungsartikel gefunden, in dem erwähnt wurde, dass Sie während Ihrer Schulzeit in einer Theater-AG waren.«

»Das stimmt.«

»In Rukis Lebenslauf stand, er habe in den USA Theaterwissenschaft studiert und sei drei Jahre lang Jurymitglied bei einem nationalen Theaterwettbewerb für Schüler gewesen.«

»Ja, und?«

»Das ist alles frei erfunden.«

»Aber wieso?«

»Ich habe keine Ahnung. Aber ich bin mir sicher, dass er beim Verfassen seines Lebenslaufs an Sie gedacht hat.«

(…)

»Also Prag. Lassen Sie uns über Prag sprechen. Tatsächlich gab es damals einen kleinen Zwischenfall. Eigentlich hätte man nicht viel Aufhebens um die Sache machen müssen. Man hat uns keine Details genannt, damit nichts an die Öffentlichkeit drang. Fest stand nur, dass Ruki mitten im Wettbewerb aufgegeben hatte. Das Ganze fand in der Villa Bertramka statt. Die japanische Delegation hat dort auch übernachtet. Ein Hotel konnten wir uns damals nicht leisten. Nach dem ersten Tag war unser Team ziemlich entmutigt. Sogar der Delegationsleiter war überrascht über das hohe Niveau des Wettbewerbs. Es gab weder Fragen zur Differenzial- oder Integralrechnung noch zur Darstellung linearer Transformationen, die sonst den Hauptteil unserer Mathematikprüfungen ausmachten. Nahezu alle Aufgaben betrafen die Elementargeometrie oder Mengenlehre, also Themen, auf die wir uns kaum vorbereitet hatten. Die einzige Ausnahme bildete Ruki. Seine ersten beiden Lösungsansätze waren tadellos, während der dritte trotz einiger Schwachstellen in der Beweisführung immerhin noch sechs von acht Punkten erzielte. Wenn er so weitermachte, würden wir, wie vor unserer Abreise erhofft, einen Platz unter den ersten fünfzehn ergattern, wenn nicht sogar unter den ersten zehn von insgesamt vierundzwanzig teilnehmenden Nationen. Und er selbst würde eine Medaille gewinnen. Die Sache passierte am zweiten Tag des Turniers, als wir eine Mittagspause einlegten. Plötzlich stieß einer der ungarischen Teilnehmer einen Schrei aus, warf seine Tasse zu Boden und behauptete, der Kaffee darin sei vergiftet. Das Wetter war so schön, dass wir draußen auf der Wiese sitzen konnten, wo wir uns an einem kostenlosen Buffet bedienten. Der Kaffee war ins Gras gesickert und die Tasse lag zerbrochen auf dem Rasen. Alle Anwesenden – Teilnehmer, Betreuer, Organisatoren und Familienangehörige – umringten den ungarischen Jungen und riefen in ihren jeweiligen Sprachen wild durcheinander. Einige brachen in Tränen aus, andere steckten sich den Finger in den Hals oder verfluchten das Küchenpersonal. Es herrschte ein furchtbares Chaos, und niemandem gelang es, die Situation unter Kontrolle zu bringen. Zudem erschallte Mozarts 38. Sinfonie in dem Saal, in dem wir soeben die Prüfungen absolviert hatten. Schließlich wurde der Wettbewerb unterbrochen und auf den nächsten Tag verschoben. Wir hatten uns allesamt in einem anderen Raum einzufinden, wo wir endlos warten mussten, ohne dass man uns eine Erklärung dafür gab. Der Junge wurde ins Krankenhaus gebracht, und die Polizei wurde verständigt. Alle fragten sich natürlich, was genau geschehen war, erste Gerüchte machten die Runde. Welches Land würde wohl von diesem Zwischenfall profitieren? Würde man die

Prüfungsfragen ändern? Wer würde gewinnen, wenn der Wettbewerb nicht zu Ende geführt werden konnte. Einige von uns waren richtig hysterisch. Ruki hingegen war nicht aus der Fassung zu bringen. Er stupste mich an und meinte, wir sollten an dem Theaterstück weiterarbeiten, wenn es derzeit nichts zu tun gäbe. Auf der Rückseite der Fragebögen haben wir dann die zweite Szene des dritten Akts skizziert.

Der ungarische Junge kam zur Fortsetzung des Wettbewerbs zurück. Er hatte keinen körperlichen Schaden davongetragen, da er den Kaffee sofort ausgespuckt hatte, als ihm der Geschmack seltsam vorkam. Im Kaffeesatz am Boden der Tasse wurden auch keine giftigen Stoffe nachgewiesen, sondern nur geringfügige Rückstände von Geschirrspülmittel. Daraus schloss man, dass die Tasse nur nicht richtig abgewaschen worden war, womit die Angelegenheit als erledigt galt. Alle waren sich einig, eine Küchenhilfe hatte das Geschirr nicht gründlich genug gespült. Mehr gab es dazu nicht zu sagen. Dennoch reiste Ruki am folgenden Tag ab. Ohne sich zu verabschieden, kehrte er nach Japan zurück. Obwohl wir noch mitten in der Arbeit an dem Theaterstück steckten.

Es gab die Vermutung, dass Ruki das Spülmittel in den Kaffee getan hatte. Das soll er angeblich dem Teamleiter gebeichtet haben. Es sei zu dieser Kurzschlusshandlung gekommen, weil er zum ersten Mal an einem internationalen Wettbewerb teilnahm, wo der Druck, sich mit anderen hochbegabten Schülern messen zu müssen, zu groß war. Das ist kaum zu glauben, oder? Wie kann jemand, der sich sofort entschuldigt, wenn er die richtige Antwort gibt, plötzlich jemand anderen ausstechen wollen. Das ist mir auch heute noch völlig schleierhaft. Natürlich war ich furchtbar traurig, dass er weg war. Der Teamleiter hat uns empfohlen, Diskretion zu wahren, um die Sache nicht unnötig aufzubauschen, falls uns die Teilnehmer aus den anderen Ländern Fragen stellen würden. Die offizielle Version lautete, Hiroyuki sei aus gesundheitlichen Gründen nach Japan zurückgekehrt. Die russische Delegation trug den Sieg davon. Und der ungarische Junge erhielt eine Goldmedaille für die beste Einzelleistung. Ich fragte mich, ob die ganze Sache vielleicht Rukis üblicher ›Fehler‹ gewesen war. Überhaupt, wieso hatte er eine solche Angst davor gehabt, dass ihm durch eine bloße Laune der Götter ein Missgeschick passieren würde? Ruki war so begabt, dass man eher auf die Idee kommen konnte, sein Talent wäre einer Laune der Götter entsprungen …«

(…)

»Haben Sie denn nach Ihrer Rückkehr nach Japan versucht, Kontakt mit Ruki aufzunehmen?«

»Nein.«

»Und wieso nicht?«

»Ich wusste nicht, wie ich ihn erreichen sollte. Ich hatte mich zwar bei der Japanischen Gesellschaft zur Förderung der Wissenschaften nach seinen Kontaktdaten erkundigt, aber sie wollten sie mir nicht geben. Vermutlich wegen des Zwischenfalls in Prag. Bei seiner Schule habe ich ebenfalls angerufen, aber die hatte er bereits verlassen. Mehr konnte ich nicht tun. Natürlich habe ich eine ganze Weile lang gehofft, er würde sich bei mir melden. Ich wartete sehnsüchtig auf das Klingeln des Telefons oder die Ankunft eines Schreibens, wenn ich den Briefkasten öffnete. Aber meine beharrliche Geduld wurde nicht belohnt.«

»Und was haben Sie dann getan?«

»Irgendwann war ich es leid zu warten und habe mir eingeredet, dass er vielleicht doch das Spülmittel in den Kaffee getan hatte und sich aus Scham darüber nicht bei mir meldete. So gelang es mir schließlich, über die Sache hinwegzukommen.«

(...)

»Meine schönste Erinnerung an Prag ist unser Besuch der Eisbahn. Wir hatten uns aus der Unterkunft geschlichen und ein Taxi genommen. Ruki nannte dem Fahrer unser Ziel in einwandfreiem Tschechisch. Er meinte, dass das Wort ›Eisbahn‹ für ihn das Allerwichtigste sei, egal wo er sich aufhalte. Es war atemberaubend, und ich war hin und weg. Da ich aus dem Norden stamme, kann ich auch gut Schlittschuh laufen, aber er war einfach phänomenal. Das große Stadion war voller Leute. Es gab Eishockeyspieler beim Training, Kinder, die in einem Kurs Eiskunstlauf lernten, Paare und Familien. Wir bahnten uns einen Weg durch die Menge. Unsere Haare wehten, das zerkratzte Eis spritzte auf, und manchmal, wenn sich unsere Kufen berührten, gab es ein klirrendes Geräusch. Obwohl wir uns an den Händen hielten, hatte ich das Gefühl, mitgerissen zu werden, ein solches Tempo legte er vor. Die von den Kufen ins Eis geritzten Muster waren schön wie seine mathematische Formeln. In diesem Moment wünschte ich mir, die Zeit würde für immer stehen bleiben. Das ist natürlich ein weitverbreitetes Klischee. Aber erst kürzlich ist mir klar geworden, dass es gar nicht so viele besondere Momente im Leben gibt. Direkt an meinem Ohr konnte ich seinen Atem hören. Ich lief neben ihm, nah genug, um ihn zu umarmen. Plötzlich zog er seine Hand weg. Vor lauter Schreck schnappte ich nach Luft. Er vollführte einen Sprung mit zwei Schrauben und landete sanft auf dem Eis, wo er einen Halbkreis zog, ein Bein immer noch in die Luft gestreckt. Es machte ihm sichtlich Spaß. Offenbar hatte er den Wettbewerb völlig ausgeblendet. Einige der Besucher drehten sich nach ihm um und blieben stehen. Sie bildeten einen Kreis um ihn. Nach einem weiteren Sprung drehte er eine Pirouette. Schneller und immer schneller drehte er sich um sich selbst, mit den Armen über dem Kopf und eingeknicktem Spielbein. Seine Haare öffneten sich wie ein Fallschirm, die Gesichtszüge waren nicht mehr zu erkennen und seine Silhouette wurde durch die Drehungen immer schmaler. Es sah aus, als würde der Wind ihn aushöhlen. Die Menge jubelte. Auch die Eishockeyspieler und die Eiskunstlaufschüler blieben stehen und schauten voller Bewunderung Ruki zu. Sogar in diesem Eisstadion stand er im Mittelpunkt. Seine Pirouette nahm kein Ende, und die Begeisterung der Zuschauer wuchs mit jeder Drehung. Alle Augen waren auf Ruki gerichtet. Langsam machte ich mir Sorgen, dass er nicht mehr aufhören würde. Was, wenn sich seine Konturen immer weiter auflösten, bis er plötzlich ganz von der Eisfläche verschwand? Bei diesem Gedanken wurde mir angst und bange. Mein Herz klopfte wie wild, Schweiß lief mir den Rücken herunter. Gerade als ich seinen Namen rufen wollte, hielt er inne. Der Wind legte sich und Stille umhüllte ihn. Ruki blickte teilnahmslos in die Gesichter der Zuschauer, als wollte er sagen: Ich bin's doch nur. Tosender Applaus brandete auf. Die linke Hand auf die Brust gelegt, verneigte er sich formvollendet. Diese stolze, würdevolle Attitüde war das genaue Gegenteil von seinem schuldbewussten Verhalten, wenn er eine Aufgabe gelöst hatte. Ich fiel ihm um den Hals und drückte mein Gesicht an seine Brust, wobei ich den Tränen nah war und immer wieder stammelte, wie froh und erleichtert ich sei. Die Leute um mich herum dachten wahrscheinlich, dass mich seine großartige Pirouette so beeindruckt hatte. Aber das war es nicht. Ich war einfach bloß erleichtert, dass Ruki sich nicht in Luft aufgelöst hatte. Ohne zu ahnen, dass sich nur einige Tage später genau das bewahrheiten würde … Als wir das Stadion verließen, merkte ich, dass man mir mein Portemonnaie gestohlen hatte. Ruki hatte nicht genug Geld bei sich, um ein Taxi zu rufen. Nachdem wir eine Weile durch die Gegend geirrt waren, nahmen wir schließlich einen Bus, der jedoch in die entgegengesetzte Richtung fuhr. Am Ende mussten wir einen zweistündigen Fußmarsch zurücklegen, bevor wir die Villa Bertramka erreichten. Es war bereits dunkel und wir hatten einen Bärenhunger. Die Betreuer und alle anderen Teilnehmer standen am Eingang, wo sie uns mit erleichterter Miene in Empfang nahmen. Der Teamleiter machte nicht viel Aufhebens um den Vorfall. Vielleicht, weil am nächsten Tag der wichtige Wettkampf bevorstand. ›Es bleibt unser Geheimnis‹, flüsterte mir Ruki mit einem verschmitzten Lächeln ins Ohr, als wir auf unsere Zimmer gingen. Bis heute habe ich mich daran gehalten. Sie sind die Erste, der ich davon erzählt habe.«

(...)

14

Das Geschäft, in dem Akira arbeitete, befand sich an der Bundesstraße, gleich neben der Bushaltestelle. Es war gerade eröffnet worden, hatte eine großzügige Fläche und regen Zulauf. Das Sortiment war vielfältig, es gab Dinge für den täglichen Bedarf, Werkzeuge, Schulartikel, Elektrowaren, Tiernahrung … Ich lief durch sämtliche Gänge, konnte Akira jedoch nirgends entdecken.

Schließlich machte ich mich allein auf die Suche nach den Handschuhen, um die mich seine Mutter gebeten hatte. Drei Paar sollten es sein, strahlend weiß, aus hundertprozentiger Seide. Ich hatte keine Ahnung, wofür sie gedacht waren, und wusste deshalb auch nicht, in welchem Regal ich danach suchen sollte.

Aber dann fand ich welche in einer Ecke der Schreibwarenabteilung, dort wo auch Urkunden verkauft wurden und Kartonrollen zur Aufbewahrung, Rahmen, rot-weiße Schmuckbändchen und sogar Pokale. Bis dahin war mir nicht klar, dass Trophäen auch im Handel erhältlich waren. Insofern stand zu vermuten, dass die Handschuhe mit Hiroyukis vielen Preisen zu tun hatten.

Akira arbeitete hinten beim Wareneingang des Lagers. Er war gerade mit dem Auspacken von Kartons beschäftigt, die Werkzeuge wie Bohrer und Schraubenschlüssel enthielten. Dabei vermerkte er die gelieferte Stückzahl in einer Datei. Schwere Geräte stemmte er mit großer Leichtigkeit, und er scheute sich auch nicht, spitze oder scharfkantige Gegenstände zu transportieren. Wenn seine Kollegen ihm etwas zuriefen, lächelte er und machte einen Witz, ohne sich von der Arbeit ablenken zu lassen. Sein Hemd war am Rücken durchgeschwitzt und die Schürze so ölverschmiert, dass das Firmenlogo darauf nicht mehr zu erkennen war.

»He, was treibst du denn hier?«, rief er, als er mich entdeckte.

»Ich soll etwas für deine Mutter besorgen.«

»Wieso fragt die mich denn nicht?«

Er wischte sich mit dem schmutzigen Zipfel der Schürze den Schweiß von der Stirn.

»Das macht nichts. Ich wollte sowieso zum Bahnhof, um eine Platzkarte für den Shinkansen zu kaufen.«

»Deinen Rückfahrschein?«

»Ja, ich habe beschlossen, morgen nach Tokio zu reisen.«

»Ach …«

Akira hob die Verpackungsschnüre vom Boden auf, die sich dort verheddert hatten, wickelte sie zu einem Knäuel zusammen und warf sie in einen leeren Karton.

»Sobald ich zu Hause bin, werde ich versuchen, Kontakt zu dieser Fumiko Sugimoto aufzunehmen. Was auch immer dabei herauskommt, nach Prag fliege ich auf jeden Fall.«

»Kommst du denn allein zurecht? Wenn du willst, kann ich …«

»Danke, das geht schon. Du musst schließlich arbeiten und dich um deine Mutter kümmern.«

»Es mag gefühllos klingen, aber wen du auch treffen magst, wohin auch immer du gehst, es wird an der Sache nichts ändern.«

»Ja, das ist mir klar.«

Ich betrachtete die Werkzeuge, die Akira geschickt übereinandergestapelt hatte. Sie waren nagelneu und schimmerten matt, noch ohne den geringsten Kratzer.

»Es tut mir leid, dass ich dich bei der Arbeit störe.«

»Heute habe ich Frühschicht und bin um drei fertig. Willst du drüben im Café auf mich warten? Dann fahren wir zusammen nach Hause. Unterwegs können wir im Supermarkt etwas zum Abendessen besorgen.«

»Willst du dich nicht mit deiner Freundin treffen, wenn du heute früher Schluss hast? Ich kann doch für deine Mutter kochen.«

»Das ist nicht so wichtig. Außerdem nimmt meine Mutter nur das zu sich, was ich vorbereite. Also, lass uns zusammen fahren. Ich beeile mich hier mit dem Aufräumen.«

Als ich mit einem Nicken einwilligte, lächelte Akira erfreut, während er sich mit der Schürze abermals die Stirn trocknete.

Nachdem sie die neuen Handschuhe übergestreift hatte, ordnete die Mutter an, ihr beim Reinigen der Pokale behilflich zu sein. Bei unserer Ankunft standen bereits sämtliche Trophäen in Reih und Glied auf der Veranda, während sie die nötigen Putzutensilien wie Polierpaste, Bürsten und Lappen herbeischaffte.

Wie befohlen setzten wir uns hin und widmeten uns jedem einzelnen Pokal, um ihn blank zu polieren. Der Mutter entging nichts, und wenn wir ihren peniblen Anweisungen nur halbherzig folgten, forderte sie uns auf, noch einmal von vorne anzufangen.

»Wieso ausgerechnet heute?«, beklagte sich Akira. »Es ist unser letztes gemeinsames Abendessen und ich wollte etwas Besonderes zubereiten. Aber dafür ist jetzt keine Zeit mehr.«

Seine Mutter zeigte sich jedoch ungerührt.

»Eben deshalb arbeiten wir ja zu dritt, damit es schneller geht«, sagte sie lapidar und reichte Akira einen großen Pokal, der besonders pflegeintensiv aussah.

»Kommst du zurecht, Ryoko? Du machst es ja zum ersten Mal, also gib gut acht. Du darfst dir keinen Fehler erlauben, hörst du? Wenn du einen Pokal zerkratzt oder gar zerbeulst, gibt es keinen Ersatz dafür. Ich kann Ruki ja schlecht bitten, noch einmal die gleiche Trophäe mitzubringen.«

Zuerst wurden die Pokale mit einer weichen Bürste vom Staub befreit, danach musste die Polierpaste aufgetragen und anschließend das Blech mit einem Lappen blank gerieben werden. Die eingravierte Inschrift musste Zeichen für Zeichen mit einem Wattestäbchen gereinigt und lockere Schrauben mussten nachgezogen werden. Genau drei Zentimeter der Paste wurden mit einem Nylontuch gleichmäßig auf der Oberfläche verteilt, während die Feinpolitur mit einem Wolltuch erfolgte. Auch bei Vertiefungen kam ein Wattestäbchen zum Einsatz. Zu guter Letzt wurden die Zierschnüre aufgebügelt und mit einem Pinsel abgestaubt, bevor sie wieder an ihren Platz kamen. Natürlich durften die Handschuhe während der gesamten Prozedur nicht abgelegt werden.

So in etwa lief der Reinigungsprozess ab. Es gab sicher noch weitere Aspekte zu beachten, aber daran kann ich mich nicht mehr erinnern. Jedenfalls habe ich mir die größte Mühe gegeben, den Ansprüchen der Mutter gerecht zu werden.

»Ah, Ryoko, der da ist besonders fein gearbeitet und sehr fragil. Sei vorsichtig! Baumwolle, Nylon, Wolle, das ist die Reihenfolge bei den Lappen. Mach bloß keinen Fehler!«, warnte sie mich.

Obwohl sie selbst in die Arbeit vertieft war, achtete sie auf jeden meiner Handgriffe.

»Du musst sie nicht ständig ermahnen, sie macht das doch sehr gut.«

Akira beklagte sich zwar wiederholt über ihre Pedanterie, aber auch er selbst ging äußerst behutsam mit den Trophäen um. Offenbar waren die Worte seiner Mutter ihm in Fleisch und Blut übergegangen. Er wusste, dass es sich um wertvolle Andenken handelte, die er da in Händen hielt, und hielt sich strikt an ihre Anweisungen.

Ganz gleich, wie viele Pokale wir bereits poliert hatten, es schien kein Ende zu nehmen. Mir kam es vor wie ein ewig währendes Prozedere. Die Veranda, deren Vorhänge zugezogen waren, um die direkte Sonneneinstrahlung fernzuhalten, war in ein schummriges Licht getaucht. Die Dielen knarzten jedes Mal, wenn einer von uns auf die Knie ging, um sich die Tube mit der Politur zu greifen, oder wir unsere Sitzposition veränderten, weil unsere Beine eingeschlafen waren.

Hin und wieder erzählte Akira von einem Film, den er kürzlich gesehen hatte, er wetterte über einen Politiker oder mokierte sich über merkwürdige Kunden, mit denen er zu tun hatte. Aber sobald ich etwas sagte oder ein neues Thema ansprach, schnitt seine Mutter mir das Wort ab.

»Dieser Wettbewerb war sehr anspruchsvoll. Er fand in einer Turnhalle statt und die Kandidaten mussten paarweise vor das Publikum treten. Sie haben ihre Lösung auf eine große Tafel geschrieben. Für Ruki war das kein Problem. Er hat mit Leichtigkeit gewonnen. Und für mich war dieser Wettbewerb sogar angenehmer, weil ich ihn diesmal nicht ermahnen musste, auch ja seinen Namen auf das Blatt zu schreiben.«

Sie redete pausenlos über die Wettbewerbe.

Jedes Mal unterbrach Akira sie, um ihr beizupflichten: »Das stimmt, Ruki ist immer als Sieger hervorgegangen.«

Selbst in Handschuhen ließ sich nicht verbergen, wie knochig ihre Hände waren. Sie ging so behutsam mit den Trophäen um, dass man den Eindruck hatte, ihre Finger schreckten davor zurück, sie überhaupt zu berühren.

Ich fragte mich, ob Hiroyuki in ihren Gedanken noch lebte oder gestorben war.

Wenn wir aufhörten zu sprechen, war nur noch das

quietschende Reiben der Poliertücher vernehmbar. Konzentriert blickte jeder auf seine Hände.

Schon bald fanden unsere Bewegungen einen gemeinsamen Rhythmus, was der Situation die Schwere nahm. Sechs Hände, drei Pokale und drei Tücher waren eins. Man klemmte sich die Trophäe zwischen die Beine und liebkoste sie mit den Händen, bevor sie zurück auf die Veranda gestellt wurde. Vielleicht hatte die Mutter ja recht mit ihrer strikten Prozedur, denn nach der Politur glänzten die Pokale noch prunkvoller.

Es war ein ruhiger, windstiller Nachmittag und die Vögel waren verstummt. Trotz der zugezogenen Vorhänge erwärmte das Sonnenlicht den Raum, die Luft war stickig und meine Hände schwitzten in den Handschuhen. Wir waren eingesperrt wie die Trophäen, aber keiner von uns versuchte zu entkommen. Unbeirrt polierten wir weiter.

»Wann geht dein Zug morgen?«, erkundigte sich Akira.

»Es ist gleich der erste am Nachmittag.«

»Gut, dann kann ich dich zum Bahnhof bringen. Ich habe Spätschicht.«

»Oh, danke.«

»Dies hier ist der Pokal der Gesellschaft für Moderne Mathematik. Es war ein großer Fehler, dich mitzunehmen, Akira. Du hattest die Masern bekommen. Ich war so in Sorge, dass du Ruki anstecken würdest, dass ich sofort deinen Vater angerufen habe, damit er kommt und sich um dich kümmert. Dir eine Spritze gibt oder ein Zäpfchen ...«

»Ja, es tut mir leid. Aber Ruki hat ja auch da den ersten Platz belegt.«

»Selbstverständlich! Hier ist der Pokal!«

Seine Mutter hielt die Trophäe hoch und kniff die Augen zusammen, um zu prüfen, ob er staubfrei war.

»Du meldest dich, ja?«, bat mich Akira.

»Natürlich. Ich sage dir sofort Bescheid, wenn ich etwas Neues in Erfahrung gebracht habe.«

»Ruf mich auch an, wenn es nichts mit meinem Bruder zu tun hat.«

»Ja, das mache ich.«

Akira legte ein Zierband auf das Bügelbrett, während ich die restliche Polierpaste aus der Tube presste.

»Bei diesem Wettbewerb hatte sich in eine der Aufgaben ein Fehler eingeschlichen. Ruki war natürlich derjenige, der darauf hingewiesen hat …«

Immerzu sprach die Mutter von Hiroyukis Erfolgen.

Es war ein großer, massiver Pokal mit einem aufwendig ziselierten Ornament, das schwierig zu reinigen war. Aus der Nähe erkannte ich, dass die Symbole ∞, $\sum$ und $\int$ eingraviert waren. Ich rieb die Creme bis in die kleinste Ritze, um auch ja keine Stelle auszulassen. Der Pokal war eher schlank als bauchig, spiegelblank und mit einem Sockel aus echtem Marmor.

»Stimmt genau.«

Ich hörte, wie Akira seiner Mutter nach dem Mund redete.

Rukis Name war in den Marmorsockel eingraviert. Sorgfältig polierte ich jedes einzelne Schriftzeichen. Der Pokal lag friedlich in meinem Schoß.

Akira nahm sich gerade eine neue Trophäe vor, während seine Mutter immer noch hoch konzentriert den Preis der Gesellschaft für Moderne Mathematik nach einem letzten Staubkörnchen absuchte.

Im Westen ging die Sonne unter. Mittlerweile hatte ich das Gefühl, Hiroyukis blanke Knochen zu polieren.

»Wenn Sie nichts dagegen haben …«

Ich ließ die Mutter auf dem Hocker vor dem Frisiertisch Platz nehmen.

»… würde ich Sie heute gern schminken.«

»Ryoko-san, du? Im Ernst? Nun gut …«

Zu meiner Überraschung willigte sie ein.

»Machst du das beruflich?«

»Nein, ganz und gar nicht. Ich dachte nur, wenn Sie sich ein kleines bisschen anders schminken, würde Ihre Schönheit besser zum Ausdruck kommen.«

Ich breitete den Umhang über ihre Schultern. Sie wirkten so zerbrechlich, als würden sie auseinanderfallen, wenn man sie berührte.

»Erlauben Sie?«

Als ich mich neben sie kniete und die Lotion auftrug, konnte ich ihr Gesicht in Augenschein nehmen.

Ungeschminkt wirkte sie viel jünger. Ihre Haut war glatt und die Fältchen waren nicht so auffällig wie unter der dicken Make-up-Schicht, mit der sie sie sonst zu kaschieren suchte. Ich hatte schon vermutet, dass ihr natürliches Antlitz mich an Hiroyuki erinnern würde. Aber als ich es auf diese Art und Weise berührte, wurde die Ähnlichkeit überdeutlich. Die tiefschwarzen Rehaugen, die Form der Stirn, die Kinnlinie, die Schatten unterhalb der Nase.

Auf der Frisierkommode befand sich ein beeindruckendes Sammelsurium an Schminkutensilien. Eine derartige Auswahl würde man nicht einmal in der Kosmetikabteilung eines Kaufhauses finden. Flakons und Tiegel in diversen Größen und Formen, Tuben, Pinsel und Bürsten, Wattepads und Puderquasten … alles systematisch je nach Verwendung geordnet. Es sah nach einem komplizierten Schema aus, da es sich weder an Größe noch Farbe, noch an der Form der Gegenstände orientierte. Kein Zentimeter auf der Abstellfläche blieb ungenutzt.

Es war genau wie im Labor der Parfümerie. Auch dort wurde kein Zentimeter Platz verschwendet, sodass man sich kaum traute, irgendetwas anzufassen. Ich griff nach der hellen Flüssiggrundierung.

»Wie? Das soll reichen? Meinst du nicht, es wäre besser, die ganzen Flecken richtig abzudecken?«, sagte sie, während sie sich im Spiegel betrachtete.

»Nein, finde ich nicht. Ich sehe da auch gar keine Flecken.«

»Wirklich?«

Sie wirkte nicht überzeugt.

Ich trug Rouge auf ihre Wangen auf und zeichnete die Augenbauen nach.

»Und der Puder?«

»Den lassen wir besser weg, weil er die Haut stumpf aussehen lässt. Dann wirken Sie blass und kränklich.«

»Mein Mann hat ihn mir gekauft, als wir noch verlobt

waren. Es war das einzige Geschenk, das er mir jemals gemacht hat. Ich benutze den Puder jeden Tag, und zwar reichlich davon, um ihn schneller aufzubrauchen, aber er wird einfach nicht weniger«, erklärte sie mir.

»Könnten Sie bitte kurz die Augen schließen?«

Ich tupfte einen Hauch des blauen Lidschattens auf und tuschte ihre Wimpern. Sie sahen bezaubernd aus, lang und schön geschwungen. Sie gehorchte und saß mit geschlossenen Augen da.

»Das war doch sehr aufmerksam von Ihrem Mann, dass er Ihnen den Puder geschenkt hat.«

»Finden Sie? Na ja, es ist ein ziemlich hartnäckiges Zeug, wenn er sich bis jetzt gehalten hat.«

»So, fertig. Sie können die Augen wieder öffnen.«

Ganz vorsichtig hob sie die Lider, als wollte sie das Make-up nicht ruinieren.

»Wenn er doch nur die Kinder ein wenig liebevoller behandelt hätte …«

Die Mutter seufzte, ohne sich zu dem Lidschatten zu äußern.

»Er hatte sicher viel zu tun in der Klinik.«

»Mag sein, aber zu Hause hat er sich immer gleich in sein Gewächshaus zurückgezogen. Zum Schluss hat er sogar einen Tisch und einen Stuhl dorthin geschleppt, um seine Mahlzeiten einzunehmen.«

»Aber Sie mögen doch auch Blumen, oder?«

»Natürlich. Ich finde Blumen wunderschön, nur nicht die, die mein Mann gezüchtet hat.«

Ich öffnete die kleine Schublade unter dem Spiegel. Sie

war vollgestopft mit Lippenstiften. Ich nahm einen x-beliebigen.

»Als Ruki drei Jahre alt war, kannte er die Namen sämtlicher Blumen im Gewächshaus. Und er wusste nicht nur, wie sie hießen, er konnte sie sogar mit verbundenen Augen am Duft erkennen. Unglaublich, oder?«

»Allein am Duft?«

»Ja. Klivien, Levkojen, Bougainvilleen, Hakenlilien, Begonien … Er lag immer richtig. Nachdem er an der jeweiligen Blume gerochen hatte, wusste er sofort, welche es war, und nannte ihren korrekten Namen, und das, obwohl er gerade erst angefangen hatte zu sprechen. Ach, bitte legen Sie doch die Schminksachen wieder an den alten Platz zurück. Sonst finde ich mich nicht mehr zurecht.«

»Es ist kaum zu glauben, dass man in diesem Alter schon Gerüche unterscheiden kann.«

Ich prüfte den Lippenstift. Er war orangefarben und fast aufgebraucht.

»Trotzdem wollte mein Mann die Kinder partout nicht im Gewächshaus haben. Er sagte, sie würden die Blumen ruinieren, wenn sie dort herumtobten. Am Ende traute sich niemand mehr in seine Nähe.«

Ich nahm den Lippenpinsel und beugte mich zu ihrem Mund herunter. Als mein kleiner Finger ihre Wange streifte, fuhr sie zusammen. Ihr Haar raschelte auf dem Stoff des Frisierumhangs.

»Ruki hat sich nie geirrt. Ihm ist kein einziger Fehler unterlaufen.«

Ihre Lippen zuckten, als ich sie schminkte.

Ruki mit drei Jahren. Er steht im Gewächshaus, umgeben von üppiger Vegetation, die Augen verbunden mit einem Taschentuch seiner Mutter. Sein leicht geneigter Kopf nähert sich einer Blüte.

»Ringelblume«, verkündet er ohne Zögern.

Ein Jubelschrei seiner Mutter, gefolgt von Applaus. Sie tätschelt seinen Kopf. Sein Haar ist ganz feucht von der Luft im Treibhaus. Der Vater steht beklommen daneben und fürchtet, dass seine Pflanzen Schaden nehmen.

»Usambaraveilchen.«

»Hibiskus.«

»Gerbera.«

In der Tat, er irrte sich nie.

Ich legte den Lippenstift in die Schublade zurück und nahm ihr den Umhang ab.

»Und, wie gefällt es Ihnen?«

Die Mutter betrachtete sich aus verschiedenen Blickwinkeln und inspizierte, mit den Lidern klimpernd, jedes Detail ihres Gesichts.

»Ich sehe nicht so aus wie sonst.«

»Aber sehr schön.«

Sie schürzte die Lippen und kniff die Augen zusammen. Offenbar war sie noch nicht überzeugt.

»Und nun der krönende Abschluss.«

Ich öffnete den Flakon mit »Quell der Erinnerung« und tupfte ihr ein Tröpfchen hinters Ohrläppchen, so wie Hiroyuki es bei mir getan hatte. Mein Zeigefinger schmiegte sich in die dortige Mulde.

»Es ist Rukis Kreation.«

Sie sagte nichts darauf, sondern betrachtete sich im Spiegel. Ich merkte jedoch, dass sie den Duft wahrnahm.

»Morgen schminkst du mich wieder, ja?«

»Es tut mir leid, aber morgen bin ich nicht mehr da.«

»Wieso?«

»Ich muss nach Tokio zurück. Und dann fliege ich nach Prag.«

»Prag? Wo liegt das gleich? Dort würde ich auch gerne einmal hinreisen.«

Sie schloss die Augen, um den Duft besser zu spüren. Ich hielt den Atem an, damit ich sie dabei nicht störte.

Es klopfte an der Tür.

»Ryoko?«

Es war Akira.

»Es ist Zeit aufzubrechen, dein Zug fährt bald.«

Die Mutter hielt die Augen geschlossen.

15

Als wir durch das Tor den Innenhof der Villa Bertramka betraten, war die Melodie noch deutlicher zu hören.

»Was ist das für ein Stück?«, fragte ich Jeniak.

»*No … no …*«

Jeniak ging neben mir. Er hatte den Kragen seines Lederblousons hochgeschlagen, vermutlich wegen der kühlen Morgenluft.

Es war Mozart. Die 38. Sinfonie, zweiter Satz: Andante. Fumiko Sugimoto hatte erwähnt, dass damals dieselbe Musik gespielt wurde.

Jeniak deutete mit einem Nicken auf die Villa. Es war ein eindrucksvolles Gebäude mit cremefarbener Fassade und einer umlaufenden Veranda, deren Dach von weißen Säulen getragen wurde. Zur Eingangstür gelangte man über eine doppelte, blumengeschmückte Treppe. An drei Seiten war die Villa von hohen Bäumen umgeben.

»*Korikku sutoii fusutopunee?*«, sagte Jeniak, als wir vor der Kasse standen.

Daraufhin wurden ihm zwei Eintrittskarten ausgehändigt.

Wir begannen die Besichtigungstour im ersten Stock. Wegen der Veranda waren alle Räume lichtdurchflutet. Es gab Briefe, Partituren, ein Cembalo und andere Dinge, die von Mozarts Aufenthalt zeugten. Die Ornamente an den Decken und das Mobiliar waren im historischen Zustand belassen worden. Es gab weder Hinweisschilder noch Absperrungen durch Seile, was den Räumen einen authentischen Charakter verlieh. Es kam einem so vor, als hätte hier bis vor Kurzem noch jemand gewohnt. Die Besucher gingen schweigend um die Ausstellungsstücke herum.

Der dritte Satz der Sinfonie Nr. 38 begann. Ich schaute mich gewissenhaft um, ob es irgendwelche Hinweise auf den Mathematikwettbewerb gab, der einst hier stattgefunden hatte, seien es Fotos, Tafeln oder Aufgabenblätter …

Es gab jedoch keinerlei Spuren. Nur Mozarts Musik spielte im Hintergrund.

Ohne sichtliches Interesse an den Exponaten, aber auch nicht gelangweilt, ging Jeniak neben mir her. Ich spürte, wie er mir gelegentlich einen Blick zuwarf, ob ich etwas Bedeutsames entdeckt hatte, aber sobald ich zurückschaute, sah er verlegen weg.

Der Saal, den Fumiko Sugimoto als Austragungsort beschrieben hatte, öffnete sich zum Garten hin, wo es eine große Rasenfläche gab. Die Wände waren mit Gobelins verziert und von der Decke hing ein Kronleuchter.

Offenbar sollte hier demnächst ein Konzert stattfinden, denn vor uns standen ein Klavier, zwei Notenständer und etwa hundert Stühle für die Besucher. Auf jedem Platz lag ein dreifach gefaltetes Programmheft.

Aus den Kellerräumen drangen Klänge empor, die sich nach einer Orchesterprobe anhörten und die sich mit der Sinfonie aus den Lautsprechern vermischten.

Im Morgenlicht leuchtete das mit Tau benetzte Gras in einem frischen, satten Grün. Weder Blumenbeete noch ein Teich zierten das Gelände. Es waren lediglich ein paar Steinbänke aufgestellt, und am Ende des Gartens führte ein sanft abschüssiger Weg in ein Wäldchen. Einige Besucher schlenderten umher.

Auf diesem Rasen musste damals der Kaffee verschüttet worden und die Tasse zerbrochen sein. Statt des Klaviers standen seinerzeit Tische im Saal, die Programmhefte waren Prüfungsunterlagen, und junge Menschen aus aller Welt hatten sich eingefunden, um mathematische Probleme zu lösen.

Hatte Hiroyuki tatsächlich Spülmittel in den Kaffee geschüttet? Fumiko Sugimoto hatte gesagt, sie habe es sich eingeredet, um die Person vergessen zu können, die sie liebte.

Es klang absurd. Das wäre kein Fehler, sondern ein gravierender Eingriff gewesen. Seine Mutter hatte doch versichert, dass Ruki sich nie irrte. Ich presste meine Stirn an die Verandatür, die zum Garten führte.

»*Lily, Lily* …« Jeniak rief vom hintersten Zimmer aus nach mir.

Er wirkte immer noch unsicher, wenn er mich mit meinem Vornamen anreden wollte.

»*Lily, Lily* …«

Trotz des zögerlichen Rufs winkte er mich aufgeregt zu sich.

Es war der einzige Raum, in dem eine Vitrine aus Panzerglas stand, orange beleuchtet. In einer durchsichtigen Schale ruhte, steril wie ein wissenschaftliches Präparat, ein Ausstellungsstück. Es handelte sich um eine Locke Mozarts.

Es waren hauchfeine, ausgeblichene Haare, die über die vielen Jahre hinweg ihre Pigmente verloren zu haben schienen. In der Mitte wurden sie mit einer Kordel zusammengehalten. Das Haarbüschel beschrieb eine perfekte Kurve, als hätte sie jemand mit Kalkül so ausgelegt. Die Strähne bestand aus dreizehn Haaren.

»Der sanfte Schwung einer Haarsträhne«, flüsterte ich Jeniak zu.

Das war die letzte Notiz, die Hiroyuki hinterlassen hatte.

Jeniak nickte, den Zeigefinger immer noch gegen die Scheibe gepresst.

Hiroyuki war hier gewesen. Mit Fumiko Sugimoto hat er Mozarts Haarsträhne in der Vitrine betrachtet, wobei er sich vermutlich den Geruch des Zimmers eingeprägt hat.

Meine Nase rückte näher an das Ausstellungsstück. Direkt vor meinen Augen schwebten Jeniaks Finger. Mir fiel auf, dass sie die ideale Form besaßen, um Cellosaiten Töne zu entlocken.

Sosehr ich meinen Geruchssinn auch bemühte, ich roch nichts weiter als Glas.

Plötzlich ertönte hinter uns eine Stimme. Jeniak drehte sich um und sagte etwas auf Tschechisch. Erschrocken trat ich von der Scheibe zurück.

»Sie dürfen die Vitrine nicht öffnen.«

Diesmal sprach die Frau in leicht verständlichem Englisch. Es war eine der Reinigungskräfte. Sie hatte einen ge-

blümten Schal um den Kopf gewickelt und stand, mit Wischmopp und Eimer bewaffnet, am Eingang.

»Erst gestern hat jemand versucht, sie aufzubrechen.«

»Aber nein, ich wollte mir doch nur die Haarlocke von
Nahem anschauen«, protestierte ich radebrechend auf Englisch.

»Ach so, entschuldigen Sie bitte.«

Die Frau zuckte mit den Achseln und ging über eine der
Außentreppen der Veranda nach unten. Jeniak schimpfte
ihr auf Tschechisch hinterher.

»Lass gut sein«, beschwichtigte ich ihn.

Die Orchesterprobe im Keller verstummte, während
bei der Sinfonie das Finale ertönte.

»Hallo?«

Akiras Stimme klang erstaunlich nah. Ich vergaß beinahe, dass ich mich in Prag befand.

»Wie spät ist es bei dir?«, erkundigte er sich.

»Drei Uhr am Nachmittag. Wir haben wunderbares
Wetter.«

»Ah, hier ist schon Abend. Und es regnet in Strömen.
Ich habe den ganzen Tag damit verbracht, die Veranda von
Insekten zu befreien.«

Ich stellte mir vor, wie der Regen auf die zerquetschten
Raupen prasselte.

»Verzeih bitte die späte Störung.«

»Kein Problem, ich bin ja noch wach. Ich bügle gerade
Mutters Blusen.«

Akiras Stimme war so klar, dass ich mir alles sofort vorstellen konnte: das Bügelbrett mit den Brandflecken, das Relief auf den Säulen der Pergola, die mit Feigensaft bekleckerte Bluse der Mutter.

»Heute war ich in der Villa Bertramka.«

»Hm, hm.«

»Dort ist eine Haarlocke von Mozart ausgestellt.«

»Was hatte er denn für Haare?«

»Die Locke sah dünn und kraftlos aus. Eigentlich hätten wir auch eine Strähne von Rukis Haar aufheben können. Ich hatte gar nicht daran gedacht.«

»Wir standen doch alle unter Schock.«

»Ja, aber wenn ich eine Strähne von ihm gehabt hätte, wäre es ein kleiner Trost gewesen.«

»Dadurch ändert sich doch nichts. Mach dir keine Vorwürfe.«

Ich versuchte mich an Akiras Haar zu erinnern. War es so wie Hiroyukis? Warm und seidig, wenn man mit den Fingern hindurchfuhr? Schimmerte es auch kastanienbraun im Sonnenlicht?

Jemand kam die Treppe hoch. Vielleicht ein neuer Gast, der gerade eingecheckt hatte? Aus meinem geöffneten Koffer lugten zusammengerollte Blusen und Toilettenartikel heraus. Unter dem Bett lagen die Schuhe, die ich mir gerade ausgezogen hatte. Von irgendwoher konnte man das Rauschen einer Dusche hören.

»Ach übrigens, das Modellhaus ist fertig. Es ist mein bislang bestes«, berichtete Akira.

»Du könntest es bei einem Wettbewerb einreichen.«

Kaum hatte ich den Satz ausgesprochen, bereute ich es. Dieses Wort sollten wir nicht in den Mund nehmen. Mir wurde bewusst, dass ich noch nie Akiras Haar berührt hatte.

»Ich habe noch nie von einem Modellbau-Wettbewerb gehört.«

»In der Villa Bertramka gab es keinerlei Hinweise.«

Akira wusste nichts von dem Vorfall mit dem Spülmittel. Ich hatte es nach meinem Treffen mit Fumiko Sugimoto nicht erwähnt, sondern erzählt, dass Hiroyuki wegen körperlichen Unwohlseins aufgeben musste.

»Siehst du, das alles bringt nichts.«

»Die Prager Niederlassung der Stiftung für Mathematikwettbewerbe existiert nicht mehr.«

»Wie sehr man sich auch über mathematische Probleme den Kopf zerbricht, am Ende ist alles nur Schall und Rauch. Sogar die brillantesten Lösungsansätze sind letztendlich im Voraus ersonnen worden.«

Er sagte das Gleiche wie Fumiko Sugimoto.

Eine Weile herrschte tiefes Schweigen. Nicht das leiseste Knistern war zu hören. Erst diese tiefe Stille brachte mir zu Bewusstsein, wie weit weg ich von zu Hause war.

»Aber gelohnt hat sich die Reise trotzdem. Ich habe einen jungen Cellospieler kennengelernt und einen Pfauenhüter«, sagte ich.

»Ein Pfauenhüter? Was ist das denn?«

»Eine Person, die sich um Pfauen kümmert. Und der andere ist ein Junge, der Cello spielt.«

Ich konnte meine neuen Bekannten nicht genauer beschreiben, und Akira bohrte nicht weiter nach.

»Wie geht es deiner Mutter?«

»Unverändert. Die Wirkung des Medikaments, das neulich so gut angeschlagen hat, hat leider nachgelassen.«

»Oh, das ist schade.«

»Sie verbringt ihre ganze Zeit im Trophäenzimmer. Für mich ist das eine Erleichterung. Dort gibt es nichts, über das sie sich aufregen kann. Es ist der ideale Rückzugsort für sie.«

Die Sonne schien durch den Spalt zwischen den Vorhängen. In der Fensterscheibe spiegelten sich das Straßenpflaster, das immer nass aussah, auch wenn es nicht regnete, ein Fahrrad und eine Mülltonne. Die frisch gewechselte Tagesdecke auf dem Bett war dick und rau und kratzte. Die Dusche wurde abgestellt.

»Hast du morgen Frühschicht?«

»Ich habe mir freigenommen, weil ich Mutter ins Krankenhaus begleite.«

»Richte ihr bitte von mir aus, dass sie ohne die falschen Wimpern besser aussieht.«

»Ich werde es ihr sagen.«

»Dann mach's gut.«

»Wann kommst du zurück?«

»Das weiß ich noch nicht.«

»Okay, dann warte ich ab. Danke für den Anruf. Darüber habe ich mich sehr gefreut.«

Als ich den Hörer auflegte, herrschte eine noch tiefere Stille.

Heute waren es sieben Pfauen. Vier Männchen und drei Weibchen. Sie hielten sich wie immer im Halbdunkel auf.

»Ich habe Jeniak gebeten, mich zu begleiten, aber er ist nur bis zum Eingang des Treibhauses mitgekommen.«

»Aha …«

Der Mann ergriff nie von selbst das Wort. Trotzdem fühlte ich mich in seiner Gegenwart wohl.

»Zuerst habe ich befürchtet, dass er sich langweilt, wenn er auf mich warten muss. Aber dann habe ich herausgefunden, dass er bei der Gelegenheit vor dem Brunnen Cello spielt.«

»Oh, dann ist ja alles gut.«

»Er ist nicht gerade ein Profi, dafür klingt sein Spiel zu zögerlich. Aber als ich ihm zuhörte, hatte ich das Gefühl, dass es ihm gar nicht um die Musik geht, sondern dass er mir damit etwas mitteilen will.«

»Er würde ewig auf dich warten. Mit seinem Cello würde er darauf warten, dass du wiederkommst.«

Die milchig weißen Gefäße, die uns umgaben, zeichneten sich vor der Dunkelheit ab, als wären sie mit Licht gefüllt. Das Blau der Pfauenhälse wirkte dadurch noch intensiver. Es war genau dieses Leuchten, an dem ich mich orientierte, als ich vorhin durch den farnbewachsenen Eingang der Höhle trat und durch den dunklen Schlund ging. Es war so schwach, dass ich es auch hätte übersehen können, und als ich es dann endlich erblickte, war ich froh, dass ich es entdeckt hatte.

»Sind Sie der einzige Hüter?«, fragte ich.

»Ja, das bin ich«, erwiderte er.

Der Pfau dicht neben ihm gab ein heiseres Krächzen von sich.

»Die Tiere scheinen sehr klug zu sein.«

»Das sind sie tatsächlich, vielen Dank.«

»Wenn ich etwas sage, dann stellt sich ihre Federkrone auf und ihre Augen bewegen sich aufmerksam hin und her, als lauschten sie meinen Worten.«

Das Gefieder der Vögel raschelte, wenn es über die Felswand strich. Ein Wassertropfen fiel auf die Hände des Hüters, die gefaltet auf dem Tisch lagen, und lief an ihnen herab.

»Genauso ist es. Sie hören Ihnen zu.«

»Wirklich?«

»Ja, um sorgsam Ihre Erinnerungen zu bewahren.«

Der Hüter strich über das Gefieder eines Männchens, das sich dies klaglos gefallen ließ. Obwohl der Hüter reglos dasaß, konnte er den Pfau zu sich locken. Ich beobachtete die unmerklichen Bewegungen seiner Hände.

»Gibt es denn noch andere Menschen, die hierher gelangen?«

»Sicher doch. Es kommen sehr viele zu mir.«

»War Ruki auch hier?«

Statt einer Antwort ließ der Hüter seine Hand über den Pfauenhals gleiten. Sofort entfaltete sich der Duft, der mir den Atem verschlug.

Die Schatten, die von den Felswänden fielen, wurden so dicht, dass meine Augen schmerzten. Sie nahmen den gesamten Raum ein, als wollten sie die Pfauen einschließen, damit sich ihr Duft nicht verflüchtigte.

»Sagen Sie es mir! Ich flehe Sie an!«

Als ich meinen Blick durch die Dunkelheit gleiten ließ, hatte ich das Gefühl, dass jedes meiner Worte von den Felsen verschluckt wurde. Ich verspürte den Wunsch, mich der Finsternis vollständig hinzugeben, um von ihr aufgesogen zu werden.

»*Giiii*«, schrie einer der Pfauen.

Ich spürte, wie sein Gefieder meine Beine streifte. Ein paar schwarze Augen starrten mich an.

Ich hatte Hiroyuki nur ein einziges Mal weinen gesehen. Es war kurz nachdem wir zusammengezogen waren.

Als ich nach einem Termin erst gegen Mitternacht heimkehrte, war es in der Wohnung stockdunkel. Er hatte mir gesagt, dass er um die übliche Zeit nach Hause käme, und ich wunderte mich, weshalb er nicht wenigstens das Licht in der Diele angelassen hatte, wenn er vor mir ins Bett gegangen war. Als ich nach dem Schalter im Esszimmer tastete, hörte ich ein Schluchzen.

Ich verstand nicht gleich, dass er weinte. Zuerst dachte ich, dass er wegen körperlicher Schmerzen stöhnte. Obwohl die Laute schwach und hilflos klangen und immer wieder zu versiegen schienen, wimmerte er ununterbrochen.

Er hockte in einer dunklen Ecke der Küche. Ich ließ meine Hand sinken und vermied die Frage, was mit ihm los sei. Das Erkerfenster neben dem Gasherd war vom Mondlicht erhellt. Ich sagte mir, dass es besser sei, erst einmal abzuwarten und ihn in Ruhe zu lassen.

Er saß an der Wand, mit angezogenen Knien und hängendem Kopf. Die Schranktüren neben dem Herd standen weit offen und ein Sammelsurium an Gewürzen, Ölen und Dressing-Flaschen lag verstreut auf dem Boden.

Er schaute nicht auf, obwohl er mich bemerkt haben musste. Ich fragte mich, wie ein Mensch so zusammengekauert dasitzen kann. Wahrscheinlich hatte er sich damals im Gewächshaus seines Vaters ebenso klein gemacht, um sich vor den anderen zu verstecken.

Salatöl, Olivenöl, Sesamöl, Sojasauce, Weinessig, Mirin, Austernsauce, Worcestershire-Sauce, Miso-Pfeffer, Sake, Instantbrühe … Alle Zutaten, die am Morgen noch wohlgeordnet im Schrank gestanden hatten, bildeten nun ein heilloses Durcheinander.

Die Saucendeckel waren teilweise aufgeschraubt. Sakefläschchen lagen umgekippt am Boden, aus den Dosen lief Öl aus und bildete eine schmierige Lache. Hiroyukis Haare waren nass geschwitzt, und an seinen Händen klebte Schmutz.

Nach einer Weile ging ich zu ihm und legte ihm eine Hand auf den Rücken. Ich spürte, wie er zitterte. Es roch penetrant nach Speiseöl.

»Ich habe versagt«, sagte er, den Kopf immer noch gesenkt.

Es klang weder niedergeschlagen noch verzweifelt. Seine Stimme war erstaunlich ruhig.

Ich hockte mich neben ihn, ohne mich daran zu stören, dass ich meine Kleidung schmutzig machte. Im offenen Schrank standen keine Lebensmittel mehr.

Meine Augen gewöhnten sich langsam an die Dunkelheit, aber im schwachen Mondlicht zeichneten sich die Umrisse der Dinge nur schemenhaft ab. Die Sofaecke und der Esstisch waren aufgeräumt, nur vor dem Herd herrschte Unordnung.

»Ich kann machen, was ich will, es klappt einfach nicht …«

Hiroyuki hob den Kopf und blickte mich an. Seine Wimpern waren feucht, aber ich entdeckte keine Tränen. Er wirkte komplett verloren, als müsste er eine schwierige mathematische Aufgabe lösen und würde nicht wissen, wie. Mondlicht fiel auf einen Teil seines Gesichts.

»Was klappt nicht?«, fragte ich ihn.

»Das da. Ich wollte es neu sortieren.«

Er deutete mit dem Kinn auf den Boden. Die angewinkelten Beine und seine Arme, mit denen er sie umschlossen hielt, regten sich nicht. Als wären sie zusammengebacken.

»Es war doch aufgeräumt. Am Tag, als wir eingezogen sind, hast du alles wunderbar sortiert.«

»Ja, eine Sache hat mich aber nicht losgelassen. Anfangs dachte ich, es sei besser, die Flaschen mit den Gewürzsaucen nach hinten zu stellen und den Essig nach vorne.«

Er sprach mit dem Gesicht zwischen den Knien, sodass ich ihn kaum verstehen konnte. Ich traute mich aber nicht nachzufragen. Es war sicher klüger, ihn erst einmal ausreden zu lassen.

»Ich hatte nichts daran auszusetzen. Es war doch sehr praktisch«, versuchte ich ihn zu besänftigen.

»Das finde ich nicht. Der Essiggeruch entweicht leicht aus der Flasche, und die Saucen nehmen ihn rasch an. Das liegt an der Konzentration. Gerüche verbreiten sich im Nu. Sie können nicht an einem Ort verweilen, sondern dringen überall ein, ganz wie es ihnen beliebt. Deshalb muss ich die Flaschen neu arrangieren. Ich wollte sautiertes Gemüse zum Abendessen machen. Du hattest doch gestern Paprika und grüne Bohnen besorgt. Bei der Zubereitung habe ich die Flasche mit der Austernsauce geöffnet und festgestellt, dass sie nicht so riecht, wie es sein soll. Daher wusste ich, dass ich etwas falsch gemacht habe. Ich hätte die Dose mit der Instantbrühe zwischen den Essig und die Saucen stellen sollen. Also habe ich alles ausgeräumt. Das war nicht schwierig. Mittendrin wurde mir jedoch klar, dass die Anordnung der Flaschen nicht der Häufigkeit ihrer Nutzung entsprach. Also musste ich die Anordnung der Sachen, die ich inzwischen eingeräumt hatte, von Grund auf überdenken und noch einmal bei null anfangen. Als ich den Schrank wieder leer räumte und über eine Lösung nachdachte, fing die Pfanne auf dem Herd an zu qualmen. Ich hatte vergessen, das Gas auszustellen. Als ich dann hektisch die Pfanne vom Herd riss, bin ich über die Gewürze gestolpert. Die Flaschen sind umgekippt und über den Boden gerollt, wobei das Speiseöl ausgelaufen ist. Ich selbst bin in der Lache ausgerutscht und habe mir den Kopf am Fenstersims gestoßen. Die Formel für die besten Anordnung ist mir wieder entfallen, und dann ging auch noch der Feueralarm los. Ich wollte alles noch einmal berechnen, aber der beißende Geruch im Raum vernebelte komplett meine Sinne. Ich bekam furchtbare Kopfschmerzen ...«

Plötzlich verstummte er und vergrub seinen Kopf erneut zwischen den Knien.

»Du hast dir den Kopf gestoßen. Das ist ja übel. Tut es noch sehr weh?«

Ich flüsterte in sein Ohr und strich ihm über das Haar. Es gab keine Anzeichen dafür, dass er verletzt war. Sein Haar war nur nass und klebrig.

»Mach dir keine Sorgen wegen des Schranks. Ich kümmere mich darum. Mit Haushaltsreiniger lässt sich das schnell sauber wischen.«

Ich ließ meine Finger von seinem Ohr über Hals und Schulter bis zum Ellbogen gleiten. Seine Haut schmiegte sich an meine Fingerkuppen, die Knochen fühlten sich stark an, ich fühlte das Blut in seinen Adern pochen. Trotz des aufdringlichen Geruchs nach Öl konnte ich noch immer den Duft von Hiroyukis Körper wahrnehmen.

»Wir bringen das in Ordnung, wenn du dich besser fühlst. Nimm doch erst mal ein Bad.«

Ich redete unablässig auf ihn ein und versuchte ihn zu trösten, damit er nicht völlig verzweifelte.

Ich hielt das Ganze für eine Bagatelle. Manchmal häufen sich Missgeschicke, man ist verstört und möchte alles hinschmeißen. Das passiert jedem. Er musste sich nur beruhigen. Sobald er ein heißes Bad genommen hätte, würden wir uns ins Bett kuscheln, und schon wäre er wieder der Alte. Davon war ich fest überzeugt.

Das taten wir dann auch. Ich ließ heißes Wasser ein und

gab ein paar Tropfen Lavendelöl dazu. In der Wanne wusch ich sein Haar mit Shampoo, wobei ich darauf achtete, dass wir ständig Körperkontakt hatten. Meine Wange berührte seine Schulter, mein Kinn sein Schlüsselbein, meine Wimpern seine Lippen … Solange wir den anderen spüren, hatten wir nichts zu befürchten.

Im Bett rollte er sich zunächst ein wie ein Igel. Er sagte kein Wort, aber das war nicht ungewöhnlich. Dann nahm er mich in seine Arme, wo ich mich sofort geborgen fühlte. Es war kaum zu glauben, wie viel Platz mir ein Mensch geben konnte, der sich eben noch in der Küchenecke verschwindend klein gemacht hatte. Sein Haar war bereits getrocknet und duftete nach Lavendel.

Schon bald vergaß ich Hiroyukis Sorgen, denn er liebkoste mich ausgiebiger als sonst. Und das erschien mir viel bedeutsamer.

Am nächsten Tag herrschte wieder Ordnung in der Küche. Kein penetranter Geruch, und die Gewürze waren neu sortiert. Hiroyuki verlor nie wieder ein Wort über den nächtlichen Vorfall.

Ich hatte gar nicht erst versucht, den wahren Grund für seine Tränen herauszufinden. Dafür ist es nun zu spät.

»Ja, dafür ist es nun zu spät«, sagte ich.

Kaum hatte ich es ausgesprochen, wunderte ich mich, wie offen ich mit dem Pfauenhüter sprach. Dabei konnte ich nicht einmal unterscheiden, ob ich den Gedanken tatsächlich laut geäußert oder ob er sich wie eine durchlebte Erinnerung nur in meinem Kopf abgespielt hatte.

Den Tee hatte ich in einem Zug ausgetrunken. Mein Hals war völlig ausgetrocknet.

Die Pfauen hielten sich an ihren bevorzugten Plätzen auf, einige putzten ihr Gefieder, andere pickten an den Felswänden herum.

Die Hand des Hüters, die eben noch den Hals des Pfaus gestreichelt hatte, lag nun wieder auf dem Tisch.

»An jenem Tag war Ruki ein Fehler unterlaufen. Eine Bagatelle, die in keinem Verhältnis zu einem Fehler stand, der bei einem Mathematikwettbewerb passieren konnte, und trotzdem hatte ihn die Sache sehr mitgenommen. Ich wusste damals nicht, dass er schon als kleiner Junge dem Zwang ausgesetzt war, immer die richtige Antwort parat zu haben. Als ich das herausgefunden habe, war er bereits tot.«

»In dieser Höhle …«, begann der Hüter, nachdem der Widerhall meiner Stimme von den Felswänden verklungen war, »… gibt es kein ›Zu spät‹.«

Es war das erste Mal, dass er sich so entschieden äußerte.

Wie auf Kommando versammelten sich die Pfauen unter dem Regal, wo sie aus Felsmulden das angesammelte Wasser pickten, bevor sie sich in die Dunkelheit zurückzogen. Die aufwirbelnden Federn blieben an den nassen Felsen kleben, und bald schon regte sich nichts mehr in der Tiefe der Höhle.

»Alles ist im Voraus bestimmt. Egal, ob man handelt

oder nicht, die Entscheidung lässt sich nicht rückgängig machen.«

»Die Entscheidung?«

»Genau.«

»Was kann man denn sonst tun?«

»Sich erinnern. Das ist alles. Was Sie ausmacht, sind allein Ihre Erinnerungen.«

Das Wort »Erinnerungen« versetzte die Luft in Schwingung und hallte lange nach.

»Ich habe doch keinen Bezug zu Rukis Vergangenheit.«

»Das stimmt nicht. Er behielt Sie im Gedächtnis, als er starb.«

Der Hüter streckte seinen Arm aus und berührte meine Schulter. Aber war es tatsächlich sein Arm? Es hätte genauso gut etwas anderes sein können. Ich hatte das Gefühl, aus der Dunkelheit strömte ohne Vorankündigung etwas auf mich zu.

»Die Vergangenheit ist unzerstörbar. Genauso wie Entscheidungen nicht rückgängig gemacht werden können, lässt sie sich nicht beliebig manipulieren. Jede Erinnerung wird bewahrt. Sogar über den Tod hinaus …«

Auch nachdem er zu Ende gesprochen hatte, tätschelte der Hüter meine Schulter.

Seine Hand war weder kalt noch warm. Ihre Größe und die Form seiner Finger blieben mir verborgen. Aber ich hatte das untrügliche Gefühl, dass er ganz dicht neben mir war.

Ein paar Wassertropfen fielen zwischen uns herab. Die Pfauen hatten sich schon zu weit entfernt, als dass man ihr raschelndes Gefieder hätte hören können.

Ich dachte an die Erinnerung, die Ruki in sich trug. Daran, dass ich in ihr erhalten blieb. Die Hand auf meiner Schulter war angenehm, aber sie spendete keinen Trost. Vielmehr schien sie mich aufzufordern, weiter zu trauern.

»Darf ich noch ein bisschen bleiben?«, fragte ich.

»So lange Sie wollen«, erwiderte der Hüter der Pfauen.

16

Die Hotelbesitzerin hatte mir zwei Konzertkarten ge-
schenkt. Ein Terzett in der Besetzung Violine, Cello und
Klavier trat im Saal der Villa Bertramka auf, was uns die
Gelegenheit gab, noch einmal dorthin zu fahren.

Die Veranstaltung begann um achtzehn Uhr. Draußen
war es noch hell, das Sonnenlicht schien warm auf den Rasen. Die Glastüren zum Garten, die am gestrigen Morgen
geschlossen waren, standen nun weit offen. Die meisten
Stühle waren bereits besetzt, der Deckel des Klaviers geöffnet und die Notenständer mit Partituren bestückt.

Jeniak, der sichtlich verlegen war, sagte unentwegt: »*Je-
kuyu baamu.*«

Offenbar wollte er sich bei mir bedanken.

Er hatte sich schick gemacht und trug statt des Lederblousons einen Blazer aus Tweed. Nur die Ärmel waren etwas zu lang, was ihn noch jungenhafter aussehen ließ.

Nach Beethoven und Dvořák gab es eine Pause, im Garten wurde Wein serviert. Inzwischen war die Sonne fast
untergegangen, die Hälfte des Rasens lag im Schatten und
die Dämmerung senkte sich über die hohen Bäume.

Als ich mir ein Glas Weißwein holte, verlor ich Jeniak
aus den Augen. Um mich herum herrschte ein großes Gedränge, und ich musste aufpassen, dass ich den Wein nicht

verschüttete. Während ich nach ihm Ausschau hielt, bahnte ich mir einen Weg durch die Menge. Plötzlich stand ich vor einer steinernen Treppe, die auf der Ostseite des großen Saals ins Kellergeschoss führte.

Neugierig stieg ich hinab, obwohl ich sicher war, dass ich Jeniak dort unten nicht finden würde. Aber es war die Art von Treppe, die etwas Verlockendes hatte. Blank gewetzte Stufen mit einer Vertiefung in der Mitte, ausgehöhlt von den Füßen der vielen Menschen, die im Laufe der Zeit hier hoch- und runtergegangen waren.

Der Kellergang, wo eine nackte Glühbirne trübes Licht verbreitete, war niedrig. Ein paar schlicht gezimmerte Türen fanden sich auf beiden Seiten des Gangs. Hatte ich gestern nicht Klänge einer Orchesterprobe aus dem Keller gehört? Ich lauschte, vernahm jedoch nicht den geringsten Laut. Das Stimmengewirr im Garten schien weit weg zu sein.

Ich öffnete die nächstgelegene Tür. In dem Raum – es war offenbar eine Küche – standen ein Gasherd, eine Anrichte und ein Kühlschrank. Eine alte Frau, die an der Kochstelle stand, drehte sich um, als sie mich bemerkte, und sagte etwas zu mir.

Ich entschuldigte mich auf Japanisch.

»Hier ist der Zutritt verboten«, ermahnte sie mich auf Englisch.

Es war die alte Frau, die mich gestern vor der Vitrine mit Mozarts Locke zurechtgewiesen hatte.

»Da hängt doch ein Schild an der Treppe.«

»Nein, es gibt kein Schild«, sagte ich auf Englisch.

»Wieso bringen Sie ein leeres Glas mit? Sie hätten es doch auf dem Tisch im Garten lassen können. Ich hätte es schon abgeräumt.«

Erst jetzt bemerkte ich, dass ich das Glas noch in der Hand hielt. Ich stellte es schnell ins Spülbecken.

Die Alte wischte mit dem Schürzenzipfel über das Backofenfenster und drehte am Temperaturregler.

Es roch nach Schweinebraten, nach Pflaumen und Sherry.

»Da war wirklich kein Hinweisschild«, beteuerte ich.

»Schon gut, schon gut.«

Die Alte schien unseren gestrigen Wortwechsel vergessen zu haben. Sie stand am Herd und rührte in einem großen Topf herum.

»Für wen kochen Sie?«, fragte ich.

»Für das Orchester, das heute spielt. Und natürlich für mich.«

»Bereiten Sie jeden Tag die Mahlzeiten zu?«

»Ja, aber nur während der Konzertsaison. Im Winter, wenn keine Aufführungen stattfinden, habe ich etwas mehr Zeit. Aber putzen muss ich immer, und auch sonst gibt es allerhand zu tun.«

»Arbeiten Sie schon lange hier?«

»Seit über dreißig Jahren. Man hat mir hier ein Zimmer gegeben, wo ich wohnen kann.«

»Das heißt vor fünfzehn Jahren …«

Sie schnitt mir das Wort ab: »Der zweite Teil des Konzerts beginnt gleich. Sie sollten hier nicht herumtrödeln.«

»Machen Sie sich deshalb keine Sorgen. Ich würde sowieso viel lieber etwas über einen Mathematikwettbewerb erfahren, der vor fünfzehn Jahren hier stattfand.«

Da ich meinen Englischkenntnissen nicht vertraute, wiederholte ich vorsichtshalber den Ausdruck »Mathematikwettbewerb«, wobei ich ihn besonders deutlich aussprach.

»Aber junge Dame, Sie sind doch hergekommen, um Musik zu hören. Ein Mathematikwettbewerb? Hm, so etwas mag es damals auch bei uns gegeben haben.«

Die alte Frau holte Sahne aus dem Kühlschrank und begann sie mit einem Schneebesen zu schlagen, vermutlich für die Nachspeise. Sie reagierte barsch, aber zumindest beantwortete sie meine Fragen.

»Der Saal wird für alle möglichen Veranstaltungen genutzt. Ich kann mich nicht mehr an jede einzelne erinnern.«

»Vor fünfzehn Jahren gab es einen Mathematikwettbewerb, an dem auch Japaner teilgenommen haben. Sie haben hier im Haus übernachtet.«

»Vor fünfzehn Jahren? Keine Ahnung. Das sagt mir nichts, ich zähle die Jahre ja nicht … Japaner, sagten Sie? Ich glaube, es gab mal eine Gruppe von Asiaten, das weiß ich noch, die hier untergebracht war.«

Die Alte stopfte ein paar Haarsträhnen unter ihr Kopftuch und schlug die Sahne steif. Während sie sprach, trat ich näher.

»Genau. Fünf Oberschüler haben damals zusammen mit ihren Begleitpersonen in der Villa Bertramka übernachtet. Erinnern Sie sich vielleicht an einen Jungen namens

Hiroyuki? Er war der jüngste Teilnehmer und war in seinem Team der Beste. Er reiste mit seiner Mutter. Sie haben sich vermutlich um das Wohl der Gäste gekümmert und das Essen für sie zubereitet. Es gab damals einen unerfreulichen Zwischenfall. Erinnern Sie sich daran? Es herrschte ein ziemlicher Aufruhr, sogar die Polizei war hier. Hiroyuki musste deswegen früher als geplant abreisen.«

Das einzige Geräusch kam von dem Schneebesen. Die alte Frau hielt inne, um ein Zuckertütchen aufzureißen und den Inhalt auf die Sahne zu schütten. Dann schaute sie in den Topf und prüfte die Temperatur im Backofen. Sie schien durchaus bemüht, sich die damaligen Ereignisse ins Gedächtnis zu rufen, musste aber auch dafür sorgen, dass das Essen rechtzeitig fertig wurde.

»Sie kommen wegen all diesen Einzelheiten …«

»Ja, ich weiß. Es tut mir leid. Das ist eine Zumutung für Sie. Verzeihen Sie mir bitte. Aber wie gesagt, es ging so weit, dass sogar die Polizei gerufen wurde. Ein ungarischer Junge hatte behauptet, jemand hätte seinen Kaffee vergiftet, woraufhin das Turnier unterbrochen wurde. Es stellte sich dann heraus, dass sich ein Rest Spülmittel in der Tasse befunden hatte. Ich weiß, dass ich Sie bei der Arbeit störe, aber ich wäre Ihnen außerordentlich dankbar, wenn Sie sich darauf besinnen könnten. Jedes kleine Detail, das Ihnen einfällt, wäre wichtig.«

»Worauf wollen Sie denn hinaus?«

Die Dielen knarrten und die Glühbirne an der Decke schwankte, wenn die Frau sich bewegte.

Sie hatte recht. Was in aller Welt wollte ich eigentlich

von ihr erfahren? Es war fast lächerlich, sie mit all diesen Fragen zu bombardieren.

Die Frau holte Glasschälchen aus der Anrichte, die sie auf dem Tisch aufreihte und mit Birnenkompott füllte.

Draußen vor der Tür herrschte immer noch Stille. Außer uns schien sich niemand im Keller aufzuhalten.

Es war ermüdend, die ganze Zeit auf Englisch zu reden. Mir tat der Kopf weh.

»Die Sahne kommt sicher obendrauf?«, murmelte ich, ohne auf ihre Frage einzugehen. »Warten Sie, ich helfe Ihnen.«

Ich verteilte Sahnekleckse auf dem Birnenkompott.

»Bitte je einen Löffel für jedes Schälchen«, sagte die Frau.

Wir arbeiteten Hand in Hand. Der Schweinebraten war gar, und während sie die Sauce andickte, stellte ich die Teller bereit und dekorierte sie mit Petersilie.

»Früher habe ich mir die Arbeit mit meinem Mann geteilt.«

Sie stippte den kleinen Finger in die Bratensauce, um sie abzuschmecken.

»Ihr Mann …?«

»Er ist vor vielen Jahren gestorben. Gleich nach dem Vorfall mit dem Spülmittel.«

Also erinnerte sie sich doch daran.

Sorgfältig zupfte ich die Petersilie zurecht, um meine Nerven zu beruhigen.

»Er hatte einen Herzinfarkt. Ganz unerwartet.«

»Das tut mir leid.«

Der frisch aus dem Ofen genommene Schweinebraten brutzelte in seinem karamellisierten Saft.

Die Frau fügte der Sauce noch eine Prise Salz hinzu. Schweigend gaben wir die fertigen Kartoffeln auf die Teller.

»Sogar wir wurden von der Polizei verhört. Was kein Wunder ist, wir haben ja das Essen zubereitet und auch den Kaffee gekocht«, sagte sie schließlich.

»Aber es konnte tatsächlich ein Rest Spülmittel in der Tasse nachgewiesen werden, oder?«

»Ja, das wurde immerhin behauptet. Ich will mich nicht rausreden, aber wir haben das Geschirr immer sehr gründlich abgespült. Egal, wie eilig wir es hatten. Mein Mann duldete keine Nachlässigkeiten.«

»Ich verstehe. Aber wieso …?«

»Außerdem haben wir bei den Kaffeetassen sowieso nie Spülmittel benutzt.«

»Ach … und warum nicht?«

»Spülmittel war teuer, man musste es sparsam verwenden. Deshalb haben wir die Tassen stets nur mit klarem Wasser ausgewaschen. Allein deswegen mussten wir sie sehr sorgfältig reinigen, damit keine Schmutzränder zurückblieben.«

»Ja, aber …« Die Sache wollte mir partout nicht einleuchten.

»Es war unmöglich, dass es durch unser Verschulden einen Rest von Spülmittel in der Tasse gab. Aber wir haben es nicht abgestritten, weil es die Angelegenheit noch komplizierter gemacht hätte. Stattdessen haben wir die Schuld auf uns genommen und uns entschuldigt. Wir dachten, die Sache wäre damit vom Tisch. Und so war es dann auch.«

»Was meinen Sie damit, die Angelegenheit hätte noch komplizierter werden können?«

»Na ja, die Polizei hätte dann nach dem Täter gesucht. Dabei waren alle Teilnehmer noch minderjährig. Das ist doch traurig, oder? Junge Menschen waren für einen Mathematikwettbewerb zusammengekommen, und plötzlich ist die Rede von Gift und einem Mordanschlag.«

»Hatten Sie denn einen Verdacht, wer das Spülmittel in den Kaffee getan haben könnte?«

Die alte Frau schwieg. Sie stocherte in dem leeren Topf herum, in dem zuvor die Kartoffeln gekocht hatten.

»War es jemand aus der japanischen Delegation?«

»Ich habe keine Ahnung, wer es getan hat. Außerdem war ich nicht dabei, als es passierte«, sagte sie schließlich und blickte zu mir auf. »Aber es gab etwas, über das ich mich gewundert habe. Wobei ich nicht sicher war, dass die betreffende Person tatsächlich etwas damit zu tun hatte. Deshalb habe ich es der Polizei gegenüber auch nicht erwähnt. Eigentlich hatte ich den Vorfall längst vergessen – bis heute, als Sie hier aufgetaucht sind, um mich mit Geschichten aus alten Zeiten zu behelligen. Nicht einen einzigen Gedanken hatte ich mehr daran verschwendet.«

»Diese Person, war es ein Junge?«

Ich sah der Frau in die Augen, die unter tiefen Falten verborgen lagen.

»Nein.« Die Alte schüttelte den Kopf.

»Kein Junge, es war eine Frau. Nachdem ich im Garten

das Essen serviert hatte, kehrte ich hier in die Küche zurück. Sie stand mit dem Rücken zu mir. Die Kaffeekanne und die Tassen standen schon auf dem Tisch bereit. Ich war sehr erschrocken, woraufhin sich die Dame kurz zu mir umdrehte, bevor sie davonstolzierte. Sie wirkte nicht, als fühlte sie sich bei etwas ertappt. Ganz im Gegenteil, sie machte einen sehr entschlossenen Eindruck. Auf dem Boden lag eine Flasche Geschirrspülmittel, die sonst immer unter der Spüle stand. Am meisten überrascht hat mich aber nicht, dass sich eine Frau in meine Küche geschlichen hatte, sondern dass ihr Kleid hinten offen stand.«

»Sie meinen am Rücken?«

»Genau. In der Mitte waren zwei Knöpfe offen. Ich wollte sie eigentlich darauf aufmerksam machen.«

Ich erinnerte mich an mein Treffen mit Fumiko Sugimoto. Daran, wie sich der Stoff des Sofas, auf dem ich saß, angefühlt hatte. An die schiefen Absätze ihrer Pumps, die unter der gläsernen Tischplatte sichtbar waren. Und an die Geschwindigkeit, mit der sich die eingelegte Kassette drehte.

»Welche Farbe hatte das Kleid?«

»Gelb. Es war ein ärmelloses Kleid mit Rüschenrock und einem aufgenähten Freesienmuster«, sagte die Frau, ohne groß zu überlegen.

»Sie war eine der Teilnehmerinnen, nicht wahr?«

»Nein, es war keine von den jungen Mädchen, sondern eine Frau mittleren Alters.«

Die Alte griff nach einem scharfen Messer.

»Sonst ist mir nichts aufgefallen. Sie sollten sich beeilen, nach oben zu kommen, sonst ist das Konzert vorbei. Am Schluss spielen sie heute Mozart.«

Die alte Frau machte sich daran, den Braten zu zerlegen.

Als ich die Stufen hinaufstürmte, erwartete mich Jeniak oben an der Treppe.

»Lily«, rief er, ergriff meine Hand und zog mich fort. Wir rannten durch den Garten zum Saal. Jeniak, der ziemlich außer Atem war, redete aufgeregt vor sich hin. Seine Stimme klang vorwurfsvoll, aber zugleich erleichtert.

»He, ich heiße Ryoko, hörst du?«, sagte ich, nur um überhaupt irgendetwas zu sagen.

Draußen war es bereits dunkel. Auf den Rasen hatte sich Tau gelegt und eine Mondsichel schwebte über dem Wald. Ein Grashüpfer kreuzte unseren Weg.

Hiroyuki hatte sich für seine Mutter geopfert. So wie er es als Kind für Akira getan hatte, nachdem der das Stethoskop des Vaters zerbrochen hatte.

Er hatte seine Mutter durchschaut und sich dann einzureden versucht, er selbst sei der Täter gewesen.

War das unbewusst geschehen oder aus Kalkül? Bei seinem Geständnis musste er beschrieben haben, welchen Geruch das Spülmittel hatte, wie sehr sein Herz pochte, als er es in den Kaffee gab, und wie laut die Dielen beim Betreten der Küche knarrten. Kleinlaut, ganz blass im Gesicht.

Es ging ihm nicht darum, seine Mutter zu schützen. Er opferte sich für sie, um selbst einen Fehler zu begehen. Was dazu führte, dass er sich für immer von der Mathematik fernhalten musste.

Ich drückte fest Jeniaks Hand, um seine Nähe zu spüren. Die Kronleuchter im Saal spendeten ein warmes Licht, das die Dunkelheit durchdrang. Die Musiker blätterten in den Partituren. Gleich würde die Musik von Mozart erklingen.

17

»Was befindet sich eigentlich in den Gefäßen?«, fragte ich und zeigte auf die Regale in den Felswänden.

»Die Herzen der Pfauen«, erwiderte der Mann.

Wie üblich standen zwei Teetassen auf dem Tisch, ich hatte auf dem Stuhl Platz genommen, und die Petroleumlampe spendete ausreichend Licht. Zwar konnte ich keinen der Pfauen sehen, spürte jedoch, dass sie sich in der Dunkelheit versammelten. Die Intensität von »Quell der Erinnerung« gab mir eine Vorstellung davon, wo sie sich gerade befanden.

»In allen Gefäßen?«

»Ja. Sobald ein Pfau stirbt, wird ihm sein Herz entnommen und in ein Seidentuch gewickelt, das mit einer harzartigen Flüssigkeit, genannt Myrrhe, getränkt ist. Dann kommt es in eins der Gefäße. Auch das gehört zu meinen Aufgaben als Hüter.«

Ich spürte, wie Wasser in meinen Nacken tropfte. Es war nicht kalt, nicht einmal nass. Es war dasselbe Gefühl, das ich hatte, als der Pfauenhüter meine Schulter berührte. Meine Kopfschmerzen waren wie weggeblasen.

Von einem mit Myrrhe getränkten Tuch hatte ich schon gehört. Ich musste an den aufgebahrten Leichnam von Hiroyuki denken. Das Tuch, unter dem er lag, war glatt und kühl gewesen und hatte sich vorzüglich an die Haut des Toten geschmiegt.

»Pfauen sterben also auch.«

»Selbstverständlich. Sobald sie ihre Aufgabe erfüllt haben, erlischt ihr Leben. Wenn man ihren Schlund aufschlitzt und sich das Blau in zwei Hälften teilt, lugt aus der Tiefe das Herz heraus. Man schiebt seine Hand zwischen die Brustknochen und holt es vorsichtig aus dem Leib, möglichst ohne es zu beschädigen.«

»Ist das nicht schrecklich?«

»Überhaupt nicht. So ein Herz besitzt eine wunderschöne blutrote Farbe. Man mag kaum glauben, dass es von einem toten Tier stammt. Wenn man nur ein wenig Druck auf die hübsch verzweigten Adern ausüben würde, sähe es aus, als würden sie schmelzen. Am liebsten hielte ich ein solches Herz ewig in Händen. Aber leider geht das nicht.«

»Wieso nicht?«

»Die Herzen sind voll mit den Worten all jener Menschen, die ihnen ihre Erinnerungen anvertraut haben. Damit diese nicht verloren gehen, muss jedes Pfauenherz sorgsam in einem Gefäß aufbewahrt werden. Ich bin nur ihr Hüter.«

Der Mann seufzte. Ich versuchte mir seine mit Pfauenblut bedeckten Hände vorzustellen, aber es gelang mir nicht, da ich sie noch nie klar und deutlich vor Augen hatte. Ich spürte immer nur, wie sie die Luft in Schwingung versetzten.

»Würden Sie mir das Herz zeigen, das Hiroyukis Erinnerungen in sich trägt?«

Ich bereute meine Worte sofort. Niemals würde der Hüter der Pfauen dieser Bitte nachkommen. Die Gefäße standen wie festgeschweißt in den Felsregalen. Bestimmt würden sie sich weigern, berührt zu werden.

Der Mann senkte den Blick und fixierte meinen Pullover. Ein kleiner Dornenzweig hatte sich in den Maschen verfangen. Ich zupfte ihn ab und ließ ihn in eine Felsspalte fallen.

»Woher wollen Sie wissen, ob er hier bei uns in der Höhle war?«, fragte er.

Es war das erste Mal, dass der Hüter mir eine Frage stellte. Wie erleichtert war ich, dass ich ihm umgehend antworten konnte: »Ich erkenne es am Duft. Er hat ein Parfüm mit dem Duft dieser Höhle kreiert.«

Ich griff in meine Handtasche und holte den Flakon heraus. Ich wollte sichergehen, dass ich mich nicht täuschte.

»Gut«, erwiderte der Hüter. »Ich werde es holen.«

Als sich der Hüter erhob, vibrierte die Finsternis so stark, dass mir für einen Moment ganz schwindlig wurde. Seine Gestalt verschmolz mit der Dunkelheit. Kein einziger Schritt war zu hören …

»Hier, bitte!«

Der Hüter stellte das Gefäß vor mich hin. Als ich zu der Stelle im Regal blickte, wo es gerade noch gestanden hatte, sah ich, dass dort nun die Lichterreihe unterbrochen war.

So aus der Nähe betrachtet, leuchtete das Gefäß noch viel intensiver. Lag es nur daran, dass es den Schein der Petroleumlampe reflektierte? Ich schaute prüfend zur Decke hoch, war jedoch unschlüssig. Das Gefäß war aus feinstem

Porzellan gefertigt. Seine hübsche bauchige Form verjüngte sich nach oben hin, in der Öffnung steckte ein Korken. Es gab weder irgendwelche Verzierungen noch ein Etikett.

Ich warf dem Hüter einen fragenden Blick zu, ob ich es auch wirklich berühren durfte, woraufhin er wortlos nickte.

Das Gefäß war eiskalt. Erschrocken zuckte ich zurück. Wegen des milchigen Lichts hatte ich es mir wärmer vorgestellt. Es erinnerte mich an den Moment, als ich Hiroyukis Leichnam berührte.

Nur zu. Kein Grund zur Sorge, schien mir der Hüter stumm zu sagen.

Der Korken war dunkel und feucht. Ihm war anzusehen, dass das Gefäß seit langer Zeit verschlossen war. Vorsichtig drehte ich an dem Korken, sodass er unerwartet heraussprang.

Das Herz hatte die Größe eines Hühnereis. Es war fest eingewickelt in das mit Myrrhe getränkte Seidentuch und fühlte sich trotzdem weich an. Auch das schöne Rot, von dem der Hüter gesprochen hatte, schimmerte durch den Stoff hindurch. Das zähflüssige Harz hatte sich um das Herz gelegt wie eine schützende Membran.

Merkwürdigerweise hatte sich der Duft von »Quell der Erinnerung« in dem Moment verflüchtigt, als ich das Gefäß geöffnet hatte. Ich tauchte meine Hand hinein und suchte nach dem Herz. Ein anderer Duft schlug mir entgegen. Es war der von Hiroyuki.

Es herrschte großes Gedränge. Selbst wenn ich aufmerksam lauschte, konnte ich die Stimmen der vielen Anwesenden nicht auseinanderhalten. Der dichte Rasen war frisch gemäht. Als ich emporblickte, war ich geblendet vom hellen, klaren Blau des Himmels. Ein Schwarm Vögel verschwand im Wald.

Ich stand da mit einem Glas Weißwein in der Hand. Plötzlich rempelte mich ein Mann an, und Wein schwappte auf seine Krawatte.

Als ich mich bei ihm entschuldigte, erwiderte er etwas Unverständliches, schnalzte verärgert mit der Zunge und entfernte sich. Die Leute um mich herum redeten alle in unterschiedlichen Sprachen.

Im Hintergrund erhob sich die Villa. Die gestern noch cremefarbene Fassade leuchtete nun zitronengelb. Das rotbraune Dach glitzerte in der Sonne. Auf der Veranda plauderten ausgelassen ein paar Gäste.

An der Ostseite erkannte ich die steinerne Treppe mit den angenehm glatt polierten Stufen, die nach unten in die Küche führten. Mir fiel auch das Hinweisschild auf.

Im Saal standen sämtliche Glastüren offen, Sonnenlicht flutete herein. Auf den akkurat angeordneten Tischen lagen Schreibutensilien. Wo waren die Instrumente geblieben? Klavier, Geige und Cello? Ich schaute mich um, konnte sie jedoch nirgends entdecken. Stattdessen sah ich eine Schultafel auf Rollen.

09.30 – 12.00 Uhr
13.30 – 15.30 Uhr

stand dort geschrieben. Es war der Zeitplan für den Wettbewerb.

Zuerst hielt ich es für eine edle Vase, die feierlich neben der Tafel aufgestellt war. Es war jedoch der Pokal für den Gewinner des Wettbewerbs. Er war weitaus imposanter als alle Trophäen in Hiroyukis Elternhaus, mit feinen Ziselierungen versehen und ohne die üblichen Billigapplikationen aus Plastik oder Chrom. Makellos, ohne einen einzigen Fingerabdruck, schimmerte er im Licht.

Inzwischen wusste ich genug über Pokale, um zu erkennen, wie wertvoll er war. Es war die Trophäe, die Hiroyuki nicht vergönnt gewesen war.

»Wieso bist du hier?«

Jemand hatte mir seine Hand auf die Schulter gelegt. Noch bevor ich mich umwandte, ahnte ich, dass er es war. Vor mir stand Ruki. Mit sechzehn Jahren.

»Weil ich das Herz eines Pfaus in Händen gehalten habe«, erwiderte ich.

»Wirklich?«

Er lächelte mich an.

Die im Zelt bereitgestellten Snacks gingen zur Neige. Es gab nur noch ein paar belegte Brote, ein Stück Salami und ein paar welke Salatblätter. Auch der Teller in Hiroyukis Hand war leer.

Er trug einen marineblauen Blazer. Die dunkelrote Krawatte war gelockert, und der oberste Knopf seines Oberhemds stand offen. Er wirkte entspannt und heiter. Obwohl er von der gleißenden Sonne geblendet wurde, schaute er nicht zu Boden, sondern hob sein Gesicht in

Richtung Himmel, damit er noch mehr Licht abbekam. Seine Züge waren so hell, dass ich sie kaum ausmachen konnte.

»Was für eine Überraschung! Ich hatte nicht damit gerechnet, dir an diesem Ort zu begegnen«, sagte Hiroyuki.

»Ich auch nicht.«

Da er noch im Wachstum war, war seine Kinnlinie nicht so ausgeprägt wie in meiner Erinnerung. Seine Statur war schlaksig, die Muskulatur noch unausgewogen, das einzig Auffällige waren seine langen Arme und Beine.

Die Stimme allerdings war dieselbe. Es war das gleiche Timbre, mit dem er mir damals in der Parfümerie die richtigen Duftnoten zugeflüstert hatte.

»Du bist sicher hungrig. Ich werde dir etwas zu essen holen.«

»Nein, danke. Das ist nicht nötig. Ich habe keinen Hunger.«

Ich hätte gern seinen Arm ergriffen, traute mich jedoch nicht, aus Angst, er würde in sich zusammenfallen, wenn ich ihn berührte.

Etwas weiter hinten stand Fumiko Sugimoto. Ihr langes Haar war mit einer roten Samtschleife zu einem Pferdeschwanz gebunden. Ihre bloßen Beine, die unter einem Faltenrock hervorlugten, wirkten jung und verletzlich. Sie stopfte sich Orangenscheiben in den Mund, während sie mit den anderen japanischen Teilnehmern herumalberte. Jedes Mal, wenn sie lachte, wippte ihr Pferdeschwanz.

Wo mochte Hiroyukis Mutter sein? Ich schaute mich

um, konnte sie jedoch in dem Gedränge nicht ausfindig machen.

Hinter dem Zelt schob eine Frau einen Servierwagen vor sich her. Es war die Köchin, die genauso alt aussah wie gestern. Sie brachte eine Kaffeekanne und die dazugehörigen Tassen.

»Sag mal, Ruki ...« Ich wandte mich ihm wieder zu.

Ich hatte seinen Namen so lange nicht mehr ausgesprochen, dass ich befürchtete, er würde gar nicht darauf reagieren.

»Was ist?« Sein Tonfall war immer noch der gleiche. *Sag mal, Ruki ...* Wie oft hatte ich diese Worte ausgesprochen. Wenn ich in der Parfümerie vor den Flakons stand oder im Rosmarinbeet, vor dem Schrank mit den Gewürzen oder im Badezimmer. Jedes Mal hatte er sich zu mir umgedreht und gesagt: »Was ist?«

»Du solltest keinen Kaffee trinken.«

»Warum nicht?«

»Auf keinen Fall, hörst du?«

»Schon gut. Meine Mutter sagt mir das auch ständig.«

»Deine Mutter?«

»Ja, ich soll nichts trinken, was mit Wasser zubereitet wird – Tee oder Kaffee oder sonst was. Sie hat Angst, dass ich davon Durchfall kriege. Das ist typisch. Sie ist diejenige, die immer krank wird, weil sie sich solche Sorgen macht.«

Er zuckte übertrieben mit den Schultern, als würde ihn diese Sache sehr nerven.

»Wo steckt denn Fumiko?«

»Da drüben.« Ich zeigte in ihre Richtung.

»Ah ja …«

Sein Blick wanderte an die Stelle, wo ihr Pferdeschwanz auf und ab wippte.

»Ich habe ihr versprochen, dass wir in der Pause an ihrem Drehbuch weiterschreiben.«

»Ich weiß. Dritter Akt, zweite Szene.«

»Stimmt.«

»Tu ihr nicht weh, hörst du?«

Zum ersten Mal schaute er verwundert drein. Er ließ seinen Blick in die Ferne schweifen, als gäbe es dort etwas, das wichtiger war als meine Anwesenheit.

»Wie meinst du das?«

»Du kannst nicht immer für andere einstehen. Nie lässt du dir etwas zuschulden kommen. Du brauchst dir also keine Sorgen zu machen. Die Erwachsenen machen das unter sich aus.«

»Für wen sollte ich einstehen?«

»Es spielt keine Rolle, für wen. Behaupte nicht, du hättest etwas getan, was du in Wirklichkeit gar nicht hast. Hör auf, absichtlich Fehler zu begehen und damit sogar deine Erinnerung zu trügen. Damit wird niemandem geholfen. Das führt nur in eine Sackgasse …«

»Ryoko …«

Hiroyuki stellte den leeren Teller auf einem der Tische ab und stocherte mit der Schuhspitze im Rasen herum. Es waren kleinere Schuhe als Größe zweiundvierzig.

»Hab keine Angst. Es passiert schon nichts«, versuchte er mich zu beruhigen.

Die Sonne war weitergewandert, sodass sein Profil jetzt

halb im Schatten lag. Seine von mir so geliebte Nase war direkt vor meinen Augen.

»Du warst es nicht. Du hast kein Spülmittel in den Kaffee getan.«

»Das macht keinen Unterschied. Mein Weg ist vorherbestimmt. Jemand hat das für mich entschieden. Lange bevor ich geboren wurde.«

»Nein! Geh nicht fort. Bleib bei mir! Ich flehe dich an!«

»Wovor fürchtest du dich? Das ist doch unnötig. Du musst dich nicht so quälen.«

»Ruki …« Ich versuchte zu schreien, brachte aber kein Wort heraus. Meine Brust war wie zugeschnürt.

Die gleißenden Sonnenstrahlen hüllten ihn vollends ein.

»Es ist alles in Ordnung. Bitte mach dir keine Sorgen.«

Er versuchte erneut, mich zu beruhigen. Aber seine Gestalt verblasste, und auch der Klang seiner Stimme entfernte sich.

»Hör doch, Ruki …«

Das Licht wurde immer greller, während das Stimmengewirr zunahm. Ich lauschte angestrengt, bekam jedoch keine Antwort. Seine sanfte Stimme war verschwunden.

Just in dem Moment, als ich alle Anwesenden bitten wollte, einen Augenblick still zu sein, ertönte in der Menge ein Schrei. Eine Tasse zerbrach. Wie auf Kommando drehten sich alle um.

»Du darfst nicht gehen!«

Flehentlich streckte ich meine Arme nach Hiroyuki aus. Schreie ertönten, das Zelt schwankte, Grashalme flogen durch die Luft.

In meinen Händen hielt ich das Herz eines Pfaus. Myrrhe tropfte von meinen Fingern. Um mich herum waren die Schatten noch länger.

Der Hüter schaute mich schweigend an. Ich legte das Herz in das Gefäß zurück und verschloss es mit dem Korken. Die Finsternis trocknete meine Hände, und alles, was soeben noch sichtbar vor mir lag, verschwand in der Tiefe der Höhle.

Vor meiner Abreise aus Prag fuhr ich mit Jeniak zur Eislaufbahn. Es war dasselbe Stadion, das Hiroyuki und Fumiko einen Tag vor dem Wettbewerb heimlich aufgesucht hatten.

Es befand sich am Rande der Stadt, südlich der Villa Bertramka.

Als wir Prag durchquert hatten und die Nationalstraße nahmen, erstreckten sich schon bald zu beiden Seiten der Straße Felder, einzelne Fabriken und Lagerhäuser. Kurz nachdem wir an einem Motel und einer Reitschule vorbeigefahren waren, kam ein graues Betongebäude in Sicht. Jeniak löste eine Hand vom Steuer, um mich darauf hinzuweisen. Das Gebäude war umgeben von Mohnfeldern.

Dahinter erstreckte sich ein riesiger Parkplatz für mindestens hundert Fahrzeuge. Die Drehtür am Eingang versprühte denselben Glanz wie das Portal eines Luxushotels. Während wir um den Komplex herumfuhren, konnte ich an mehreren Stellen einen Blick ins Innere erhaschen. Außer der Eislaufbahn gab es noch ein Schwimmbad, einen

Tennisplatz und eine Turnhalle. Jedes der Gebäude war verwaist.

Die Haltestelle vor dem Haupteingang, wo die beiden in den Bus gestiegen waren, schien auch nicht mehr genutzt zu werden. Teile des Plastikdachs über dem Wartehäuschen lagen auf der Bank.

Außer Jeniaks Lieferwagen stand lediglich ein Autowrack auf dem Parkplatz. Die Reifen fehlten, offenbar waren sie abmontiert und gestohlen worden.

Die Mauern der Gebäude zeigten Risse, die Hecken waren von Unkraut überwuchert, die Fensterscheiben zerbrochen. Wo man auch hinschaute, nichts hatte seinen früheren Zustand bewahrt.

Außer uns gab es weit und breit keine Menschenseele. Nur hin und wieder rauschten ein paar Autos auf der Nationalstraße vorbei. Wenn Wind aufkam, raschelten die Mohnblumen und die Rollen an den leeren Fahnenmasten quietschten.

Um den Griff der Drehtür war eine rostige Eisenkette gewickelt.

»Da kommen wir nicht rein«, murmelte ich.

»*Daaveite sui pozoru*«, sagte Jeniak und schob mich beiseite.

Er hob einen Stein vom Boden auf und schlug ihn mit voller Wucht gegen die Kette. Es gab ein ohrenbetäubendes Geräusch, Rostpartikel flogen durch die Luft. Ich hätte nicht gedacht, dass Jeniak so brutal sein konnte.

Er zwinkerte mir zu, als sich die Kette löste und die Drehtür freigab.

Licht fiel durch die zerbrochenen Fenster, im Inneren war es nicht so düster wie vermutet.

Eine Treppe führte nach oben zur Eisbahn. Die Halle war riesig, kein Vergleich zu jener hinter dem Bahnhof, wo Hiroyuki seine Kunststücke zum Besten gegeben hatte. Die Decke lag so hoch, dass man sie kaum erkennen konnte, und das Oval war von einer großen Zuschauertribüne umgeben. An den Wänden waren überall Scheinwerfer und Lautsprecher angebracht. Alle Gänge waren mit weichem Teppichboden ausgelegt, und im Foyer gab es eine Cafeteria. Es war wirklich eine Eislaufbahn, die nichts zu wünschen übrig ließ.

Das Einzige, das fehlte, war das Eis. Auf dem nackten Betonboden hatte sich allerlei Müll angesammelt: zerknüllte Papiertaschentücher, zerdrückte Pappbecher, ein Schutzhelm, eine Puppe ohne Arme und Beine, leere Bierflaschen… Die durchtrennten Lautsprecherkabel hingen lose aus der Wand, der Teppichboden war zerschlissen, und in der Cafeteria gab es weder Getränkeautomaten noch irgendwelches Geschirr.

Jeniak und ich gingen durch den Korridor in Richtung Eisbahn. Unsere Schritte hallten bis in den letzten Winkel der Halle.

»Ob sich heute noch jemand daran erinnert, dass hier früher Leute Schlittschuh gelaufen sind?«, fragte ich.

»*Ano, rozomiimu*«, erwiderte Jeniak.

Ich lehnte mich an die Bande und betrachtete die rohe Betonfläche. Dort hatte Ruki einst seine Pirouetten gedreht. Alle um ihn herum haben gestaunt und ihrer Bewunderung Ausdruck gegeben. Seine Drehungen waren so furios, dass Fumiko Sugimoto Angst hatte, er würde niemals aufhören.

Das Eis war von opakem Weiß und hatte genau den richtigen Härtegrad. Nicht der geringste Müll lag auf der Fläche. Die Hintergrundmusik und das Kratzen der Kufen verschmolzen zu einem einzigen Ton. Fumiko und Ruki ließen sich kalte Luft ins Gesicht wehen, ohne sich um den morgigen Tag zu scheren, wo der Mathematikwettbewerb anstand.

Rukis Figuren auf dem Eis sind wunderschön. Wie seine Gleichungen auf Papier. Wie die ordentlich nebeneinander aufgereihten Fläschchen in seinem Labor. Oder die Form seiner Nase. Unter den Kufen wirbelt das Eis hoch, dessen Duft an einen zugefrorenen See im Morgengrauen erinnert. Immer mehr Schaulustige versammeln sich, um ihm nach seiner überwältigenden Darbietung Applaus zu spenden.

Doch Ruki dreht seine Pirouetten weiter und immer weiter. Er dreht seine Pirouetten, um an einen Ort zu gelangen, wo es nichts zu sehen und nichts zu hören gibt, in ein Reich, wo allein Düfte walten.

Stumm legte ich meine Stirn auf die Bande. Meine Tränen tropften auf den Beton. Es war das erste Mal, dass ich seinen Tod beweinte.

Jeniak saß auf dem Heck des verrosteten Autowracks und spielte für mich Cello. Er begann mit dem Menuett von Beethoven, gefolgt von einem Lied aus Schuberts »Schwanengesang«, und am Ende gab es Schumanns »Träumerei«.

Der warme Klang des Cellos umfing mich wie eine tröstende Umarmung. Manchmal, vielleicht war es wegen des Windes, erzitterten die Töne, als könnten sie jeden Moment verklingen, doch der Bogen glitt unermüdlich über die Saiten.

Wir waren umgeben von einem Meer aus Mohnblumen, das bis zum Horizont reichte. Ihre Stiele und Blütenblätter wiegten sich zu den Klängen des Cellos.

Mein Gesicht war tränenüberströmt. Jeniak spielte mit gesenktem Blick. Meine Wangen würden nie wieder trocknen.

EPILOG

Obwohl Hiroyuki nicht mehr existierte, verging die Zeit unerbittlich und mit ihr änderten sich viele Dinge.

In der Parfümerie wurde seine Stelle neu besetzt. Nachdem der Rosmarin verdorrt war, begann Unkraut den Garten zu überwuchern. Der Gewürzschrank, die Schublade unter dem Telefon, die Schuhkommode, der Frisiertisch mit dem dreiteiligen Spiegel – die Orte, wo Hiroyuki einst Ordnung geschaffen hatte, verwahrlosten ohne seine Obhut. Alles schien durcheinanderzugeraten.

Ich habe meine Arbeit als Freelancerin wieder aufgenommen. Aber die Welt um mich herum schien immer mehr abzuflachen. Straßenbilder wirkten zweidimensional, und die Menschen, denen ich begegnete, besaßen keine Tiefe. Als wäre alles eine minderwertige Papiercollage. Alles drohte einzureißen, sobald man es berührte.

Akira meldete sich nicht mehr. Jeder von uns ging seinen Tätigkeiten nach, jeder von uns trauerte auf seine eigene Art und Weise.

Wenn ich durch die Menschenmenge hetzte, um rechtzeitig zu einem Interviewtermin zu gelangen, wenn ich abgesplitterten Nagellack entfernte oder abends die Vorhänge zuzog, überkam mich das Gefühl, dass ich alles verloren hatte, was mir lieb und teuer war.

Wie sehr ich auch versuchte, gegen diese Gedanken anzukämpfen, es gab nichts, woran ich mich aufrichten konnte. Ich sackte zusammen und verharrte in dieser Position. Aus mir war ein hilfloses Etwas geworden. Ich hockte da und presste »Quell der Erinnerung« an meine Brust. Das brachte mir die Dunkelheit, mit der die Höhle so reichhaltig erfüllt war, zurück. Dann hielt ich das mit Myrrhe einbalsamierte Herz des Pfaus in den Händen, während Jeniaks Cello erklang. Mein Ort der Trauer würde für immer diese Höhle sein.

Ein halbes Jahr nach meiner Rückkehr aus Prag, an einem stürmischen Tag im Spätherbst, erhielt ich einen Brief, der an Hiroyuki adressiert war. Auf dem braunen Umschlag klebten mehrere Etiketten mit der Bitte um Nachsendung. Der Absender war das »Wakaki-Internat«, eine Einrichtung für blinde Kinder. Der Name sagte mir nichts.

Sehr geehrte Damen und Herren,

nun, da die Tage wieder kühler werden, freuen wir uns, Ihnen mitteilen zu können, dass das Wakaki-Internat durch Ihre werte Unterstützung im nächsten Jahr sein 25-jähriges Bestehen feiern wird. Damals hat alles mit einem Flachbau aus Holz und Mörtel angefangen, der mittlerweile einem Betonbau mit dreißig Räumen gewichen ist. Wir blicken zurück auf eine Zeit, in der wir mit vielerlei Problemen zu kämpfen hatten, der chronische Personalmangel, der Brand, die Kürzungen von Subventionen und andere Kalamitäten. Ihnen gebührt unser aufrichtiger Dank, dass Sie uns in all den Jahren zur Seite gestanden haben, all die Schwierigkeiten zu

meistern und so unser Jubiläum zu ermöglichen. Wir möch-
ten Sie daher zu unserer bescheidenen Feier einladen. Schüler
wie Mitarbeiter würden sich außerordentlich glücklich schät-
zen, Sie am Sonntag, dem 2. Dezember, um 10.00 Uhr in un-
serer Aula begrüßen zu dürfen.

Der 2. Dezember war ein kalter, sonniger Tag. Es war das
erste Mal nach vielen Monaten, dass ich Akira wiedersah.
Wir trafen uns auf dem Bahnhofsvorplatz. Als er mich er-
blickte, hob er die Hand zum Gruß und zog fröstelnd die
Schultern hoch. Wir stiegen in einen Bus, der uns zum
Internat bringen sollte.

»Achten Sie auf die richtige Nummer, denn es gibt auch
eine Linie, die in die entgegengesetzte Richtung nach Wa-
kaba fährt. Zum Wakaki-Internat müssen Sie den Bus mit
der Nummer drei nehmen. Steigen Sie in die Nummer drei.
Bitte achten Sie darauf.«

Die Dame im Sekretariat hatte mich am Telefon sehr zuvorkommend behandelt.

Im Bus gab es genügend Sitzplätze. Es waren nur wenige Fahrgäste unterwegs. Zuerst fuhren wir durch ein Einkaufsviertel und dann auf einer Straße entlang der Bahn-
strecke, bevor wir einen Tunnel passierten. Irgendwann
waren wir die einzigen Passagiere im Bus.

»Hast du vor, länger zu bleiben?«, fragte ich.

»Nein, ich muss morgen früh zurück«, erwiderte Akira.
»Unsere Haushälterin, die sich während meiner Abwesenheit immer um alles gekümmert hat, ist leider aufs Land gezogen. Man kann Mutter nicht so lange allein lassen, du

weißt ja. Ich habe ihr drei Mahlzeiten zubereitet und in den Kühlschrank gestellt. Hoffentlich kommt sie einen Tag lang allein zurecht.«

»Wie geht es ihr?«

»Eigentlich wie immer. Danke, dass du fragst.«

Obstgärten zogen an uns vorbei, ein Stausee und dann noch ein Tunnel, aber das Internat wollte einfach nicht in Sicht kommen. Die Strecke wurde immer kurviger. Akira hatte sich in seinen Dufflecoat eingemummelt.

»Und wie geht es dir?«

»Na ja, ich komme einigermaßen zurecht.«

»Freut mich zu hören.«

»Und wie läuft es mit deiner Freundin?«

»Wir haben uns getrennt.«

»Ach, wieso das denn?«

»Es war eigentlich nie die große Liebe zwischen uns, weißt du? Ich kann meine Mutter nicht allein lassen. Ich werde mich nie von zu Hause lösen.«

Akira wischte mit dem Ärmel das beschlagene Fenster frei.

»Ich wusste gar nicht, dass Ruki in einer Blindenschule tätig war«, murmelte er und hielt die Wange an die Scheibe gepresst.

»Ich auch nicht …«

Das Internat befand sich mitten an einem Berghang. Es war ein schlichter Gebäudekomplex, aber sehr geräumig, mit einer schönen Aussicht. Auf den gleichmäßig angeord-

neten Balkons hingen vereinzelt Blusen und Trainingsanzü-
ge zum Auslüften. Aus der Abzugsanlage der Küche, wo
offenbar gerade eine Mahlzeit vorbereitet wurde, drangen
appetitliche Essensgerüche.

Der Garten bestand aus sorgfältig gepflegten Beeten, in
denen Zwiebeln, Spinat und Radieschen wuchsen. In einer
Ecke stand ein Stall mit Kaninchen, die sofort die Ohren
aufstellten und ans Gitter hüpften, als sie uns bemerkten.

Ein stattlicher weißhaariger Mann, vermutlich der Inter-
natsleiter, kam uns entgegen.

»Herzlich willkommen.« Er begrüßte mich zuerst.

»Haben Sie vielen Dank für die Einladung«, sagte ich
und verbeugte mich höflich.

»Wie ähnlich Sie ihm sehen«, sagte der Direktor, als er
nun auch Akira willkommen hieß.

Es war ihm ganz spontan über die Lippen gekommen.
Akira und ich nickten lächelnd.

»Wir wussten gar nichts davon. Eine schlimme Nachricht. Was für ein Verlust! Ich möchte Ihnen mein tief emp-
fundenes Beileid ausdrücken.«

Er neigte den Kopf wie zum Gebet.

»Die Beerdigung fand im kleinen Kreis statt«, erklärte
Akira.

Der Direktor führte uns durch die Einrichtung.

In der Empfangshalle stand schon ein Weihnachtsbaum,
die Wände waren allesamt mit silberfarbenen Girlanden ge-
schmückt. Ein Pappschild, das von der Decke hing, verkündete mit krakligen, auffällig bunten Zeichen: »Willkommen
zum 25. Jubiläum des Wakaki-Internats«.

Der Boden war blitzblank gewienert und die Fensterscheiben waren makellos sauber. Obwohl es noch früh am
Abend war, hatte man bereits alle Lampen eingeschaltet,
die die Dekoration in helles Licht tauchten. Überall er-
schallten die aufgeregten Stimmen der Kinder, die sich auf
das Fest freuten. Stühle wurden gerückt, es gab Gelächter.
Ein etwa zehnjähriges Mädchen, das uns mit einem Stapel
Papierservietten unter dem Arm entgegenlief, grüßte uns
mit einer Verbeugung. Es betrat die Aula, nachdem es im
Flur ein Schild mit Brailleschrift betastet hatte.

»Wann hat Hiroyuki hier gearbeitet?«

»Mit neunzehn hat er angefangen und ist dann für etwa
sieben Jahre bei uns geblieben, wenn ich mich recht erinnere. Er hat die ganze Zeit über hier gewohnt. Wir haben ihn
mit allerlei Tätigkeiten betraut. Er war für den Küchen-
dienst zuständig, für die Feldarbeit, den Hausputz und
auch für die Kinderbetreuung …«

»Hm, demnach war er die ganze Zeit hier, nachdem er
uns verlassen hatte«, murmelte Akira.

»Er hat wirklich großartige Arbeit geleistet und wurde
von allen sehr gemocht, sowohl die Kinder als auch die
Mitarbeiter haben ihn geschätzt. Wir hätten ihn gern länger bei uns behalten, aber er wollte ein Studium anfangen.
Da wir einem so begabten Menschen, wie er es war, kein
angemessenes Gehalt zahlen konnten, wäre es unverant-
wortlich gewesen, ihn davon abzuhalten.«

In der Aula waren die Vorbereitungen in vollem Gange.
Auf langen Tischen mit karierten Decken standen Pappbecher, Pappteller und leere Milchflaschen, die als Blumen-

vase dienten. Einige Kinder waren auf Stühle geklettert, um Origami-Sterne an der Wand aufzuhängen, andere umwickelten die Enden von gebratenen Hähnchenkeulen mit Aluminiumfolie.

Alle schwatzten lebhaft durcheinander, und doch lag etwas Bedächtiges in der Luft. Es hing wohl damit zusammen, dass die Kinder blind waren. Keine noch so kleine oder unbedeutende Geste erfolgte leichthin, jedes Tasten der Fingerspitzen barg einen Moment des Innehaltens.

»Heute erwarten wir viele Gäste, in erster Linie ehemalige Schüler, aber auch pensionierte Mitarbeiter, die Bauern, die den Kindern das Gärtnern beibringen, ehrenamtliche Lehrer für Brailleschrift ... Es wird sicher ein schönes Fest. Möchten Sie Ihren Rundgang noch so lange fortsetzen, bis wir mit den Vorbereitungen fertig sind? Ich begleite Sie gerne.«

Der Institutsleiter bückte sich, um einen heruntergefallenen Stern aufzuheben, und gab ihn einem Kind. »Danke, Herr Direktor«, sagte der Junge, als er den Stern in Empfang nahm.

Küche, Kantine, Wachzimmer, Musiksalon ... Schweigend gingen wir durch das Gebäude. Eigentlich hätte ich gern mehr über Hiroyukis Aufenthalt hier erfahren, auch wenn es schmerzlich war, die Tatsache zu akzeptieren, dass er mir nie davon erzählt hatte. Egal, wo wir uns aufhielten, von überall waren Kinderstimmen zu hören. Der Direktor hielt sich diskret im Hintergrund, während wir Ausschau hielten nach irgendwelchen Spuren von Hiroyuki.

»Im ersten Stock befinden sich die Schlafzimmer, die

Waschräume und die Klassenzimmer. Folgen Sie mir, bitte!«

Die Abendsonne schien auf den Treppenabsatz. Durch das Fenster sah ich, wie sich einige Autos den Berg heraufschlängelten, vermutlich eintreffende Gäste. Die Wolkenränder begannen sich rot zu färben.

Die Schlafzimmer waren klein, aber gemütlich, es gab ein Bett und einen dazu passenden Schreibtisch. Alles war aufgeräumt, nirgendwo lag irgendetwas herum, das dort nicht hingehörte.

»Kaum zu glauben, wie ordentlich die Zimmer sind.«

»Das muss so sein«, erklärte der Direktor, »sonst haben die Kinder Probleme, sich zu orientieren.«

Hiroyukis Ordnungssinn war hier sicher an der richtigen Stelle, dachte ich. Ich betrachtete die Hefte, Federmäppchen, Lineale und Lehrbücher, die fein säuberlich nebeneinander auf den Pulten lagen, als wäre er dafür verantwortlich gewesen. Dieser friedliche Anblick tat mir gut. Es bedeutete, dass er hier glücklich war.

»Hiroyuki war ein wahres Mathematikgenie«, sagte der Direktor.

»Was?« Akira und mir entfuhr gleichzeitig ein Schrei.

»Er war ein exzellenter Lehrer. Obwohl er keine pädagogische Ausbildung hatte, verstand er es, den Kindern auf sehr originelle Art und Weise Arithmetik und Geometrie beizubringen. Es war die reinste Zauberei.«

»Mein Bruder hat hier also Mathematik unterrichtet«, staunte Akira, während er mit den Fingern über ein Schild mit Brailleschrift strich.

»Ja. Eigentlich hat ihn niemand darum gebeten, es ergab sich einfach so. Wie oft hörte ich seine Stimme hinter dieser Tür. Diese geduldige Stimme, die den Kindern erklärte, wie man dreistellige Ziffern addiert, Volumen berechnet oder die Geschwindigkeit. Alle Schüler wollten nur ihn als Lehrer.«

Die Tür zum Unterrichtsraum stand halb offen. Er war vom Licht der Abendsonne erfüllt. Durch das Fenster sah ich sie am Horizont untergehen.

Nur ein einziger Junge saß an seinem Pult. Offenbar ein Erstklässler. Sein Haar, seine kurzen Hosen und die Socken waren rot getönt im Licht der Abendsonne.

»Sollten nicht alle Schüler bei den Vorbereitungen helfen?«

Auf die Frage des Internatsleiters hin drehte sich der Kleine um und entschuldigte sich mit herunterbaumelnden Beinen: »Ich habe vergessen, meine Hausaufgaben zu machen. Ich komme sofort, wenn ich damit fertig bin.«

Auf dem Tisch lag eine weiße Tafel, auf der eine Reihe von Magnetkugeln haftete. Mit seinen kleinen Fingern schob er sie hin und her.

Akira hängte seinen Dufflecoat über einen der Stühle und ging vorsichtig auf den Jungen zu, um ihn nicht zu erschrecken.

»Das ist eine Subtraktion mit Übertrag, richtig?«

Der Junge hielt inne und nickte, ohne zu wissen, wer Akira war.

»Hier, du musst dir eine Kugel aus der Zehner-Kolonne ausleihen.«

Akira griff nach der kleinen Hand und schob mit ihr die Kugel nach rechts.

Die beiden Schatten verschmolzen zu einem, der sich lang über den Boden erstreckte.

Von unten rief eine Kinderstimme: »Hallo, wir sind fertig! Das Fest kann beginnen!«

HAN
KANG

GRIECHISCH
STUNDEN

aufbau

1

Blank lag das Schwert zwischen uns.

Diese Worte bat er auf seinen Grabstein zu schreiben. Er richtete die Bitte an die schöne junge Maria Kodama, eine Halbjapanerin, die seine Sekretärin war, bevor der Schriftsteller sie dann im hohen Alter von 87 Jahren heiratete. Sie war es, die in den letzten drei Monaten seines Lebens nicht von seiner Seite wich. Der Tod ereilte ihn in Genf, wo er seine Jugend verbracht hatte und wo er begraben werden wollte.

Ein Geisteswissenschaftler hat in einer Arbeit behauptet, diese kurze Grabinschrift bedeute so viel wie einen ›scharfen Schnitt‹ machen. Er sah sie als Schlüssel zu Borges' literarischem Werk – ein Messer, das sich zwischen das vorherrschende Literaturverständnis und die Borges'sche Schreibweise schob –, während ich darin ein ganz persönliches und wohl gewähltes Bekenntnis sah.

Dieser kurze Satz stammt aus einem alten nordischen Epos. In der ersten und letzten Nacht, die ein Mann und eine Frau zusammen verbringen, wird ein Schwert zwischen sie gelegt und bleibt dort bis zum Morgengrauen. Was könnte also dieser ›scharfe Schnitt‹ anderes sein als die Entfremdung, die am Ende seines

Lebens durch fortschreitende Erblindung zwischen ihm und der Welt entstanden ist.

Ich war bereits einmal in der Schweiz, ohne jedoch nach Genf zu fahren. Ich wollte sein Grab nicht unbedingt sehen. Stattdessen besuchte ich die Bibliothek von St. Gallen, die Borges mit Sicherheit ins Schwärmen gebracht hätte (ich erinnere mich noch, wie rau sich die Filzpantoffeln anfühlten, die die Besucher anziehen mussten, um das tausend Jahre alte Parkett zu schützen), bestieg in Luzern eine Fähre und schwebte über das Wasser, bis die Sonne hinter den Schluchten der schneebedeckten Alpen unterging.

Ich habe keine Fotos gemacht. Die Landschaft ist nur in meine Netzhaut eingebrannt. Unmöglich, Geräusche, Gerüche und Haptik mit einem Fotoapparat einzufangen. Sie sind alle einzeln in meinen Ohren, meiner Nase, meinen Augen und meinen Händen verewigt. Das reichte mir zum damaligen Zeitpunkt. Es gab da auch noch nicht das Schwert, das sich zwischen mich und die Welt schob.

2

Schweigen

Die Frau verschränkt die Hände vor der Brust. Mit
gerunzelter Stirn betrachtet sie die schwarze Tafel.

»Bitte, versuchen Sie das vorzulesen«, sagt der Mann
mit den dicken Brillengläsern lächelnd.

Sie bewegt die Lippen. Mit der Zungenspitze be-
feuchtet sie die Unterlippe. Sie sitzt da und knetet ihre
Hände. Es ist mucksmäuschenstill. Sie öffnet den Mund
und schließt ihn gleich wieder. Sie hält kurz den Atem
an, bevor sie tief Luft holt. Er unterstützt sie, indem er
einen Schritt auf die Tafel zumacht, um ihr zu signali-
sieren, dass er so lange wie nötig warten würde:

»Lesen Sie.«

Die Lider der Frau flattern, ganz wie bei einem In-
sekt, das seine Vorderflügel heftig aneinanderschlägt.
Sie kneift einmal kräftig die Augen zusammen, bevor
sie sie wieder öffnet. Als hoffte sie, durch diese Bewegung an einen anderen Ort teleportiert worden zu sein.

Der Mann rückt seine Brille zurecht. An den Fingern lassen sich Spuren von weißer Kreide erkennen.
»Versuchen Sie es nur. Ich bin ganz Ohr.«

Sie trägt einen schwarzen hochgeschlossenen Pullover und eine ebenfalls schwarze Hose. Genauso wie die Jacke, die sie über die Rückenlehne ihres Stuhls gehängt hat. Aus einer schwarzen Stofftasche lugt ein gestrickter schwarzer Schal. Über ihrer Kleidung, die wirkt, als käme die Frau gerade von einer Beerdigung, sitzt ein grobporiges, mageres Gesicht. Ähnlich einer Ton-Figur, die man in die Länge gezogen hat.

Sie ist weder jung noch schön. Aus den Augen spräche eine gewisse Intelligenz, wenn nicht die flatternden Lider verhindern würden, dass man das bemerkt. Mit nach vorne gekrümmten Schultern und rundem Rücken scheint sie sich durch ihr trauriges Aussehen der Aufmerksamkeit anderer entziehen zu wollen. Ihre Nägel sind furchtbar kurz geschnitten. Der einzige Farbtupfer an ihr ist ein purpurroter Haargummi aus Samt, um das linke Handgelenk geschlungen.

»Lesen wir alle gemeinsam.«

Er kann nicht länger warten. Sein Blick wandert von ihr über die Stuhlreihe zu dem jugendlich aussehenden Studenten, über den Mann in den mittleren Jahren, halb verdeckt durch eine Säule, bis zu dem großen jungen Mann mit seinen hängenden Schultern direkt am Fenster.

»Emos, hemeteros. Mein, unser.«

Die drei Männer sprechen ihm nach, leise und schüchtern.

»Sos, humeteros. Dein, euer.«

Er steht etwas erhöht auf dem Lehrerpodest. Von

Statur her eher klein, geht er auf die vierzig zu. Seine Augenbrauen sind markant, ebenso die Ausprägung des Philtrums, der beiden Linien zwischen Nase und Oberlippe. Seine leicht gekräuselten Mundwinkel deuten darauf hin, dass er seine Gefühle unter Kontrolle hat. Auf die dunkelbraune Cordjacke sind an den Ellbogen beige Lederflecken genäht. Die etwas zu kurzen Ärmel geben den Blick frei auf seine Handgelenke. Eine Narbe in seinem Gesicht – nur ein feiner geschwungener Strich, etwas heller als die Haut, der unter dem linken Auge beginnt und sich bis auf Höhe der Lippen erstreckt – hat die Aufmerksamkeit der stummen Frau auf sich gezogen. Als sie diese Linie in der ersten Unterrichtsstunde entdeckte, sah sie darin einen Weg auf einer alten Landkarte, der die Spur einer vor langer Zeit geflossenen Träne markierte.

Hinter den dicken grüngetönten Brillengläsern starren seine Augen gebannt auf ihren geschlossenen Mund. Das leichte Lächeln verschwindet aus seinen Mundwinkeln und macht einem ausdruckslosen Gesicht Platz. Er wendet sich ab. Schnell schreibt er einen kurzen Satz in Altgriechisch an die Tafel. Die Kreide bricht und ein Stück fällt zu Boden, bevor er die Akzente setzen kann.

~

Ein Jahr zuvor, das Frühjahr neigte sich seinem Ende zu, stand die Frau vor einer Tafel und stützte sich mit kreideverschmierter Hand ab. Schon seit ungefähr einer Minute suchte sie nach dem passenden Wort, um ihren Satz fortzusetzen. Ihre Schüler wurden unruhig. Mit weitaufgerissenen Augen stand sie da, doch ihr Blick ging ins Leere. Sie nahm weder die Schüler noch ihre Umgebung wahr.

»Ist alles in Ordnung mit Ihnen?«, fragte besorgt eine kraushaarige Schülerin aus der ersten Reihe mit niedlichen Augen. Vergeblich versuchte die Frau sich ein Lächeln abzuringen, brachte aber nur ein kurzes Wimpernzucken zu Wege. Zwischen bebenden zusammengepressten Lippen konnte sie gerade noch herausquetschen:

Es ist wieder da.

Die Laute schienen nicht aus ihrem Kehlkopf über die Zunge zu kommen, sondern von weit her.

Die Schüler, ungefähr vierzig, sahen sich an und tuschelten: »Was ist los?« »Was hat sie?« Von einer Bank zur nächsten gingen Fragen hin und her. Ihr blieb nur eine Möglichkeit. Sie musste das Klassenzimmer verlassen, möglichst ohne die Haltung zu verlieren. Das tat sie dann auch, zumindest so gut sie konnte. Sobald sie auf dem Gang war, schwoll das Geflüster in dem Raum hinter ihr an, als hätte man einen Lautsprecher plötzlich aufgedreht, sodass sie das Klackern ihrer Absätze auf dem Steinboden nicht mehr hörte.